JN239709

「この世でいちばん」を科学する

惑星から音、温度、臭い、生物まで

デイヴィッド・ダーリング

黒木章人 訳

KA-BOOM!
The Science of Extremes
DAVID DARLING

原書房

「この世でいちばん」を科学する

惑星から音、温度、臭い、生物まで

謝 辞

　毎度のことながら、家族、とくに妻のジルの愛情溢れるサポートと励ましに心から感謝する。

　また、本書の出版を可能にしてくれたワンワールド社のスタッフにも感謝する——そして何よりもまず、担当編集者のサム・カーターの指導と洞察力に感謝する。

目　次

はじめに

わたしたちはさまざまな"合間"に生きている。火と氷のあいだに、無限大と想像を絶するほどの極小のあいだに、真空の宇宙と地球の暗い奥底の熱と高圧のあいだに。わたしたちが"ほどほどの"環境下で暮らしているのは、ヒトという生命体がそうした環境を求めるからだ。わたしたちの眼は光の波長のなかの狭い帯域しか見えないし、耳は音の周波数のなかの決まった範囲しか聴こえないが、それは"ほどほどの"性能の感覚器官が自然環境を生き抜く可能性を最大限に高めてくれるからだ。サイズの規模感については、わたしたちは考え得る最小のものと宇宙全体のあいだの中間に位置している。

しかし本書で扱うのは"ほどほど"のものでも"中間"のものでもない。この本では"極端な"ものを臆面もなく賛美している。地球上で最も明るい光は？　宇宙のなかで最も寒い場所は？　人間が作ってきた素材のなかで最も黒いものは？　最も低い音は？──本書はそんな問いを投げかける。大きさと速度、深度と密度の限界を探り、科学で知り得る最も粘度が高い物質、最も甘い物資、最も小さな物質、そして最も有毒な物質を明らかにする。人間界と自然界の両方において何が達成され、何が可能なのかを考察する、それがこの『「この世でいちばん」を科学する』だ。

そうすることで、驚きの事実を羅列するだけでなく、現実世界に存在するさまざまな限界の科学的根拠を掘り下げることができる。

わたしたちは多くの点でほどほどの存在なのかもしれないが、好奇心と探求心はほどほどどころではない。子どもですらこんなことを訊いてくる。宇宙の端っこってどこなの？　穴ってどこまで深く掘れるの？　いちばん大きな恐竜は？　可能性の限界への挑戦には、往々にして実用的な目的がある。膨大な情報を記録する新たな手段、より高い温度に耐え得る素材、そして汚れがこびりつかない素材や最新のスマートフォンにいたるまで、ありとあらゆるものが"極端の探求"から生まれている。

気候変動や環境汚染、食料の安全保障といった現在進行形の脅威に対処しているうちに、今後数年のうちにさらに多くの科学面と技術面の記録が塗り替えられるだろう。たとえばケミカルスポンジは開発が重ねられ、海に流出した原油を自重の90倍も吸収し、しかもそれを絞れば再利用可能だ。地球上で最も高い温度を維持できるようになれば、いずれ膨大な量のクリーンエネルギーが生み出されるだろう。が、現時点の可能性の限界に挑んだり、既知のその先にあるものを探ったりすることに、必ずしも理由は必要ない。次なる地平線の向こうには何があるのだろうと考えるのは人間の性なのだから。さあ、それでは到達可能なぎりぎりのところまでの旅に出るとしよう。安全ベルトを締め、心の窓を開き、準備を整えてくれ。

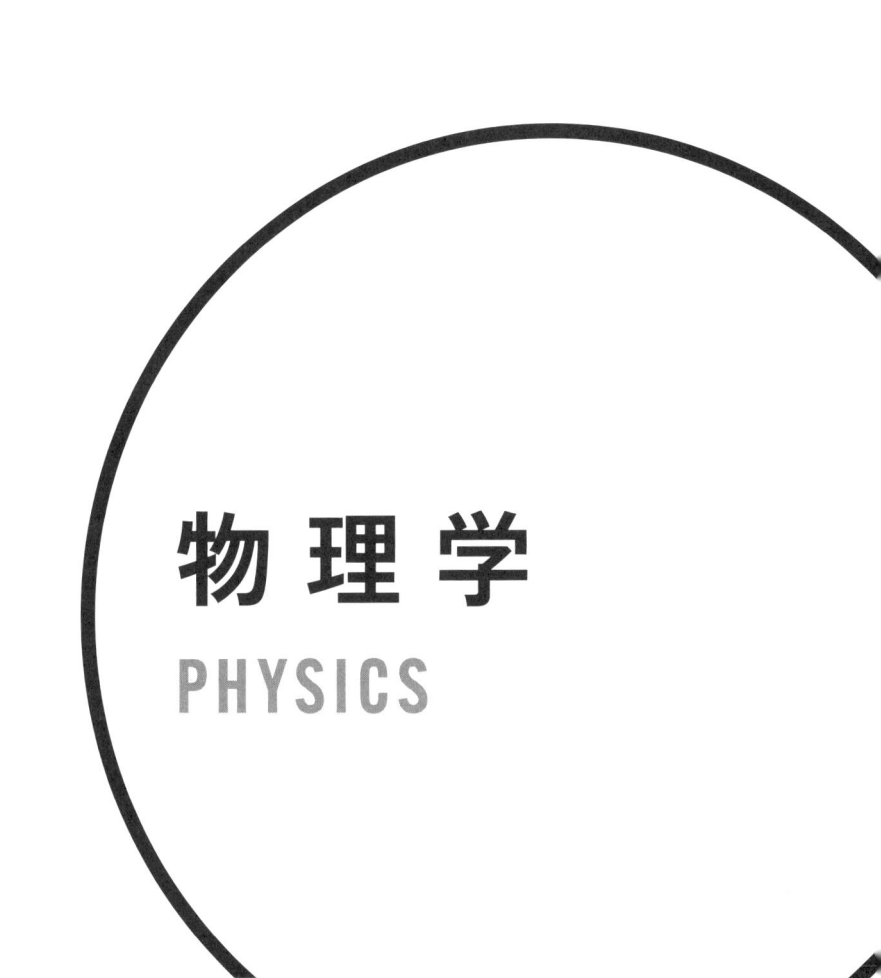

物理学
PHYSICS

0.189Hz

1 最も低い音

　どれほど低い音で歌おうとしても、88鍵盤のグランドピアノで最も低い音である A_0 には遠く及ばない。それを踏まえて、さらに88鍵分低い鍵盤を叩いて響く音を想像してみてほしい。アメリカの歌手ティム・ストーンズは想像しなくてもわかる——何しろ地球上で最も低い声を出した人間としてギネス世界記録®に認定されているのだから。2012年3月30日、ストーンズはグランドピアノの最低音からさらに7オクターヴ少々低い声を発した。その超低音の声は——たった0.189Hz（Hzは1秒間の振動数、つまりここでは1秒に0.189回振動する）の声は——平均的な成人男性の2倍の長さの声帯が、わずか5秒に1回弱振動して出したものだった。これは人間の可聴域の下限である20Hzを大きく下まわる可聴下音だ。

　大抵の楽器は通常の可聴範囲外の音を奏でるようには作られていないが、その理由は敢えて述べるまでもない。それでも超低周波音を出すものもある。そのひとつが、巨大なコントラバスの〈オクトバス〉だ。

　1750年にパリで制作され、現在は音楽博物館（ミュゼ・ド・ラ・ミュジーク）に展示されている、世界で最初に作られたオクトバスには弦は3本しかなく、全長は3.5メートルもある。演奏者は通常のコントラバスと同じ

ようにボウイングし、ネックに取りつけられた金属製の締め具に直結したレヴァーとペダルを操り、手の届かない高さのところの弦を押さえる。現存するオクトバスは世界に4台しかなく、そのなかで現在も演奏に使われているのはモントリオール交響楽団所有のもののみだ。この交響楽団のオクトバスの最低音の開放弦は27.5HzのA_0にチューニングされているが、アリゾナ州フェニックスの楽器博物館所蔵のものは現代的な巻き線弦が張られていて、その最低音は16.4HzのC_0という可聴下音だ。

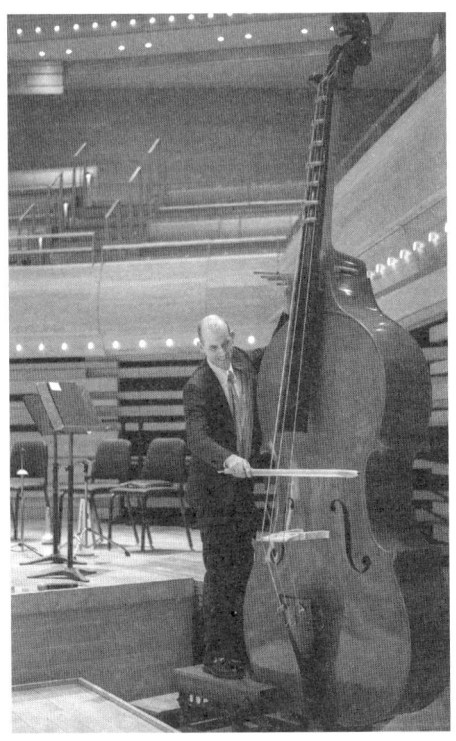

モントリオール交響楽団のオクトバス

大型のパイプオルガンも8HzのC₋₁まで出せるが、聴こえない音を出せても意味がないように思えるかもしれない。それでも、聴こえない超低音にわたしたちが影響を受けないというわけではない。2002年、可聴下音の心理的影響を調べるべく、〈サウンドレス・ミュージック（音のない音楽）〉という実験ライヴが行われた。多種多様な電子音と重低音を使ったコンサートという名目で、その裏では可聴下音発生装置も一緒に使われた。終了後、聴衆はコンサートをどのように感じたのか質問された。すると、冷たくヒリヒリする感覚と同時に、不安で不吉な感じがしたという声が多く寄せられた。教会や大聖堂では、パイプオルガンの奏でる超低音がこの実験と同様の、つまり超自然的もしくは霊的な存在の影響とも受け取れる情緒反応を惹き起こすことは珍しくない。

　フランスの科学者ウラジーミル・ガヴローは、1957年に超低音との思わぬ出会いがきっかけで可聴下音研究に着手し、この分野のパイオニアとなった。音響工学を研究していたガヴローと助手たちは、大きなコンクリート造りの建物で作業をしている最中に発作的な吐き気に襲われた。当初は化学物質が噴霧されていたか、もしくは空気中の何らかの病原菌が原因ではないかと思われた。何週間もかけて調べた結果、真因が明らかになった──緩く取りつけてあった低速モーターだった。ガヴローらはモーターが放つ振動音を検知する特別な装置を開発し、ついには吐き気の原因が周波数7Hzの超低音にあることを突き止めた。モーターから発せられる超低音に建物そのものと配管が共振し、元々の音が増幅され、不快な生理的影響をもたらしたのだ。この発見により、超低周波数領域における建築音響の研究が次々と行われるようになった。現在は、建物を新たに建築する際

には低周波共振現象が生じないか試験し、発生した原因を除去し、必要であれば防音材や特殊な音波特性を有する素材を使用することが慣例となっている。

　個人差と年齢差で大きく異なるものの、通常の人間の可聴域はおよそ20 〜 2万Hzだ。それよりずっと低い（ずっと高い）音を聴くことができる動物がいる。低音域を得意とする大型動物のひとつが、16Hz、あるいは12Hzの超低音を感知し、発することができるゾウだ。そう聞かされても、その巨大な耳と体からさもありなんと思える。超低周波音はそれほど減衰することなく遠くまで届くので、ゾウたちはそれを使って遠くにいる仲間たちとコミュニケーションを図ることができる。ゾウたちの群れ同士が数キロメートル離れたまま並行して移動し、同時に方向転換し、互いに向かって移動して出会うことができる理由はそこにあるのかもしれない。シロナガスクジラなどのヒゲクジラ類は、超低周波音によるコミュニケーションを究極にまで高めている。ヒゲクジラたちは、海盆ほどの広大な海域で互いの超低音の声を聴き取ることができる。

　あまり知られていないが、フェレットや金魚、そしてある種の鳥たちも超低周波音を感知することができる。伝書バトは0.05Hzという超の上に超がつく低周波に反応することが実験で明らかになっている。どうやら伝書バトは、自然現象で発生して地面や大気に反響する超低周波音を利用して空の旅をしていると見られる。局所地形や、気温の逆転などの一時的な大気条件によって超低周波音の伝達が妨げられると、伝書バトは方向感覚を失う。

　雷雨や雪崩、火山、大波、地震、そして磁気嵐といった強力な自然現象は超低周波音を発生させる。この音波は超高速で地球の

大気中を伝わり、それを動物たちは災害が襲ってくるより早く感知する。つまり災厄をもたらすものの警報となっているのだ。この種の動物の行動についての記述で最古のものである紀元前373年のギリシアの文献には、大地震が起こる直前に、ネズミやイタチ、ヘビはおろかムカデまでもが棲み処から安全な場所に逃げる様子が目撃されたとある。中国では、1975年の冬に動物の異常行動を根拠のひとつとして地震予測がなされた。それを信じた多くの人々は家の外で寝ることにしたため、直後に大地震が襲ってきても助かった。

　2004年12月26日の早朝、タイの沿岸部にある観光地で飼われていたゾウたちが、何事もないのに鳴き声をあげ始めた。そのうちゾウたちは鎖を引きちぎり、近くの丘を目指して駆け出した。騒ぎにゾウ使いたちは眼をさまし、逃げたゾウたちを追いかけた。が、ゾウ使いたちはもっと恐ろしい音を耳にした——巨大な波が海岸に打ちつけ、あらゆるものを呑み込みながら押し寄せてくる音だった。その日、海底地震によって生じた津波は20万人以上の人々の命を奪った。

　みなさんよくご存じのとおり、ヘリウムガスを吸って声を出すとやたらと甲高くなる。しかし別のガスを吸えば、逆にやたらと低い声になる。普通の空気ではなく純度100パーセントの酸素を吸うと、普段より若干低い声が出せる。モーガン・フリーマンのような深みのある低音を数秒愉しみたいのなら、六フッ化硫黄ガスを吸うのもひとつの手だ（ただし咽喉や肺に炎症を生じさせる可能性があるので家ではやらないように）。

　声の高低を変えるおもな要因は、声帯を通過する気体内での音の速度だ。声帯が振動すると、最低周波数である基本波と、その整数倍の周波数であるいくつかの倍音を含む振動が声道に生

じる。ヘリウムガス内で音が伝わる速度は秒速972メートルで、これは通常の空気内での速度の3倍近くだ。音の速度は周波数に比例するので、声道にヘリウムガスが充満していると、共鳴する倍音の周波数は数倍にもなり、結果としてかなり高い声が生じる。その逆に、六フッ化硫黄ガス内を音が伝わる速度は空気中の速度の半分を大きく下まわる秒速133メートルなので、この場合は低い声が出る。

　ところが、これまで感知された最も低い音は地球上ではなく、遠く離れた宇宙にある音源から発せられた。地球から約2億5000万光年離れたところにペルセウス座銀河団がある。この銀河団は、数百万℃という超高温のガスに満ちた茫漠たる海のなかに何千もの銀河が存在する、宇宙最大級の既知の物体だ。その中心部付近に位置するNGC1275銀河は、超巨大ブラックホールをエネルギー源として、驚くほど強力な電波とX線を放出している。ブラックホールが周囲の荷電ガス（プラズマ）に"気泡"を吹き込むと、ペルセウス座銀河団を構成する超高温で希薄なガスを通して、さざ波が外側に向かって広がっていく。さざ波はスペクトルのX線領域で確認されるのだが、それは空気中を伝わる音波に相当する。それぞれの波の間隔は、何と驚きの960万年だ。これを音楽的に表現するならば、ピアノの中央にあるＣ（ド）から57オクターヴ下のＢ（シ）フラットになる——人間の耳で感知可能な低音より10億倍も低い。

2 超ゆっくり

　ミユビナマケモノは地球上で最ものろまな動物のひとつとされている。なるほどその評価もむべなるかなで、生息場所である梢（こずえ）を平均分速4メートルほどで"這う"のだから、たしかに哺乳類としては最も動きが遅い。のんべんだらりと食む木の葉や小枝を主食とするナマケモノの代謝は、その生態と同様にゆったりとしている。1枚の葉っぱが4室ある胃と消化管を通過するのにひと月ほどかかり、排泄頻度は週に1回程度で、その1回で体重の3分の1ほどの量の糞と尿を排出する。

　ナマケモノが素早く動くのは木から落ちたときだけで、それがまたびっくりするほどしょっちゅう落っこちている。平均すると週に1回のペースで、枝に引っかけていた爪が外れて地面に落下している。10階建てのビルの高さに相当する30メートルも落下することもあり、その場合は地面との衝突速度は秒速24メートルに達する。しかしナマケモノは頑丈かつ冷静で、大抵は何事もなかったかのように樹上の我が家に這い上がって戻っていく。

　大きな視点から見れば、ナマケモノはやることなすことすべて鈍い（ときどき不意に木から落っこちたときは別にして）。ところが顕微鏡でも観察できないレヴェルにまで視点を小さくす

ると、ちがう事実が見えてくる。ナマケモノの体の70パーセントは水でてきていて、その水のなかを分子は秒速600メートル、時速にして2160キロメートルで飛びまわっている。

　わたしたちの身のまわりにあるものは、すべて超高速で動く原子もしくは分子で構成されている——固体の場合は超高速で振動し、気体と液体の場合は超高速で自由気ままに飛びまわっている。不思議に思えるかもしれないが、物質内の粒子の動きを減速させるうってつけの手のひとつは、自然界最高速度で移動する——なんと秒速30万キロメートルだ——光子を使うことだ。2021年、コロラド大学の研究チームはレーザー光線を使って酸化イットリウムの分子を史上最低温度まで冷却し、運動をほぼ停止させることに成功した。この実験はいくつもの段階を踏みつつ実施された。各段階で最も低い温度になった、したがって最も遅くなった分子を着実に分離し、最終的に残った1200個の分子は、地球上で最も低い温度である－273.15℃、つまり絶対零度よりわずか100万分の1℃高い温度に達した。そこまで冷却された分子の移動速度は、研究室の端から端まで横断するのに1時間程度かかるほどにまで下がった。

　これまで実施されてきたなかで最も長く続けられ、現在も継続中の科学実験は、ほとんど何の変化も見られないので最も退屈な実験でもある。この実験は、オーストラリアのブリスベンにあるクイーンズランド大学物理学部の初代教授トーマス・パーネルが1927年に始めた。パーネル教授はタールから抽出されたピッチを加熱し、管の部分の先端に封をしたガラス漏斗に注ぎ入れた。ピッチが落ち着くまで3年待ち、1930年に漏斗の封を切った。そこからピッチはゆっくりと漏斗から落ちていった——どれほどゆっくりかというと、実験開始からこれまで、たっ

た9滴しか落ちていないほどだ。9滴目は2014年4月に漏斗から落下し、その瞬間は初めてカメラで撮影された。

一見すると固体で、ハンマーで叩き潰せそうなほど脆いピッチだが、実際は水の1000億倍という極めて高い粘性を有する流体なのだ。その事実が誰の眼にもわかるよう、この実験装置はクイーンズランド大学の物理学部棟玄関ロビーの陳列棚に置かれている。黒いピッチの様子は24時間撮影され、インターネットでライヴ配信されているので、根気があれば次の一滴が落ちる瞬間を目撃する幸運に与れるかもしれない。ウェールズのアベリストウィス大学でも同様の実験が、クイーンズランド大学より13年も早い1914年から続けられていることが最近になって判明した。しかし使用しているピッチはクイーンズランド大学のものより粘性が高く、実験開始から1世紀を経た現在、1滴も落ちていない。実際のところ、ピッチは漏斗の管の部分に入ったばかりで、最初のひと滴が落ちるまで、少なくともあと1200年は待たなければならない。

クイーンズランド大学で継続中のピッチドロップ実験（2012年撮影）

これでも気が遠くなるほど遅いと思えるかもしれないが、自然界の別のプロセスと比べたらどうということはない。キセノン124はキセノンの放射性同位体で、希少かつ極めて不活性な気体だ。キセノン124の半減期は——放射性同位体の原子核の半分が崩壊するまでにかかる時間は——宇宙の現在の年齢の約1兆倍以上だ。これは直接観察が可能なもののなかで最も遅い自然現象だ。

　ここでこんな疑問がわいてくるかもしれない——平均して1.8×10^{22}年、つまり180垓年もかかる現象が、どうやって確認できたのだろうか？　実は、〈暗黒物質〉という自然界の謎のひとつを調べているうちに偶然わかったのだ。ローマの北東約120キロメートルに位置するグラン・サッソ・エ・モンティ・デッラ・ラガ国立公園にある世界最大の地下研究施設の地下1400メートルの岩盤内に、暗黒物質検出器XENONITが設置されている。XENONITには3.2トンのキセノンが使用されており、そのなかに少量のキセノン124が含まれている。放射性物質が崩壊する"平均"時間は半減期で示されるが、核崩壊はランダムなプロセスであり、物質によってはかなり早く生じるものもある。事実、XENONITの研究チームは126個のキセノン124原子が1年間で崩壊して放出するエネルギーを検出した。このデータから算出した結果、この放射性同位体の半減期は信じられないほど長いことが判明した[2]。

　宇宙的な時間すらほんの一瞬のように感じさせるほどゆっくり動くものがある。オランダのデザイナーのダニエル・デ・ブルーインは、自分が生まれてから10億秒（齢にして31歳だ）の大台に達したことを記念して、ゼロが100個続く数字、すなわち10の100乗である1グーゴルを象徴する装置を制作した。この装置

は前後の歯車の減速比が10対1、つまり手前の歯車が10回転すると次の歯車が1回転するようにして、それを100個連ねたものだ[3]。したがって最後の歯車を1回転させるには、最初の歯車を1ゴーグル回さなければならない。最初の歯車を1時間に1000回転させた場合、最後の歯車を1回転させるために要する時間は10^{97}時間、ざっと10兆兆兆兆兆兆兆兆年になる。

　もっともな理由がごまんとあるので、デ・ブルーインの装置が目的を果たすようなことはどう見てもない。が、完了までにさらに時間がかかり、しかも実現するかもしれないプロセスがひとつある——宇宙そのものがそんなに長く生き長らえることができればの話だが。それは、宇宙で最も極端な天体であるブラックホールがかかわっている。

　近づいたが最後、呑み込まれて這い出ることができない、恐ろしい底なしの穴。これがブラックホールの一般的なイメージだ。たしかにそうしたタイプのブラックホールはさまざまな銀河の中心部や大質量の恒星が爆発した跡に存在し、帰還不可能な地点、いわゆる事象の地平線を越えた物質をすべて呑み込むことが確認されている。しかし一説では、ブラックホールはまったくの漆黒の空間ではないという。ホーキング放射と呼ばれる熱的な放射をし、時間が経てば蒸発し、消滅してしまう。

　蒸発する速度はブラックホールの質量で決まる。陽子ほどの大きさしかないマイクロブラックホールは、γ線バーストを起こして一瞬で消滅する。しかし大型のブラックホールはもっと長く存続する。太陽ほどの質量のブラックホールは蒸発するまで10^{64}年かかる。それに比べると、宇宙そのものの年齢はたかだか138億歳だ。いくつかの大型銀河の中心に存在する、質量が太陽の1000億倍もある超大質量ブラックホールは2×10^{100}年もも

ちこたえることができる。最終的に宇宙がしっかりと生き永らえることができれば、超銀河団全体が崩壊して誕生した超巨大ブラックホールの蒸発という、理論上では最も遅いプロセスを乗り切ることができるかもしれない。この暗鬱で超長寿の天体は、驚異の10^{106}年後に最後の内容物をホーキング放射で放出する。

423億cd

3 ギラギラ

“光の街”の別名で知られるラスヴェガスにあって、〈ルクソール・ホテル・アンド・カジノ〉はひときわ光り輝いている。この黒いピラミッドの頂上部分から、夕暮れから夜明けにかけて放たれる〈ルクソール・スカイビーム〉は、晴れた夜には440キロメートルほど離れたロサンゼルス上空を巡航高度で飛行する旅客機の窓からも見ることができる。

ピラミッド頂上の15メートル下にある照明室に設置された7000ワットのキセノンランプ39個が生み出す光は曲面鏡に当てられ、集束されてひと筋の光線となり、空に向かって垂直に放たれる。スカイビームは強烈な光だけでなく大量の熱も発生させ、稼働中の照明室内の温度は150℃に達する。

当然ながら、スカイビームはルクソールの大きな目玉となった——そして人間の観光客以外の眼も集めた。そのまばゆい光は、毎晩ガをはじめとしたおびただしい数の飛翔昆虫を惹き寄せる。すると今度は、食べ放題の昆虫バイキング目当てにコウモリの大群がやって来て、その次はこの機を狙ってフクロウたちが襲来し、コウモリたちを餌食にするのだ。スカイビームに群がる動物たちは、捕食者だけでなく光そのものという脅威にも直面する。光線のなかに迷い込もうものなら一瞬にして眼が見え

なくなり、場合によってはこんがりと焼かれる。光線の根元部分の温度は260℃もあるのだ。

　光の強度を示す基本単位は〈カンデラ（cd）〉だ。ラテン語で“キャンドル”を意味するカンデラの定義は難解そうに聞こえるが、今でも一般的なロウソクが放つ光の量に基づいている。1979年、科学者たちはカンデラをこう定義した——放射強度683分の1ワット毎ステラジアンで周波数$540×10^{12}$Hzの単色光を発する光源の、所定の方向への光度。$540×10^{12}$Hzという周波数はかなり人間寄りのものだ。これは虹を構成する色相のなかで人間の眼が最も敏感に反応する緑に相当する。この定義にある放射エネルギーの値は一般的なロウソクのそれに近い。つまり難解な定義に思えるかもしれないが、実際には何の変哲もない馴染みのあるものを示しているのだ——普通のロウソクを見たときにどれほど明るく感じるか、ということだ。

　室内を適度に明るくするには、かなりの本数のロウソクを灯さなければならない。100ワット電球1個分の明かりを得るには120本程度が必要だ。市販の携行電灯（フラッシュライト）で最強のものは45万cdという、眼がくらむほどまばゆい光を放つ。しかしその光も、ルクソール・スカイビームのまえではホタルよりちょっと明るい程度に見えてしまう。ラスヴェガスのランドマークの頂上から発せられ天に突き刺さる光の強さは423億cdだ。

　わたしたちが普段眼にする自然光の光源のなかで最も明るいのは太陽で、その明るさは3メートル先にある1000個の100ワット電球とほぼ同じだ。しかし太陽は地球から約1億5000万キロメートルも離れたところにあるので、その光の総量は途轍もない。天文学では、天体の明るさを〈等級〉という単位で測る。等級には〈視等級〉と〈絶対等級〉の2種類がある。視等級は地球から

見た明るさを、絶対等級は実際の明るさを示す。

　等級は逆対数の尺度なので、明るい天体ほど等級は低くなる。現在の等級は、紀元前2世紀にギリシアの天文学者ヒッパルコスが考案した星の分類に多少手を加えたものだ。ヒッパルコスは最も明るい星を1等、最も暗いものを6等にした。現在の尺度では、等級がひとつ下がると明るさは$\sqrt[5]{100}$倍、つまり2.512倍になる。2等星は3等星の2.512倍明るく見えるということだ。かなり明るい天体の視等級はマイナスになる。シリウス（天狼星）は－1.46、金星は－4.2、満月はおよそ－13だ。太陽の視等級は－26.8で、これは夜空で最も明るいシリウスの100億倍だ。

　が、地球からの距離を比べれば、太陽のほうがシリウスよりも断然近いのだから当然の話だ。天体を同じ距離に置いて比較する絶対等級を使えば条件は平等になる。絶対等級は、10パーセク（1パーセクは約3.26光年、もしくは31兆キロメートルに相当する天文単位）離れたところから見た場合の視等級と定義されている。絶対等級で比べると、太陽は4.83とかなりしょぼく、それに対してシリウスは－1.33になる。それどころか、夜空に肉眼で確認できるすべての星は、実際には太陽より明るい（太陽より暗い星も無数に存在するが、望遠鏡を使わなければ見えない）。

　夜空に見える1等星としては、地球から863光年離れたところにあるオリオン座の青白く光る巨大なリゲル、2600光年離れたはくちょう座のデネブなどがあり、絶対等級はそれぞれ－7.8と－8.4で、どちらも太陽の10万倍ほどの明るさだ。

　最大級に明るい恒星がいくつか確認されているタランチュラ星雲は天の川銀河の伴銀河である大マゼラン雲のなかにあり、かなり活発に恒星が形成されている茫漠たる領域だ。そのタランチュラ星雲の中心近くにあるBAT99-98は、質量にして太陽の

226倍、明るさは500万倍という超巨大恒星だ。現在確認されている恒星のなかで、この星を大きく上まわるものはひとつしかない。

　はるか彼方にある——正確に言うと109億光年離れた銀河系に、正式名称はないが〈ゴジラ〉と呼ばれている恒星が存在する。そこまで遠く離れていたら、普通なら詳しいことはわからないところだ。しかし重力レンズという宇宙の奇妙な現象によってこの銀河の放つ光が大きく拡大され、内部を詳細に見ることができる。ゴジラが放出する光のスペクトル特性のいくつかは、わたしたちの銀河内に存在する巨大で非常に明るく、そして不安定な恒星のものと似ている。そうした星のひとつであるりゅうこつ座イータ星は、恒星としての死を迎えつつある。ゴジラは太陽の約1500万倍も明るいが、おそらくその輝きは長くはもたないだろう。天文学的に言えば、じきに爆発して超新星となり、数日から数週間にわたって銀河全体を凌駕する輝きを発することになる。

　爆発する恒星はごくわずかだ。そうした星は、太陽の少なくとも8倍の質量を有する。超新星の絶対等級は短期間のうちに−19に達することもあり、地球から30光年強離れた恒星が爆発すれば、シリウスの1500万倍、満月の500倍の明るさで輝くことになる。その残骸がかに星雲と呼ばれている超新星は1054年に爆発し、6500光年もの距離があるにもかかわらず日中でも確認することができた。

　これまで確認されたなかで最も明るい超新星は、超新星全天自動調査による望遠鏡調査で発見されたことにちなんでASASSN-15lh と命名された。ASASSN-15lh は超新星界のエリートである“超高輝度超新星”のひとつで、南天の星座である

インディアン座の方向に38億光年離れた銀河にあり、2015年6月14日に初めて確認された。[*2]その輝きのピーク時の明るさは太陽の5700億倍、天の川銀河の光の総量の20倍だった。表現を変えると、この超新星が臨終の際に放出したエネルギーは、太陽が生涯のうちに生み出すエネルギーの10倍に相当する。

　天文学者のなかには、そもそもASASSN-15lhは本当に超新星だったのかと疑問視する向きもある。同様の不確かさは、地球近傍小惑星の全天観測プロジェクト〈パンスターズ〉[Pan-STARRS]の望遠鏡があるハワイのハレアカラ観測所で2010年に観測された、PS1-10adiの名で知られる"驚くほど輝いて見える現象"にもつきまとっている。PS1-10adiは新たな超高輝度超新星なのかもしれない。もしくは、銀河の中心部にある巨大ブラックホールの強力な重力場が星をずたずたに引き裂く、潮汐破壊現象という別種の力で死を迎えた恒星のなれの果てなのかもしれない。いずれにせよ、天文学者たちにとっては胸躍らせる発見だ。超高輝度超新星も潮汐破壊現象も、どちらも宇宙で最も途方もない量のエネルギーを消費する、現在進行形のプロセスを垣間見せてくれるのだから。

　地球から見て最も光り輝いて見えるもののダントツ1位は爆発する星をおいてほかにない。しかし天体が放つ光の総量とその強さはまったくの別物だ。たとえば、超新星と水素爆弾の爆発はどちらも強烈な光を発する現象だ。超新星は他に類を見ないほど光り輝くが、その光の"強度"はどうだろうか？　そこで生じる瞬間的な破壊作用を無視すれば、水爆の爆心地にいる人間の眼の網膜に入ってくる光の量は、0.5光年離れたところにある超新星からの量とほぼ同じなのだ！

　理論的には、光線の明るさに上限はない。電子といったほか

の素粒子とは異なり、光子は無制限に重ねることができる。問題があるとすれば、いかにして大量の光子を1ヵ所に集中させるかという技術的なものだけだ。2017年、ネブラスカ大学リンカーン校の物理学者たちは、ヘリウム内に浮遊する電子にDIOCLESと呼ばれる超高輝度レーザーを照射し、この探究に新境地を拓いた。このレーザー照射により、太陽の表面の1000万倍という地球上で作られたなかで最も明るい光が生み出された。

　ネブラスカ大の実験の目的は、レーザーから発せられた光子がどのようにして単一電子を散乱させるのかを研究することにあった。わたしたちを取り巻く世界の大部分は光の散乱によって可視化されている。通常の光の場合、単一光子のみが原子内の電子を散乱させる。しかし超高輝度のDIOCLESを照射することで何百もの光子が単一電子に当たって跳ね返り、散乱した光はすべてのレーザー光子のエネルギーが結合したものとなるので、より高エネルギーになる。

　この実験の趣旨は、独特の性質を有する散乱X線を作り出すことにもあった。レーザーの輝度は非常に高く、散乱光の角度、形状、そして波長を変化させる。つまり、一定の閾値以上の強度の光に照らされると、物体は事実上ちがって見えるようになるということだ。

　そのうえ、レーザー光線が電子に当たって発生するX線は強力だったが持続時間は非常に短く、エネルギー範囲も狭く抑えられていた。これにより、見つけにくい腫瘍を発見する高感度の医療用三次元X線スキャンが、従来の10分の1の放射線量で可能になった。また、持続時間が極めて短いX線バーストは史上最速のストロボライトの役割を果たし、超高速の動きも止まって

見える。これは従来のＸ線では追えない化学反応を研究する際に、すこぶる有益な技術になるはずだ。

4 静かに！

　アメリカの前衛音楽家ジョン・ケージの最も有名な作品は、おそらく音楽史上最も静かな曲だ。そのピアノ曲『4分33秒』は、ピアニストに273秒間静かに坐ったままでいることを求める。この秒数は、分子運動が停止する絶対零度である−273℃を示している。ケージはこう説明する。「何もない空間も何もない時間も存在しない。常に何かしらの音が聞こえ、何かしらが見える。実際のところ、沈黙は作ろうにも作ることはできない」

　ケージの『4分33秒』は従来の音楽の枠組みを打ち破り、心の耳を舞台から客席へ、さらにはコンサートホールの外に向けさせた。聴衆は、平凡なものから深遠なものまで、予想どおりのものから予想外のものまで、身近なものから宇宙規模のものまで、とにかくありとあらゆる音を意識するようになる——椅子の坐り位置を変える音、プログラムをめくる音、呼吸音、ドアの軋み、通り過ぎていく車、そして過去の音の記憶。万人が芸術だと納得する曲ではない。数学者で著述家のマーティン・ガードナーは、『Nothing（無）』と題したエッセイにこう記している。「わたし自身は『4分33秒』の"演奏"を聴いたことはないが、聴いたことのある友人は、この曲はケージの最高傑作だと言っている」

　わたしたちの日常はさまざまな音で溢れているが、普段はそ

の多くをあまり意識していない。小さな音は大きな音のなかに紛れて聞こえないこともあり、そして1章で見たように、人間の視覚が電磁波スペクトルの狭い帯域内の光しか感知できないように、可聴域も音の周波数帯域の狭い範囲に限られている。

音の強度は、電話の発明者アレキサンダー・グラハム・ベルにちなんで命名された単位〈デシベル（dB）〉で表される。大雑把に言えば、ふたつの音の大きさの1dBの差は人間の聴覚で感知可能な最小の音差だ。地震で放出されたエネルギーを測定するリヒター・スケールと同じく、デシベルも対数尺度だ。音の強さを倍にすると、3dB強の増加に相当する。1dBのかすかなささやき声から60dBの通常の会話になると、音の強度はざっと100万倍に跳ね上がる。

わたしたちが聴き取れる最も小さな音は、一般的に0dBとされている。しかし0dBは無音を意味しない。人間が感知できない、さらに小さい音にはマイナスデシベルが適用される。いずれにせよ、0dBは聴覚の閾値の大まかな目安にしか過ぎない。もっと小さな音に敏感な人もいるし、若いときのほうが聴覚は鋭敏だ。また、わたしたちの聴覚の感度は、人間が聴き取ることが可能な20Hzから2万Hzの周波数帯域全体で変化し、2000 〜 5000Hzのあいだで最も感度がよくなる。

地球の自然環境下で物音ひとつしない場所はめったに見つからない。文明の喧騒から逃れるのもひとつの手だが、それでも静寂を妨げる鳥のさえずりや風のそよぐ音は聞こえてくるものだ。鳥もいなくて風も吹かない場所は、火山のクレーターのような外界から遮断された不毛の地ぐらいしかない。地球上で最も静かな場所の候補地のひとつが、ハワイ諸島のマウイ島にあるハレアカラ・クレーターだ。ここでほぼ一定に聞こえる音量は、

人間の呼吸音とほぼ同じの10dBだ。このクレーターよりも静かなところは、たぶん地中深くにある洞窟しかないだろうが、それも地下水が流れる音や天井から水滴が落ちる音がしなければの話だ。

「宇宙ではあなたの悲鳴は誰にも聞こえない」これは映画『エイリアン』の有名なキャッチフレーズだ。が、宇宙空間は無音の世界だという説には疑問符がつく。真空の宇宙空間では宇宙服とヘルメットを着用しなければ死んでしまうが、その内部には空気があり、したがって音が聞こえる。しかし科学者たちは才覚ある人々なので、死んでしまうという取るに足らない問題で優れた実験を躊躇することはない。

　宇宙で悲鳴は聞こえないという説を検証するべく、ロンドンのブルネル大学のある大学院生とBBCのラジオ番組『The Naked Scientist（裸の科学者）』が手を組み、大気圏上層部にマイクとスピーカーを送り込んだ。世界中の人々に呼びかけ、飛び切りの叫び声を録音して送ってもらい、そのなかから選んだものを実験に使った。選ばれたのは、南アフリカのノハという女性の「あんたたち！　自分の部屋を掃除しなさい！」という金切り声だった。

　気球に取りつけられた"絶叫衛星"はどんどん上昇し、気圧が地上の1000分の3しかない高度33キロメートルに達したところで気球は破裂した。その直前、マイクは子どもたちを叱るノハの声を、ぎりぎり感知した。

　何らかの媒質があれば音はどこでも伝わる。たとえば火星には大気があるので音は存在する。NASAが送り込んだ探査車〈パーサヴィアランス（不屈の努力）〉に取りつけられた2基のマイクのおかげで、火星の風の唸り声やローヴァーのレーザーが

付近の岩を砕く音、そして頭上をホヴァリングする小型ヘリコプターがあげるぶんぶんという音を聞くことができる。しかし火星の大気は地球のものより温度が低く、濃度もかなり低く、組成も異なる。

　火星の大気の密度は、わたしたちが呼吸している空気の100分の1程度しかないので、この赤い惑星で声を出せばかなり小さく聞こえるだろう。地球と同じ音量で聞きたければ、火星では音源にかなり近づかなければならない。火星の大気の大部分は、地球の空気の大半を占める窒素よりも吸音性が高い二酸化炭素で構成されているので、音はくぐもって聞こえるだろう。

　これが金星だと、何か言葉を発したり聞いたりする暇もなく死んでしまう。しかし何らかの手段を講じて、とんでもない高温を耐えることができるとすれば、聞こえてくる音も発する声もこの星独特のものになるだろう。金星の大気は濃くドロドロで、深度1000メートルの深海と同じ圧力がかかっている。大気の密度が高いと声帯の振動は遅くなり、声を発しても重低音になる。

　地球に話を戻そう。発生するほぼすべての音を吸収する、無響室という特別な施設がある。この空間は、新開発のオーディオ機器の試験や工業用機械の雑音が伝わる方向といった、さまざまな音響実験に使われる。ジョン・ケージもハーヴァード大学の無響室を訪れたことがあり、そのとき『4分33秒』の着想を得た。そのときのことをケージはこう記している。「ふたつの音が聞こえた。高い音と低い音だった。担当の技師に説明すると、高いほうは神経系の、低いほうは血液循環の音だと教えてくれた」

　無響室の壁と床と天井は、そこに向かってくるほぼすべての音を吸収するように設計され、そのための素材が使用されている。室内にいる人間が聞こえる音は本人の体が発する音か、耳に

じかに届く声のみだ。その体験は不安の極致で、ほとんどの人間が数分も待たずに降参してしまう。一部の無響室は一般公開されることもあるが、大抵の場合は管理者の同伴がなければ長時間の入室は許されない。このほぼ無音の部屋に居つづけられるのは、せいぜい頑張って40分がいいところだ。しかし大半の人はそれよりずっと早く退散してしまう。自分の骨同士がこすれ合う音や、どんどん大きく聞こえてくる耳鳴り、そして空間認識の喪失に（これも残響がないことの効果のひとつだ）耐えられなくなるのだ。究極の無音地獄は、ワシントン州レドモンドにあるマイクロソフト本社研究所の87号棟にある、"音が死ぬ場所"とも呼ばれる世界最先端の無響室だ。

　宇宙全体で最も静かな音は単一の〈音響量子〉だ。光子が電光で入ってくる電磁エネルギーの微小かつ不可分な素粒子である

マイクロソフト本社研究所87号棟の無響室

のとまったく同様に、フォノンも音響エネルギーの考え得る最小単位だ。世界中のさまざまな研究施設で、個々のフォノン、すなわち音響エネルギーの量子化された塊を検出する装置の開発が進められている。

　ひとつひとつのフォノンの音を聞くことはできないが、それでも量子実験で使用されるフォノンの周波数は、人間が感知可能な周波数の何百万倍も高い。こうした実験用のフォノンは圧電性物質、つまりその表面上のすべての運動から電圧を発生させる素材でできたチップの上に生成されている。フォノンがチップの上を移動すると微細な電圧が生じ、それをマイクとスピーカーの役割を果たす感受性変換器が拾う。

　人間同士がコミュニケーションで使う最も小さな音はささやき声だ。将来的には、ひとつひとつのフォノンのほぼ無音のささやきを量子ビットにして、それを基盤とした新世代の高速処理コンピューターが開発されるかもしれない。この〈ファイビット〉は、電子的に保存される繊細な量子ビットよりも環境条件の影響を受けにくい。SFのように聞こえるかもしれないが、高度なAIから複雑な暗号技術にいたるまで、ありとあらゆるものの開発支援を行う史上最強のコンピューターは、いずれは自然のなかで発せられる最小の音をベースにしたものになるかもしれない。

5 限界を超えろ
<ruby>アップ・トゥ・イレヴン</ruby>

　1984年の映画『スパイナル・タップ』で、架空のロックバンド〈スパイナル・タップ〉のギタリストのナイジェル・タフネルは、ボリュームノブに11まで目盛りが刻まれているギターアンプを披露している。通常のアンプのボリュームノブは目盛りが10までしかないので、それ以上大きな音が出せるとタフネルは信じている。映画公開後、〈ヴァン・ヘイレン〉のエドワード・ヴァン・ヘイレンをはじめとする有名ミュージシャンたちが、このジョークにちなんでボリュームノブの目盛りが11以上刻まれたアンプを使うようになった。

　大学生だったわたしがコンサートによく行っていた1970年代初頭、ツアー中のバンドは大音量を出力可能な音響システムをよく自慢していたものだ。しかしロックが誕生するずっと前から、クラシック音楽では大音量で演奏することを意図して作曲された曲がいくつもある。ベートーヴェンの15分間の作品『ウェリントンの勝利』は、1813年の初演では総勢100人のオーケストラで演奏された。〈ニューヨーク・タイムズ〉の音楽評論家コリーナ・ダ・フォンセカ・ウォルハイムは、"戦争交響曲"とも呼ばれるこの曲を"聴き手に対する音の攻撃"であり、"交響曲の演奏においてはより大きな音量を求める、音楽の軍拡競争の

口火を切った"と評した。

　大音量の音楽が可能になった理由のひとつに、バルブ付きのトランペットやフルートの金管化といった楽器の技術革新がある。なかでも18世紀初頭に発明されたピアノは最も劇的な変化を遂げた。初期のピアノの弦は最低音部には真鍮線が、それ以外には鉄線が用いられていた。時代が下るにつれて、モーツァルトやベートーヴェン、そしてリストといった作曲家たちは、ますます広くなっていくコンサートホールに音を万遍なく行き渡らせるべく、ピアノにさらに多くのことを、とりわけ音域と音量の両面に求めた。それに応えて、ピアノの設計者たちは弦の本数を増やし、張度を上げた。そのためフレームに鉄板を追加して強化しなければならなかった。最も大きな変化は、スチール弦が導入された19世紀半ばに始まった。1912年には、最初期に使われていた鉄線の3倍の引っ張り強度を持つ、現行のピアノ弦が使われるようになった。

　かつての弦楽器には、おもに羊の腸を素材にしたガット弦が用いられていたが、ものによってはスチール弦に取って代わられた。その恩恵を最も大きく受けたのはギターだ。スチール弦を得て生まれ変わったギターは、その大音量を武器にフォークやカントリー音楽、そして最終的にジャズとロックに新たな居場所を見つけた。

　オーケストラで使用される楽器のなかで最も大きな音を発するのはフレンチホルンだ。クイーンズランド大学とシドニー大学の研究者たちが2013年に行った調査によると、40歳未満のフレンチホルン奏者の3分の1が騒音性難聴に悩まされていることが判明した。[*1]

　野外演奏のオーケストラで最も大きな音は、チャイコフス

キーの序曲『1812年』における大砲の実際の発射音だ。この曲は
チャイコフスキー本人が嫌っていて、「やかましくて騒々しいば
かりで、芸術的価値は皆無だ」と切り捨てている。屋内の演奏で
は、通常は太鼓や録音した大砲の音、もしくは爆発によらない別
の轟音が使われている。それでもロンドンのロイヤル・アルバー
ト・ホールでは本物の大砲が使われたことがある。

　4章で述べたように、音の強度はデシベル(dB)で示される。こ
の尺度では、ほぼすべての人間が聴き取れる最も小さな音が0
dBになる（マイナスデシベルもあり得るが）。10dB上がるごと
に音の強さは10倍になる。10dBの音は0dBの10倍、20dBなら
100倍になるということだ。

　風にそよぐ木々の葉ずれの音はわずか20dB、冷蔵庫のコンプ
レッサーの音は50dBほど、通常の会話ならおそらく60dB、道路
を行き交う車の音は80dBだ。普通の話し声から混み合う通りの
騒音まで20dBほども跳ね上がるのだから、車やバスが行き交う
街の目抜き通りの歩道で誰かとおしゃべりするのが難しいの
も無理はない。20dBの増加は音の強度が100倍に跳ね上がった
ことになるのだが、わたしたちの耳には4倍程度大きくなった
ぐらいにしか聞こえない。音の実際の強さが10倍になっても2
倍程度にしか感じないという事実は、騒音性難聴の原因のひと
つとなっている。ヘッドフォンで大音量の音楽を聴いたり高レ
ヴェルの騒音に長時間さらされたりすることでこうむるダメー
ジに、わたしたちは気づいていないのだ。

　オートバイの爆音は100dB、雷鳴は120dBに達する。それ以上
の音量になると、音の強さやさらされる時間によっては難聴を
惹き起こしかねない聴覚領域に入ってしまう。各バンドが"世
界一騒々しいロックバンド"の座を競っていた時代もあった。

1970年代初頭には〈ディープ・パープル〉が数年にわたってタイトルを保持していたが、1976年にロンドンのザ・ヴァレーでのコンサートで、スピーカーから32メートル離れた地点で126dBを記録した〈ザ・フー〉にその座を譲った。が、それに輪をかけて大きな究極の音が、人間界と自然界の両方に存在する。

　人間の手による音響システムの話を続けるが、ヨーロッパでもっとも大きな音を出す施設は、オランダの欧州宇宙研究技術センター（ESTEC）内にある〈Large European Acoustic Facility（LEAF）〉だ。LEAFの壁のひとつには窒素ガスを噴射して最大154dBの騒音を出せるサウンドホーンが埋め込まれている。鉄筋コンクリートの壁が騒音をしっかり閉じ込め、この音響室に入るドアがすべて密閉されていることが確認されて、そこでようやく音響システムのスウィッチが入れられる。

　ジェット旅客機が離陸時に放つ音は100メートル以内では雷鳴のように聞こえる。ところが嘘みたいな話だが、史上最も大きな音をたてる航空機はジェット機ではなくプロペラ機なのだ。アメリカ空軍の依頼を受けたりパブリック・アヴィエーション社は、ターボプロップエンジンでプロペラを"超音速"で回転させるXF-84Hを試作した。プロペラの羽根が音速を超える速さで回転するので、地上でのアイドリング時ですら耳をつんざくようなソニックブームをひっきりなしに放ち、横方向に何百メートル先まで轟かせる。その衝撃波たるや、人間をひっくり返らせるほど強力だった。"雷の金切り声"の悪名を得たこの航空機は、エンジン出力を最小に抑えて停止している状態でさえ40キロメートル先まで聞こえる大音量を発し、地上勤務員たちの頭痛や吐き気を惹き起こした。その推定音量は200dBで、これはアポロ計画で月に向かって打ち上げられた強力なサターンＶロ

ケットに近い数値だ。

　人類が発生させた史上最大の音は、ソヴィエト連邦の史上最強の水爆AN602、またの名を〈ツァーリ・ボンバ(爆弾の皇帝)〉の爆発音だと考えられる。1961年に実験されたこの水爆は、広島と長崎に投下された原子爆弾の3000倍の威力があり、TNT火薬50メガトンに相当する。ツァーリ・ボンバの爆発の衝撃は世界中の地震計に記録され、爆心地では224dBの轟音を響かせた。

　近代史上最も大きな音のひとつは、音源から何千キロメートルも離れた場所でも聞こえた。1883年8月27日、ジャワ島とスマトラ島のあいだに浮かぶクラカタウ島の火山が噴火した。その直後、巨大な爆風が放った音波が4800キロメートル離れたインド洋上のロドリゲス島に到達し、住民たちは遠くにある重砲の発射音のような音を聞いた。火山から5キロメートル離れた地点での音量は推定で189 〜 202dB、火口付近では310dBだったとされる。

　クラカタウより大きな音を轟かせた出来事は、過去1世紀ほどのうちに1回だけならあったのかもしれない。1908年6月30日の午前7時過ぎ、シベリアのヴァナヴァラにある交易所にいた男が椅子から吹き飛ばされた。同時に猛烈な熱波が襲ってきて、男のシャツを発火させた。80キロメートル離れたツングースカ川の近くで、少なくとも10メガトン級の——広島型原爆の600倍の——威力がある何かが爆発したのだ。爆発から一瞬ののちに爆心地から放射状に広がるようになぎ倒された8000万本の樹木は、今でもそのままだ。発生した烈しい衝撃波は、遠くイギリスでも測定された。

　定説では、この〈ツングースカ大爆発〉は直径40メートルほどの小惑星が時速約5万4000キロメートルで大気圏に突入し、高

度およそ8500メートルのところでばらばらになったことで生じたものだとされている。爆発音の強度は300から315dBだったのではないかと思われる。

打ち上げられる巨大ロケットの近くにいたり、クラカタウやツングースカのような天変地異が起こったときに、運悪くそこから数キロメートル以内のところにいた場合、音だけで鼓膜が破れ、骨は砕け、内臓は破裂してしまうだろう。160dBを超える音を至近距離で浴びると、たぶん死んでしまうだろう。人間が耐え得る音による痛みの閾値は約130dBで、クラカタウの場合はその2500億倍だ。

自然もしくは科学技術が作り出した最大の音を、人間は間近で体験することはできない。そんなことをすれば一瞬で死んでしまう。しかし大音量には"物理的な"限界もある。大気中の音の大きさは、音波の振幅が周囲の気圧と比べてどれほど大きいかによって決まる。194dBの音は海抜0メートルにおける通常の大気圧と同じ圧力偏差を有する。この強度の音波は原理的にはそれ自身のなかに完全な真空を作り出してしまうので、強度がさらに増すと音は"途切れて"しまう。一般的に音とは圧縮化と希薄化の連続であり、その意味においては194dB以上の音は音にはならない。これを超えると音源の発するエネルギーが音波全体を歪ませるようになり、圧力の山と谷の差が大きくなるのではなく衝撃波が生じる。そして音が空気中を通過するのではなく、加圧された破裂音が連続する。これが打ち上げ中の大型ロケットが一定した轟音ではなく弾けるような音を出す理由のひとつだ。

1章で見たとおり、音は真空中を伝わらないが、だからといって宇宙空間で音響現象が生じないというわけではない。ほぼ無

の空間である銀河のあいだにも、地球上の音波に似た波動の媒質となる薄いガスが存在する。これもまた1章で学んだように、これまでに"聞こえた"最も小さな音は、2億5000万光年離れたペルセウス座銀河団の中心部にある超巨大なブラックホールを音源としている。この究極の男声の最低音部のさざ波は、ある意味においては宇宙で検知された最も大きな音でもある。何しろこの音源は、クラカタウの10^{34}倍、つまり100溝倍のエネルギーを一気に放出するのだから。

6 絶対零度への挑戦

　南極のヴォストーク基地を訪れる機会があれば、その時はしっかりと着込んでから行こう。南極大陸の南端部、極点から1300キロメートル離れたところにあるこのロシアの科学基地は、評判ではちょっとばかし底冷えする場所らしい。これまでの最高気温は真夏に記録した−14℃だ。真冬の寒さは暴力的だ。1983年7月21日、−89.2℃にまで下がり、地球の観測史上最低気温を記録した。

　たしかにヴォストーク基地は年がら年中寒さが厳しいが、不思議なことに地球上で最も陽当たりのいい場所でもある。12月の1日の平均日照時間は22.9時間もあり、冬には太陽が地平線から顔を出さない日々が何カ月も続くにもかかわらず、年間の総日照時間は南アフリカやオーストラリアやアラビア半島のどこよりも長い。

　公式記録を下まわる気温になることもまちがいなくある。非公式の情報ではあるが、ヴォストーク基地では1997年7月28日に−91℃まで下がったという。この基地がある東南極氷床の最標高地点に向かっていけば、もっと低くなるはずだ。風速冷却を考慮に入れると、史上最低気温は2005年8月24日に記録した−129℃になる。

しかし南極の厳寒の冬の夜も、太陽系のとある場所に比べたら暖かくて快適だ。おわかりだとは思うが、太陽から遠く離れた星は概して寒い。"火星は子育て向きの惑星ではない"とされる理由はたくさんある。実際のところ、南北両極点の温度は－153℃だ。全体の平均気温は－63℃ほどで、赤道直下では夏に20℃ぐらいになることもある。火星のその先には木星と土星と天王星という巨大な惑星が続き、それぞれ数多くの衛星があり、そのどれもが凍える寒さだ。土星の六番目に大きい衛星エンケラドゥスは、ほぼ全体が白い氷で覆われていて、そのせいで太陽系で最も反射率の高い天体のひとつとなっている。最も気温が高くなる正午でも－198℃しかなく、地表がより多くの太陽光を吸収した場合の気温を大きく下まわる。はるか遠くにある海王星の大型衛星トリトンは、わずかながら届く太陽光の大半を反射してしまうため、表面温度は常に－240℃程度で推移している。

　意外なことに、トリトン並みに寒い場所が地球にかなり近いところにある。2009年、NASAの月周回無人衛星〈ルナー・リコネサンス・オービター〉は、月の南極にある深いクレーターのいくつかが太陽系で最も寒い場所である証拠を発見した。これらのクレーターは"二重の影"に覆われていて、直射日光だけでなく、付近の日光の当たる場所からの反射光といった二次的な熱源からも遮断されている。おまけに、二重の影に覆われたクレーターは、何十億年にもわたって底に陽が射さないほど深い。この漆黒の闇に包まれた月面の凍える落とし穴のなかの温度は、未来永劫－248℃のままなのかもしれない。

　ここよりもっと寒い場所は、太陽系では1ヵ所だけあるかもしれない。冥王星の軌道のはるか彼方にほぼ球状の膨大な領域

があり、そのなかに氷塊のような小さな天体が何十億も浮かんでいる。この領域は、1950年にその存在を最初に提唱したオランダの天文学者ヤン・オールトにちなんで〈オールトの雲〉と呼ばれている。太陽から冥王星までの距離は、1天文単位（AU）とされている太陽から地球までの平均距離の50倍、つまり50AUだが、オールトの雲の内縁までの距離は約2000AUだ。外縁までの距離は不明だが、10万AU、つまり太陽に最も近い恒星までの距離の3分の1もある可能性がある。オールトの雲を構成する孤独な天体たちが浴びる光といえば実質的にかすかな星明かりだけなので、その表面温度は−268℃ほどなのかもしれない。

広大な宇宙には、太陽系のどこよりも寒い場所が無数にあるはずだ。その好例がブーメラン星雲だ。この星雲はケンタウルス座の方向に5000光年離れたところにある光り輝くガスの塊で、太陽に近い質量を有する恒星が、その核での核反応を終えたときに徐々に放出された物質で構成されている。

1995年、天文学者のラグヴェンドラ・サハイとラース・オケ・ニーマンはチリにあるヨーロッパ南天天文台（ESO）の直径15メートルのサブミリ波電波望遠鏡を使い、ブーメラン星雲の温度を測定した。結果は、−272℃という自然界で測定されたもののなかで最も低い数値だった。これはビッグバン直後の宇宙マイクロ波背景放射の測定に基づいた、現在の宇宙の平均温度である−270.4℃よりも低い。過去1500年のあいだに、ブーメラン星雲は秒速約140キロメートルでガスを放出してきた。そしてこのガス放出は皮膚からにじみ出て蒸発する汗と同じように機能し、星雲をゆっくりと冷やしていった。

温度は、物質を構成する粒子——つまり原子と分子——の動きと関連している。動きが遅ければ遅いほど温度は下がる。すべ

ての分子運動が停止した場合の最低温度は絶対零度と呼ばれ、その値は−273.15℃だ。イギリスの物理学者ケルビン卿ウィリアム・トムソンにちなんで命名された〈ケルビン温度(K)〉は、絶対零度を0Kとする。

　究極の最低温度なるものが存在することを理解するようになった科学者たちは、この"とんでもない"超低温の研究室での実現に取り組みだした。最初に成果を挙げたのはマイケル・ファラデーだった。ファラデーは高圧力とエーテルおよびドライアイスへの浸漬を組み合わせた手法を使い、−130℃という最低温度の新記録を達成し、1845年までのあいだに当時知られていた気体の多くの液化に成功した。ファラデーは、酸素や窒素や水素といった一部の気体は"恒久不変"であり、液化は不可能だと考えていた。しかしこの説は数十年ほどのちに誤りだったことが判明する。かなりの高圧力と低温の条件下では、恒久不変とされる気体ですら液体になる。1877年、フランスのルイ・ポール・カイユテとスイスのラウール・ピクテが−195℃で空気の液化に初めて成功した。6年後、ポーランドのジグムント・ヴルヴレフスキとカロル・オルシェフスキが−218℃で酸素を液化した。液化を最後まで拒んだのは最軽量の気体である水素とヘリウムだった。スコットランドの化学者で物理学者のジェイムズ・デュワーは1898年に水素の液化に成功し、−252℃という最低温度の新記録を樹立した。デュワーのライヴァル、オランダの物理学者ヘイケ・カメルリング・オネスは、いくつかの予冷段階とハンプソン＝リンデ熱交換器という装置を駆使し、1908年に初めてヘリウムの液化に成功した。その温度は−269℃だった。続けて液体ヘリウムの圧力を下げることで、約1.5Kというさらに低い温度を実現した。これは当時の地球で達成された最も低い

温度であり、この先駆的な研究により、カメルリング・オネスは1913年にノーベル物理学賞を受賞した。

　極低温になると、物質は通常の状況では見られない特異な性質を示すようになる——摩擦が生じることなく流れる超流動や、電流が抵抗なく流れる超伝導などだ。絶対零度まであとコンマKというところまで下がると、物質は個体、液体、気体、そしてプラズマに加えて、〈物質の5番目の状態〉と呼ばれる奇妙な遷移を起こすこともある。〈ボーズ・アインシュタイン凝縮〉として知られる新たな状態になると、物質内の粒子は個々の性質を失い、ひとつの超巨大な粒子のように振る舞う。科学者たちがあの手この手を尽くして極低温を得ようとするおもな理由のひとつが、この不思議な現象をさらに詳しく調べることにある。

　絶対零度寸前まで到達するべく、物理学者はさまざまな新技術や特異な環境を用いている。2014年、イタリアのグラン・サッソ国立研究所の研究者たちは、1立方メートルの銅製の容器を15日かけて0.006K(-273.144℃)まで下げ、大きな容量の物質の最低温度の新記録を打ち立てた。2018年には冷原子研究所（CAL）という装置が国際宇宙ステーション(ISS)に届けられた。CALはISSの微小重力環境を利用し、約100万分の1Kでボーズ・アインシュタイン凝縮を10秒間維持できる。10秒もあれば、この新たな状態を利用した、量子力学レヴェルにおける物理学の基本法則が研究できる。

　最低気温の現在の世界記録は、ドイツのブレーメン大学の研究チームが樹立したものだ。実験の第一段階で、まずは10万個ほどのルビジウム原子からなる雲を真空チャンバー内に閉じ込め、磁気レンズと呼ばれる技術を使ってチャンバーを20億分の1Kまで冷却し——この温度自体が新記録だ——ルビジウムの

雲をボーズ・アインシュタイン凝縮に遷移させた。

　第二段階では、真空チャンバーをブレーメンの微小重力研究センターにある欧州宇宙機関（ESA）の投下タワーの最上部に設置した。そしてチャンバーを120メートルの高さから自由落下させ、磁場のオンオフを素早く繰り返した。磁場が生じるとルビジウムの雲は収縮し、消えると膨張した。この磁場のオンオフと微小重力環境が組み合わさり、ルビジウム原子の動きはほぼ停止した。チャンバー内では、宇宙で確認されているなかで最も低い温度が2秒にわたって維持された——わずか1兆分の38Kだ。

160000000℃

7 ホットな話題

　温度には絶対零度という下限はあるが上限はなく、際限なく上げることが可能だ。温度は物質内の粒子の温度を測定するものであり、そのエネルギーは桁ちがいに高くなることがある。

　地球上の最高気温の公式記録は、カリフォルニア州のデスヴァレーにある、その名もずばりファーニス（火炎地獄）・クリーク・ランチという場所で1913年7月10日に測定された56.7℃だ。ファーニス・クリークは、地表温度でも1972年7月15日に94℃という水が沸騰する寸前の温度でのトップに立った。

　地球より高温の惑星は太陽系内にはふたつしかない。太陽から最も一番近いところにある水星は、周回軌道を2周するごとにきっかり3回自転する。つまり2年で3日ということだ。地球時間で88日もある、水星の日の出から日没までの昼間の温度は、赤道付近で427℃にも達する。この惑星には大気がないので、夜になると一転して−180℃ほどまで下がる。地球より高温のもうひとつの惑星である金星は、太陽からの距離が水星の2倍なのに水星より暑い。二酸化炭素からなる濃密な大気が巨大な温室の役割を果たし、表面ではせいぜい下がっても462℃という酷暑が一年中続いている。

　太陽以外のさまざまな恒星にも何千個もの惑星が確認されて

おり、そのなかにはかなり小さな周回軌道を持ち、表面温度が並はずれて高い星がある。約1400光年の彼方にあるWASP-12という恒星は、性質は太陽に似ているがサイズと明るさは若干大きい。この恒星からわずか350万キロメートルの——太陽から地球までの距離の43分の1だ——軌道上を、木星の1.5倍の質量を有する惑星が周回している。軌道がこれほどまでに小さいせいで、このWASP-12bは中心星の引力に引っ張られて卵状になり、毎年18京9000兆トンもの大気が剥ぎとられている[注]。惑星自体の構成物質も徐々にむしり取られていくうちに軌道が減衰し、今後わずか数百万年のうちに完全崩壊する運命にある。

　言うまでもないことだが、WASP-12bは死ぬほど暑い。中心星による加熱効果と形状を歪ませるほどの潮汐力とが相まって、表面温度は2200℃超えだ——鉄の融点もはるかに超えている。それほどの高温ならば溶岩のように赤々と輝いていると思われるかもしれないが、実際はそうではない。むしろ逆に、炭素を多く含むWASP-12bの表面は降り注ぐ光のわずか6パーセントしか反射せず、アスファルトのように黒い。

　WASP-12bよりも熱い——実際、確認されている惑星のなかで最も高温の惑星は、大きさは太陽の倍、質量は数倍という中心星が放つ猛烈な光に焼かれる灼熱の世界だ。地球から670光年離れたところにあるKELT-9の表面温度は太陽より4000℃も高い9900℃で、そのせいで燦然と白く輝いている[注]。そんな恒星からたかだか500万キロメートルという、太陽から水星までの距離の10分の1のところにある惑星を想像してほしい。KELT-9bの昼の側の表面温度は灼熱の4300℃で、地球に存在するありとあらゆる物質の融点どころか、大半の沸点すら超えている。KELT-9bの中心星のほうを永久に向いている半球は非常に高

温で、表面の鉄が蒸発して大気中に漂っている。恒星のなかには、KELT-9 b よりも表面温度が低いものが存在する。

　最も冷たい恒星は最小かつ最軽量の赤色矮星で、表面温度は辛うじて1800℃に達する程度だ。その対極である最高温の恒星はウォルフ・ライエ星と呼ばれ、恒星としての寿命が尽きつつあり、じきに爆発して超新星になるグループと、恒星としては比較的若いグループに分かれる。それでもどちらのグループのウォルフ・ライエ星も巨大で超高輝度かつ超高温だ。そのなかで最も熱いWR102は天の川銀河の中心部に位置し、これまで10個しか確認されていないWO型という、ウォルフ・ライエ星の極めて希少な亜種に属する。WR102の表面温度は、現在発見されている恒星のなかで最も高い約21万℃だ。

　恒星の深部は表層部よりもずっと熱い。温度が1500万℃程度の太陽の中心部では核融合反応が起こっている——水素原子同士がすさまじい勢いで衝突し、結合してヘリウム原子核となり、膨大な量のエネルギーを放出する。核融合を地球上でエネルギーを生み出す実用的な手段にするためには、この太陽中心部と同等もしくはそれ以上の高温が必要となる。

　核融合エネルギーの最初の実験は、電離化した気体、すなわちプラズマの高温下での振る舞いを調べるために、1950年代に小規模な装置を用いて行われた。しかし持続的な核融合の実用化を進めるなかで、物理学者たちは極めて大きな問題に直面した。そこからエネルギーを取り出すあいだ、いかにして物質を何千万℃という超高温に維持しつづけるかだ。さまざまな手法が試みられ、そのなかのひとつが超高温のプラズマを強力な磁場を使ってドーナッツ状のリングのなかに封じ込めるトカマク型核融合炉だ。しかし核融合エネルギーの活用化という夢に手が

届くようになったのは、ここ数年のことだ。

2021年、中国のトカマク型核融合エネルギー実験炉（EAST）が超高温プラズマの新記録を樹立し、1億2000万℃を101秒間、最高温度1億6000万℃を20秒間維持した。太陽の中心部をはるかに超える温度だが、プラズマの密度は太陽よりも圧倒的に低いので、そこまで高くしなければならないのだ。充分な量の電力を発電するには、1億5000万℃を超える超高温を長時間にわたって維持しなければならない。持続時間について言えば、EASTは2021年に7000万℃のプラズマを17分30秒にわたって維持し、ここでも記録を更新した。

2021年8月8日、カリフォルニア州にあるローレンス・リヴァモア国立研究所の国立点火施設（NIF）で、長年にわたって追求されてきた核融合炉の"点火状態"が達成された。初めて人類は、自立可能な——あるいは取り込んだ以上のエネルギーを発生させる——人工太陽を作り上げたのだ。2022年、イギリスのオックスフォード近郊にある欧州トーラス共同研究施設（JET）で、制御された核融合によって生み出されるエネルギー量の新境地が拓かれた——5秒間の爆発的核融合反応（バースト）で、11メガワットの出力に相当する59メガジュールを出したのだ。核融合を意のままに操ることができれば、温室効果ガスも危険な放射性廃棄物も出すことのない安全なエネルギーを尽きることなく供給することができる。

ほんの一瞬だが、核融合炉をはるかに超える超高温が地球上で生み出されている。物理学者たちは、粒子加速器を使って物質の最小構成要素同士を光速に近い速度で衝突させている。こうした高エネルギー下の瞬間的な衝突は、ビッグバン以降の宇宙では見られなかった温度を生み出す。実際のところ、高エネル

ギー衝突型加速器を使った実験のなかには、誕生からほんの一瞬ののち宇宙に広がっていた極端な状態を再現しようとする試みもある。

2010年、ニューヨーク州ロングアイランドにあるブルックヘヴン国立研究所は、地球上で最も"ホットな"実験を行ったと発表した。この〈PHNIX実験〉の目的は、宇宙誕生の瞬間から数千万分の1秒ほど存在していたと考えられている、いわゆる〈クォークグルーオンプラズマ（QGP）〉の再現だった。ブルックヘヴンの科学者たちは、金の原子同士を光速に近い速度で衝突させ、4兆℃のQGPを生み出した。しかしながら、この驚異の記録の王座も長くは続かなかった。

ジュネーヴ近郊のスイスとフランスの国境地帯に、史上最大の粒子加速器〈大型ハドロン衝突型加速器（LHC）〉がある。それに取りつけられている重イオン衝突実験装置（ALICE）は、鉛イオン同士を光速の99.9999パーセントの速度で衝突させ、QGP

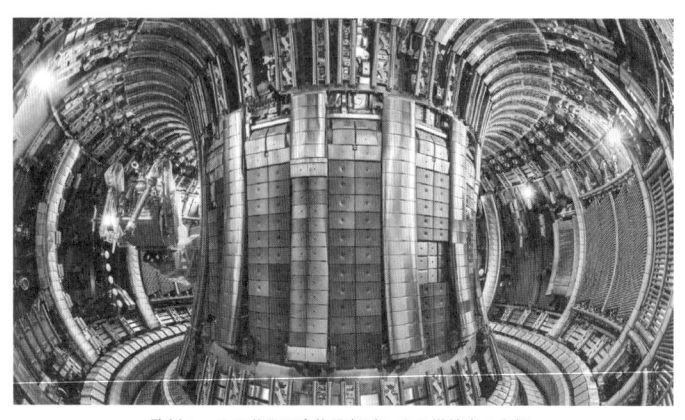

欧州トーラス共同研究施設（JET）にある燃焼室の内部

を生成する。2012年に開かれたクォークマター国際会議で、ALICEはPHENIXの記録を塗り替え、5兆5000億℃を達成したと報告された。

　ビッグバンを模倣する実験も大いに結構なのだが、ホットなもののなかでも最もホットなものについては本物に勝るものはない。物理学の現在の理解において、有意味な最高温度はプランク温度だ。宇宙が誕生してわずか10^{43}分の1秒後に、熱輻射の波長が現在の科学で知り得るかぎり最小になったとき、この温度に達した。この超の上に超がつく超短時間のあいだに、宇宙の温度は1.468×10^{32}℃、つまり1溝4168穣℃という史上最高のどえらい値にまで急上昇した。

8 完全なる球体

　円周上のどの点も中心から"等距離"にある完全な円形は、数学のなかにのみ存在する。同様に、完全な球体も表面上のあらゆる点が中心から等距離にあるという抽象的概念のなかにのみ存在する。現実世界の物質は原子や素粒子などの微小なものが大量に寄り集まってできているので、表面はどこまでも滑らかなように見えても、実際にはでこぼこしている。完全な球体は夢のまた夢なのかもしれないが、驚くほど完璧に近い球体は自然界にも人工物のなかにも存在する。

　人間は球形に近いものを何千年も前から作ってきた。最古のものとしてはエーゲ海および地中海沿岸で発見された、さまざまな大きさの石の玉が知られている。その正確な用途は定かではないが、投石器や投げるための玉、あるいは小型のものは記録管理用のカウンターとして使われていたのではないかと考古学者たちは考えている。サントリーニ島のアクロティリにある青銅器時代の遺跡からは、ビー玉ほどのサイズの石の玉が何百個も出土している。3600年から4500年前のもので、最古のボードゲームの駒ではないかと言われている。

　ここ10年ほどのあいだに、科学者たちは驚異的な精度の人工球体を製作してきた。こうしたほぼ完全な球体を作った目的は、

国際単位系(SI)における質量の基本単位であるキログラムの再定義にあった。1キログラムは、1879年に作られた、プラチナとイリジウムの合金を鋳造して表面を磨きあげた小さな円筒の質量と同等だと長年にわたって定義されてきた。この国際キログラム原器(IPK)、またの名をル・グランKと呼ばれる基準器は、入れ子にしたふたつの釣り鐘状のガラス容器に収めたうえで鍵をかけ、パリ郊外にある国際度量衡局の空調管理された保管庫に鎮座している。IPKとほとんど同じコピーが世界各国に存在し、メートルトンやポンドやオンスといった単位を問わず、質量または重量のあらゆる測定を正確なものにする基準質量として機能してきた。

　しかし時代が下り、科学者たちはより信頼性の高い基準器が必要だと判断した。そこで提案された選択肢のひとつが、人間の手によって最も丸い物体を作ることだった。この任務にオーストラリアの精密光学研究所が挑み、シリコン28原子の単結晶でできた直径10センチメートル弱の、当時の価値にして100万ユーロ以上の球体を生み出した。球体の表面は非のつけどころがないほど滑らかで、地球でたとえるなら、地上最高峰と最深の海溝の高低差が5メートルに満たない。

　このシリコン28のものよりも完全に近い、人工球体はひと組だけ存在する。それらはアインシュタインが唱えた一般相対性理論を精査するためにNASAが打ち上げた重力観測衛星〈グラヴィティプローブB〉に搭載されている。石英ガラスでできた直径3.8センチメートルの4つの球体は、この任務でジャイロスコープのローターとして使用された。完全な真球度からの逸脱は、それぞれの直径の1000万分の2以下、もしくは原子40個分の幅しかない。これを地球サイズに拡大すると、地上の高低差は最

大でも1.5メートルしかない。

　この4つ以上に完璧な球体を見つけるには、地球を遠く離れなければならない。が、自然界に存在する最高に完全な球体を求めて星間空間の深淵に旅立つ前に、まずはわたしたちの太陽系を調べてみよう。地球は写真では丸く見えるが、実際には赤道付近で少し膨らんでいる。木星と土星は見るからに潰れているが、その理由はふたつある——どちらもほぼガスで構成されていて、しかも高速で回転しているからだ。木星の直径は地球の11倍だが、自転時間は10時間に満たない。土星の自転速度は木星よりやや遅いもののガスの密度は低く、自転加速度が赤道部にかかる重力の大部分を実質的に相殺してしまうため、より潰れて見える。なので土星の極直径は赤道直径の90パーセントしか

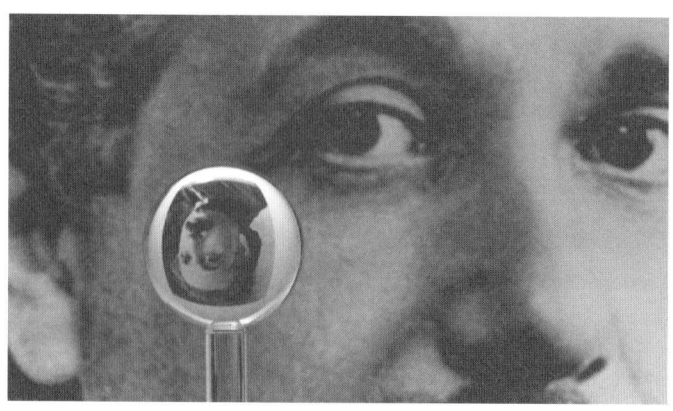

重力観測衛星〈グラヴィティプローブB〉のジャイロスコープに使用された石英ガラスの球は、その当時で最も完全に近い人工球体だった。表面上のすべての点から中心までの距離の逸脱は、原子40個分しかない。そのひとつがアルバート・アインシュタインの顔を屈折させているところ。

ない。

　太陽もガスでできた球なのだから、自転加速度で赤道部がいくらか膨らんでいるはずだと思うかもしれない。ところが驚いたことに、2011年にNASAの太陽観測衛星〈ソーラー・ダイナミクス・オブザーヴァトリー〉が測定した結果、太陽の赤道直径は極直径よりもわずか0.0003パーセントしか大きくないことが判明した。たしかに太陽の自転速度はひと月に1回と遅いが、それを考慮しても99.9997パーセント完全な球体だという事実に科学者たちは驚愕した。バスケットボールの大きさに縮小すると、太陽の赤道直径は人間の髪の毛1本分の太さだけ極直径より長い。太陽がほぼ完全な球体である理由はいまだに謎のままだ。

　ひとつだけわかっていることがある。宇宙に、それこそ星の数ほどある恒星のなかで、太陽は特別な存在ではなく、珍しい星ですらない。太陽と同程度か、もしくはそれ以上に丸い例は数え切れないほどあるはずだ。問題は、そうした恒星はとんでもない遠距離にあり、地球最大の望遠鏡を使っても光の点にしか見えず、実証が難しいところだ。しかしありがたいことに、物質の形状は目視できなくても確認することができる。

　地球から3900光年離れたKIC 11145123という白く輝く星を例に挙げてみよう。この恒星は、大きさは太陽の2倍なのに自転速度は3倍遅いという特異な存在だ。2021年、ローラン・ギゾン率いるマックス・プランク太陽系研究所とゲッティンゲン大学は、〈星震学〉という技術を駆使してKIC 11145123を調べた。恒星は、音を生み出す振動や弦を爪弾いたときに生じる定常波のような穏やかな振動を発している。この振動を調べると、恒星の内部をより詳細に知ることができる。恒星が完全な球体からどれほど逸脱しているのかもわかってくる。KIC 11145123は太

陽よりも丸い恒星だということが判明した——実際のところ、これまで確認されている自然物体のなかで最も真球に近い。恒星全体の直径は150万キロメートルほどだが、赤道直径と極直径の差は驚異の3キロメートルだ。

　自然界における究極の球体の発見はいまだ待たれるところだが、有力候補なら存在する——最も小さく、最も密度の高いタイプの恒星、中性子星。中性子星の引力は強大で、最も完璧に近い球体を形成する可能性を秘めている。しかしこの種の恒星の多くは、自転速度が超高速だ。たとえば、かに星雲の中心部にある中性子星は、1秒間に30回転以上という眼もくらむほどの超高速で自転している。

　が、中性子星は齢を重ねてエネルギーを失うと自転速度も落ちていく。そうなると、原理上では中性子星自体の重力でより完全な球体に近づいていくはずだ。2020年、PSR J0901-4046の発見が報告された。この中性子星の年齢は530万年で、自転速度は76秒で1回転だ——これは最大のライヴァル星より3倍以上も遅い。不可解なことに、電波放射を含む特性は1回転のうちにわずか0.5パーセントしか検出できず、中性子星の形成過程についての理解を覆す存在となっている。

　自然界における究極の球体のもうひとつの有力候補は1E 161348-5055という中性子星だ。1万光年の彼方にある超新星の残骸の中心部に位置し、自転速度は6.7時間で1回転と、観測されている中性子星のなかで最も遅い。わずか2000年という年齢を考えると、どうしてこんなにゆっくりと回転しているのかは謎だ。それでも1E 161348-5055が直径およそ20キロメートルの、非常にゆったりとした速度で自転する中性子の球という見かけどおりのものであるなら、宇宙で考え得るかぎり最も完全

な球体なのかもしれない。そうだった場合、赤道直径と極直径の差は単一陽子の直径ほどしかないだろう。

⑨ スーパーなスーパーボール

　1997年の映画『フラバー』で、ロビン・ウィリアムズ演じるフィリップ・ブレイナード教授は、弾性がひときわ高い緑色の粘体を創造する。その粘体を、教授のロボット助手は"フライング・ラバー（空飛ぶゴム）"と表現するが、教授は縮めて"フラバー"と名づけた。フラバーの特性のひとつは、何かにぶつかるたびに速度が上がり、コントロールが難しいところだ。

　現実世界では、フラバーやそれに類するものはあり得ない。どんな物質でも反発時にエネルギーを得ることはない。そんなものが存在するなら、それを使って永久機関を作ったり自由エネルギーを無尽蔵に発生させたりすることができるのだろうが、それは物理の法則が許さない夢のまた夢だ。

　ある物体が別の物体にぶつかって跳ね返ったときに起こることは、$\langle e \rangle$で表される反発係数の大きさが重要な要因となる。反発係数とは、ふたつの物体の衝突前の相対速度と衝突後の遠ざかる相対速度の比のことだ。その計算式はアイザック・ニュートンが17世紀に解明し、その結果は"ニュートンの経験則"として知られている。

　フラバーの e は1より大きい。しかしハリウッドのSFギャグの世界ではなく、わたしたちが暮らす実在する宇宙では、完璧な

弾性衝突をした場合のeの最大値は1だ。しかし実際には、どのような現実的な状況下であっても、あるものが別のものにぶつかると必然的に運動エネルギーが減ぜられ、結果として非弾性衝突となり、eは1より小さくなる。

　弾むものと言われて最初に思い浮かべるのはボールだろう。そもそもボールとは、スポーツであれ遊びであれ、何かにぶつかったりぶつけられたりした場合、かなり予想可能なパターンで跳ね返ってくるものだ。すべてのボールが弾むわけではないが、弾力性のある素材でできたボールは弾み、跳ね返ったあとも運動量と運動エネルギーの多くを保ちつづける。

　天然ゴムの使用の歴史は、現在のメキシコで3500年前に栄えていたオルメカ文明にまでさかのぼることができる。この原初のゴムはパラゴムノキの乳液から作られ、アステカ人たちが〈オラマリストリ〉と呼んでいた、少なくとも紀元前1650年頃からプレーされていた、儀式にまつわるメソアメリカの球戯で使われていた。

　1930年代、アメリカのスポーツ用品メーカーのスポルディングが、テニスボールに似ているがもこもこのフェルトで覆われていないピンク色のボール〈ハイバウンスボール〉の製造を開始した。このボールを眼の高さから落とすと、落とした人間の身長の半分ほどの高さまで跳ね返ってくる。絶妙なサイズと軽さ、そして弾みやすさのあるハイバウンスボールはスパルディーンまたはペンシー・ピンキーの愛称で子どもたちに親しまれ、野球のストリート版であるスティックボールといった都会のボール遊びで大人気になった。

　1960年代中頃に初見参し、ハイバウンスボールに続いて遊びの革命をもたらしたのがスーパーボールだ。11歳か12歳当時、

今でいうところの"オタク"の気が多少あったわたしは、地面や壁に向かって思い切り投げつけると信じられないほどの勢いで跳ね返ってくるスーパーボールに魅せられたものだ。実際のところ、スーパーボールの正体は、カリフォルニア州ホイッティアにある〈ベッティ・ラバー・カンパニー〉に勤める科学者ノーマン・スティングリーが発明した、新型の合成ゴムだった。スティングリーは休憩時間に独自の実験を進め、合成高分子のポリブタジエンにケイ酸や酸化亜鉛やステアリン酸などを混ぜた。出来あがった粘体を、次は約24万ヘクトパスカルの圧力をかけて搾り、165℃に熱して加硫した。

　スティングリーは、自分がとんでもないものを作り出したこと、そして並はずれた弾性を有するこの新型ゴムには娯楽の可能性が秘められていることを即座に理解した。そこで彼は、ディック・ケネルとアーサー・"じゃがいも"・メリンが経営する玩具店チェーン〈ワーム・オー〉に自分の発明を売り込んだ。同社は奇抜で、往々にして偶然の産物をベースにした革新的な玩具を製作することで定評があった。果たせるかな、ケネルとメリンはスティングリーの驚異の物質に将来性を見いだし、研究室に戻って最終調整するよう命じた。スティングリーがゼクトロンと命名した黒い完成品は、直径5センチメートル弱のポケットサイズの球体に加工された。「驚異のゼクトロン製」という宣伝文句で売り出されたスーパーボールは"跳ぶ"ように売れ、1965年から1970年にかけて2000万個の売上を記録した。

　同じ高さから落とすと、スーパーボールはテニスボールの6倍高く跳ねる。〈ワーム・オー〉はそう喧伝した。地面に思い切り叩きつけると、3階建ての建物を跳び越えることもできる。98セントでそれだけ愉しめれば御の字というものだ。跳ね返るた

びに高さが10パーセントしか減じないスーパーボールの e の数値は、驚きの0.9だ。

　スーパーボールより弾むのは——少なくとも製造元の〈マウイ・トイズ〉によればだが——スカイボールだ。直径10センチメートルとスーパーボールよりはるかに大きく、中空の内部にはヘリウムと圧縮空気が封入されたスカイボールは、最大で23メートルも跳ね上がるという触れ込みだった。

　よく弾む物質には伸縮性があってぐにゃぐにゃしているというイメージがある。実際にはゴムではないにしても、少なくともゴムに似た粘性があるはず。わたしたちはそう考えがちだ。が、極めて硬いにもかかわらず意外なほど弾む物質も存在する。たとえばガラス球は、割れさえしなければ同じ大きさの普通のゴムボールよりも高く跳ね返る。ボールベアリングのようなスチール製の球も、硬い床に落とすとゴムボールよりも高く弾む。

　ガラスや金属でできたボールを球技で使わないのは安全面を考慮しているからだということは誰にでもわかる。しかし弾力性という点では、物理的な要因からこうした硬い物質がゴムなどより勝ることがある。ボールを落としても落とした表面に瞬間的に与えたエネルギーの大半が戻ってくる場合にのみ、うまく弾む。ゴムボールはぶつかった衝撃で圧縮され変形し、元の形状に戻るためにかなり多くのエネルギーを費やしてしまう。これがガラスや金属でできたボールだと、ほとんど変形せずに衝突時のエネルギーの大半は保持され、そのまま反発に費やされる。むろん、衝突した表面が見せる振る舞いも大きな要素だ。たとえばボールベアリングを芝生のような軟らかい表面に落とすと、ほとんどの運動エネルギーが表面を変形させるために失われてしまい、うまく弾まない。

まだ科学者たちの眼に留まっていない、硬さも跳ねやすさも最大級の物質が存在する。SAM2X5-630という、あまりぱっとしない名前のその物質は、強度は鋼鉄より高いが、内部はガラスのように原子が入り乱れた状態になっている[2]。SAM2X5-630はバルク金属ガラスと呼ばれる物質群に属しており、尋常ならざる特性を有し、製造業で利用され始めたばかりだ。この驚異の新素材で携帯電話を作れば、建物3階分の高さから落としても大丈夫なほど頑丈になり、しかも跳ね返って手元に戻ってくるだろう。ゴルフクラブのフェース面に使えばボールの飛距離はさらに伸び、宇宙船の外殻に使えば、ぶつかってくるスペースデブリをあっさりとそらすことができる。

10 最強の磁石

　磁石は驚くほど強い力を発揮できる。テーブルにペーパークリップを置き、その上に子ども用の磁石をかざすと、ペーパークリップは跳び上がって磁石にくっつく。つまり、小さな磁石に備わっている引っ張り上げる力は、ペーパークリップをテーブルの上に留めておこうとする地球の重力の下向きの力全体よりも強いということだ。

　地球にも磁力、つまり磁場がある。最深部にあるコアを構成する鉄とニッケルからなる流体が動くことで生じる地球の磁場は、方位磁針の指す方向をそらし、太陽から飛んでくる高エネルギーの荷電粒子を防ぐシールドの役割を果たしている。しかし地表の磁場の力はかなり弱い。方位磁針に近づけて針をぐるぐると回すことなら、小さな磁石でもやってのける。

　磁場の強さは、セルビア系アメリカ人の電気技師ニコラ・ステラにちなんで〈テスラ（T）〉で測定される。実際のところTは非常に大きな単位で、天然のものであれ人工のものであれ、大抵の普通の磁石のTは小数点以下何桁というごく小さな値になる。たとえば地球の地表の磁場の強さは場所によって変化し、赤道付近は30マイクロ（100万分の30）T、北極点および南極点では65マイクロTだ。これは高圧送電線の下を通ったときに浴びる磁

場の力に近い。

　地球には磁性鉱物が存在し、磁力の存在は何千年も前から知られていた。最も一般的かつ広く知られている磁性鉱物は磁化した酸化鉄である磁鉄鉱だ。さまざまに異なる鉱物が磁石にくっつき、そのほとんどが鉄を含んでいるが、磁鉄鉱のようにそれ自体に磁力があるものはごくわずかだ。

　みなさんが冷蔵庫のドアにくっつけているような永久磁石は永続的な磁場を作り出している。永久磁石には棒状やリング状や蹄鉄状などさまざまな形状があり、ヘッドフォンから自動車にいたるまで、ありとあらゆる機器で使用されている。最も身近な永久磁石は、酸化鉄にニッケルやマンガンといった別の金属を少量混ぜて作るセラミック素材のフェライト磁石だ。冷蔵庫のドアにくっつける平均的な磁石の磁力はおよそ5ミリT、つまり1000分の5Tだ。

　最強の永久磁石は希土類のネオジムと鉄とホウ素の合金で作られている。ゼネラルモーターズと住友特殊金属（当時）がほぼ同時期に開発し、1984年に発表されたネオジム磁石は、表面付近で最大1.25Tの磁場を発生させることができる。そのずば抜けた磁力によって、コンピューターのハードディスクや携帯電話のスピーカーやコードレス電力工具といった膨大な種類の用途で使われていた、ほかのタイプの永久磁石に取って代わっていった。子ども用のマグネット式組み立ておもちゃなど、新たな用途も生み出している。が、その絶大な力を至近距離で扱うと健康を害するおそれがある。

　数立方センチメートルを超える大きさになれば、ネオジム磁石は肉体の一部を圧し潰し、2個で挟めば骨を砕くほどの威力を発揮する。幼児が数個の磁石を呑み込み、内部から圧迫されて

消化管が損傷した事故例もある。

1820年、デンマークの科学者ハンス・クリスティアン・エルステッドは電流が磁場を生み出すことを発見した。4年後、イギリスの物理学者ウィリアム・スタージャンが電磁石を発明した。最初に作った電磁石は、ワニスを塗った蹄鉄に銅線を巻きつけたものだった。導線に電流を流すと、ワニスの層で絶縁された蹄鉄は磁化された。電流を止めると、途端に磁力は消えた。スタージャンが世界で初めて作った電磁石が発する磁力はまだまだ弱かったが、それでも自重の20倍の重さのものをくっつけて持ち上げることができた。

現在では最強の磁石といえば電磁石であり、さまざまな種類のものがさまざまな用途に使われている。医療用の磁気共鳴映像装置（MRI）には必要不可欠なパーツであり、使用される電磁石は最大で3Tの磁場を発生させる。X線とはちがってMRI検査は放射線被曝を伴わないので、その点の安全性にまったく問題はない。MRIに存在する唯一の危険は、被験者の体内に鉄や磁化する金属を含有するものがあった場合に生じる。ペースメーカーや人工内耳、もしくは鉄系のインプラントを使用している人はMRIのなかに入りたくはないだろう。

MRI検査装置による事故は極めてまれだ。起こり得るトラブルは、通常ならば最悪の場合でも灼熱感だ。たとえば被験者が鉄分を含むインクでタトゥーを入れている場合などだ。死亡事故などほとんど考えられない。そのほとんど考えられないことが2018年にインドのムンバイで起こった。入院中の身内を見舞った男性がMRIに吸い込まれたのだ。その男性は病院の若手職員に頼まれ、金属製の酸素ボンベをMRI室内に運んだ。その職員はMRIの電源は切ってあると説明したが、実際には切れていな

かった。男性は装置の側面に引っ張られ、その衝撃でボンベから漏れ出した液体酸素を吸い込んで死亡した。

あまり知られていない事実だが、鉄と数種の金属、そして希土類だけでなく、ほぼすべてのものが磁気を発生させる。これは、わたしたちの身近にある強磁場と呼ばれる強い磁気ではない。人体を含めたほとんどの物質が発する磁気は反磁場というものだ。つまりそれなりに強い磁石があれば、物質が有する微細な反磁性との相互作用があり得るということだ。この原理を使って、1997年にカエルを浮遊させる実験が行われた。[*2]カエルは何が何やらわからないまま16Tの超強力な磁場のなかに置かれ、数センチほどの高さの空中に浮かされた。宙に浮く冒険で、カエルが何らかの後遺症をこうむった様子は見られないが、重力に逆らう力を一時的に得たことに驚いたのはまちがいない。

このカエル浮遊実験を含めて、現在において最強レヴェルの人工磁場はすべて超伝導体を使った電磁石で生み出されている。超伝導体とは電流をゼロ抵抗で通す物質だ。超伝導電磁石は、ニオブチタン合金やニオブスズ合金などでできた線材を巻いてコイルにしている。そのコイルを液体ヘリウムや液体窒素を使って冷却して極低温にすると、線材は超伝導体になる。そしてコイルに電流を流すと強力な磁場を発生させる。

超伝導電磁石はさまざまな用途に使われていて、そのなかのひとつが高エネルギー加速器内で荷電粒子の進路を補正することだ。シカゴ近郊にある合衆国エネルギー省のフェルミ国立加速器研究所（Fermilab）のチームが設計し製作した実証実験用の超伝導電磁石は、加速器の補正電磁石として14.5Tの磁場を発生させた。実験室レヴェルでは、さらに強力な磁場が生み出されている。[*3]

1999年、フロリダ州タハラシーにある合衆国国立強磁場研究所（MagLab）の科学者たちは、酸化銅の層と別の金属酸化物の層を重ねて作った銅酸化物半導体のコイルに非常に強い電流を流した。ハイブリッド磁石として知られるこの装置には、円形の導電性金属板と絶縁スペーサーをらせん状に積み重ねた構造のビッター磁石という第二の部品が使われている。このふたとおりの磁場発生方法にはそれぞれ弱点がある。超伝導電磁石の使用電力量はわずかだが、発生させる磁場の力には限りがある。一方のビッター磁石は大量の電力を消費するが、生み出す磁場は極めて強力だ。このふたつを組み合わせると互いの弱点はある程度相殺され、超強力な磁場が安定的に発生する。MagLabのチームが発生させた磁場の強さは45Tだった。この記録は、2022年に中国・安徽省の合肥にある定常強磁場施設の物理学者が、やはりハイブリッド磁石を使って打ち立てた45.22Tに破られた。これは地球の赤道付近の磁場の150万倍近い強さだ。パルス磁石はさらに強力な磁場を発生させることができるが、ほんの一瞬しかもたない。

　理論上、磁場の強さに限界はない。しかし人間の作る磁石にはある。磁力線に沿って移動する荷電粒子はらせん状の軌跡を描き、磁力線が収束している領域に達すると押しのけられる。磁場が強ければ強いほど荷電粒子はより速く、よりきついらせんを描いて移動し、そして磁場勾配（磁界の強さの変化や集中の割合）が高い領域でより激しく押しのけられる。地球上のありとあらゆるものは原子でできており、その原子自体は陽子と電子という荷電粒子を持っている。つまり強力な磁場は普通の物体を変形させ、破壊させることすらできるということだ。その力の限界は約50Tだ。それを超える磁場を継続的に発生させる装置は、

あらゆるものをずたずたに引き裂いてしまうだろう——装置自体も含めて。

　しかし通常の物質で構成されていない物体にはそんな制限はない。大質量星がその生涯の終焉を迎えたとき、爆発して中性子星という信じられないほど高密度の物体をあとに残すことがある。中性子星は例外なく最低でも1万Tの磁場を有するが、帯磁星と呼ばれる中性子星の一種には、宇宙で最も強力な磁場があると考えられている。帯磁星でいられる期間は1万年しかないが、そのあいだは想像を絶するほど高密度の天体の表面磁場の強さは1億Tに達するかもしれない——これは地球を取り巻く磁場の1兆倍ほどになる。

11 断つ

　1200℃という銅や金も溶ける高温の炉からたった今取り出したばかりの、約10センチメートル四方の立方体が橙黄色（とうこうしょく）の輝きを発している。ところがわずか数秒後、実演者の女性は煌々とする立方体を素手で持ち上げ、驚きの眼（まなこ）の観客たちに向かって掲げている。温度を最高にした電気オーヴンのヒーターよりもずっと熱い物体を素手で持って、火傷しないなんていうことがあり得るのだろうか？

　ここで披露されている立方体はLI-900でできている——スペースシャトルの外殻の大部分を覆い、地球の大気圏に再突入する際に発する高温から機体を護るタイルに使われていた素材だ。スペースシャトルの機体の大半を構成しているアルミニウムは軽量かつ頑丈だが熱に弱く、175℃という低い温度で軟らかくなってしまう。タイルの層のおかげで、大気との摩擦で生じる熱はほとんど機体に伝わらず、弱体化させることもなかった。

　LI-900は極めて優れた断熱材だ。別の言い方をすれば、熱伝導率が極めて低い。熱をほとんど伝えないので、高温にさらしたLI-900を手で触れても大丈夫なのだ。その成分のほとんどはシリカ繊維と空気だ。シリカ繊維とはフィラメント状のケイ酸ナトリウムのことだ。スペースシャトルのタイルの場合、重量を最

小限に抑えるためにシリカ繊維はわずか6パーセント、残りは空気で構成されている。

熱伝導率は〈ワット毎メートル毎ケルビン（W/m.K）〉という単位で示され、数値が低いほど物質に伝わる熱の量が少ないことを意味する。金属は熱伝導体の優等生だ。金の熱伝導率は315 W/m.K、銀にいたっては429W/m.Kもある。しかし金も銀もダイヤモンドにはあっさりと白旗を上げる。地球で最も硬い物質であるダイヤモンドは、最も熱伝導率が高い鉱物でもあるのだ。その値は結晶の純度によって異なるが、2000 ～ 2500W/m.Kもある。

その対極にあるのが空気で、熱伝導率はたった0.024W/m.Kだ。だから最高レヴェルの品質の断熱材の内部には空気が詰まった大きな空間がある。屋内の暖かさを家の外に逃がさないために屋根裏に断熱材を入れる。その多くはグラスファイバーやロックウール、そして羊毛などの天然繊維だ。優れた断熱材のなかには、動物の体温を維持するために悠久の時を経て進化してきたものもある。哺乳類の毛皮も鳥類の羽も、どちらも内部に空気を閉じ込めている。しかし最高の断熱材は人間が作り出した物質だ。

その名が示すとおり、エアロゲルはゲルと空気もしくはその他の気体を組み合わせたものだ。ゲルは普通の状態ではほぼ液体だが、分子が三次元的な網状に結合しているので固体のように振る舞う。この構造を残したままゲルを気体に置換したものがエアロゲルだ。最も一般的なエアロゲルであるシリカエアロゲルの熱伝導率は並はずれて低く、大気圧下で0.03W/m.K、真空下では0.004W/m.Kしかない。また"凍った煙"と呼ばれるほど半透明で軽く、それでいて意外なほど頑丈で、自重より何千倍も重

いものを支えることができる。

　ある点で防御性の高い物質は、多くの場合で別の点でもよく防御する。たとえばガラスは優れた断熱材であると同時に優れた電気絶縁体でもある。これは大抵の物質に当てはまることで、熱をよく通すものは電気もよく通し、熱をあまり通さないものは電気もあまり通さないのだ。通熱性と通電性に共通する要因は、自由電子、つまり原子や分子に結合せず自由に動きまわることができる電子が使えるかどうかだ。電気は（マイナスに荷電した）電子が流れることで生じる。しかし往々にして見過ごされがちなのだが、電子の動きは金属のような固体に熱が伝わる場合にも重要な役割を果たしている。

　電気伝導率は〈ジーメンス毎メートル（S/m）〉という単位で示され、その値が高いほどその物質はよく電気を通す。電気伝導率は銀が6.3×10^7 S/mで最も高く、続いて5.96×10^7 S/mという僅差で銅が続く。それでも電気配線の大半が銅線で占められて

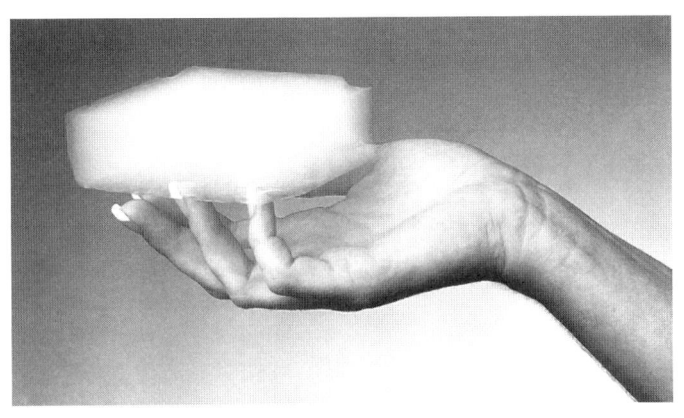

シリカエアロゲルの塊

いるのは、価格が銀よりかなり安いからだ。

　誰でも知っていることだが、水と電気の組み合わせは危険だ。雷雨になりそうなときはプールから上がったほうがいいし、濡れた手でコンセントに触れないほうがいい。ところが純水は非常に優れた電気絶縁体だ。それでも飲み水から海水にいたるまで、わたしたちの身のまわりにある水のほとんどが通電性に優れているのは、水そのものではなく、そのなかに溶けている塩などの物質のせいだ。なかでも海水は最もよく電気を通すが、それは塩化ナトリウムをはじめとした塩類を豊富に含んでいるからだ。ところが落雷があった場合、プールや風呂のなかにいるよりも、海のなかにいるほうが感電する可能性は低い。おかしな話だ。海水はかなり効率よく電気を通すのだが、電流は最も抵抗の少ない経路を必ず通るので、人体には眼もくれずにもっと楽に伝わるもの、つまり海水に含まれる塩の荷電粒子を使って伝わろうとするからだ。

　空気も優れた電気絶縁体だが、高電圧の場合のみ仕方なく通電する。わずか1ミリメートルほどの隙間に電気の火花を飛ばすには数千ボルトの電圧が必要だ。一般的な落雷は雲の高さから地上まで導電路が形成されるが、その距離の空気をつんざく場合には3億ボルトという途方もない電圧がかかる。

　熱と電気の両方をよく断絶する物質としてはプラスティックとゴムと木材も挙げられる。しかし熱と電気の伝導率の関連性には、明らかな例外がひとつ存在する。先に述べたように、ダイヤモンドは自然物質のなかで最高の熱伝導率を誇るが、電気絶縁体としてはいまいちだ。その理由は視点を分子レヴェルまで下げなければわからない。ダイヤモンドは共有電子を使って強く結びついた炭素原子で構成されている。この強固な分子構造

は熱エネルギーを運ぶ振動をかなり効率よく伝える。しかし自由電子はなく、したがって電気の流れは伝わらない。一方、同じ炭素の結晶体であるグラファイト(黒鉛)には自由電子が存在するので、優れた熱伝導性と電気伝導性を兼ね備えている。

　音もまた、さまざまな物質のなかを大なり小なり伝わる物理現象だ。一般的に、金属やコンクリートのような密度の高い物質のほうが音をよく伝える。わたしたちが聞く音のほとんどは空気を伝わって耳に届くので、空気は音波の通常の——つまり効率的な——運び手だと思われがちだ。しかし実際には空気の音の伝導性はよくなく、したがって空気の詰まった空間を多く含むさまざまな素材、たとえば発泡スチロールやロックウール、段ボール、羽毛、そしてコルクなども音をあまり通さない。断熱性に優れる素材は密度が低いので、遮音性にも優れる場合が多い。

　音とは原子および分子の往復振動によるものなので、何かしらの媒質が存在しなければ伝わらない。物質がなければ音は止まってしまう。つまり真空は完全なる遮音材なのだ。

112秒

12 いつまでも残る音

　スコットランドのファイフ地方にあるわたしの家から16キロメートルほど離れたところに、クーパーという町がある。この町で最も高い建物は高さ60メートルのコンクリート製のサイロで、もともとは隣接する甜菜工場の貯蔵施設として1964年に建設された。役目を終えたサイロで、その優れた特性を探る実験が2014年に実施された。空っぽのだだっ広いサイロ内部の残響時間は、36.5秒ととんでもなく長いことがわかった。[1]

　残響時間とは屋内空間で音源が停止してから音が消えるまでの時間のことだ。一般的な基準では、音源の音量から60デシベル（dB）小さくなるまでの時間と定義されている。両手をパンと叩いて、それから30秒以上経っても音の名残りがかすかに聞こえる状況を想像してみてほしい。クーパーのサイロの極端な音響特性は、その内部寸法と形状、そして反響性のあるコンクリートの壁による偶然の産物だ。しかし残響性が高い場所は珍しくない。洞窟や大聖堂や廃工場など、音が最終的に消えるまで空間内を何度も往復する場所はあちこちにある。地球上にある建造物内での残響時間の最長記録も、同じくスコットランドで樹立された。

　1941年、ロスシャー地方のインヴァーゴードンの地下に巨大

な石油タンク群が完成した。この〈インチンダウン・オイルタンク〉は、戦時下のイギリスにあって海軍の防空石油備蓄基地として建設された。5基あるメインタンクの大きさは、それぞれ奥行き237メートル(サッカーコートよりも長い)幅9メートル、そして天井高は13.5メートルだ。サルフォード大学の音響工学教授のトレヴァー・コックスは、BBCの人気トーク番組『The One Show』でこの施設のことを知り、面白い残響実験ができる場所だと考えた。2014年、コックス教授はタンクのひとつの内部で拳銃の空包を撃ち、その音を録音した。引き鉄を引いてから銃声が聞こえなくなるまで112秒かかり、史上最長の残響時間を記録した。

　屋内で音楽を演奏する場合、多少の残響があるほうが望ましいが、多すぎると不協和音を生み出し混乱を招く。ゴシック様式の大聖堂ではパイプオルガンの音が消えるまで9秒もかかることがある。そのため、複数の音が別々に奏でられていても互いに重なり合って不協和音になってしまうこともある。コンサートホールはこの問題が起こらないように設計されているが、演奏者は残響空間のちがいを認識していて、残響があるホールを"音がよく響く"、残響がないホールを"音が響かない"と表現することもある。最適な残響時間は、そのホールが主眼を置く音楽のジャンルで異なる。一般的に、いいコンサートホールでは中音域で1.8秒から2.2秒だ。

　人間の耳には、音が静かになると低周波音を識別する力が増すという特性がある。そのせいで音源(たとえばオーケストラとか)から遠いところにいると、聞こえてくる音全体のなかで低音が小さすぎると感じるかもしれない。この聴覚の偏りを打ち消す手立てのひとつが、低音域の残響時間が高音域より長くなる

ようにホールを設計することだ。そうすることで音響機器に頼ることなく低音域を上げ、ホール後方にいる聴衆に聞こえるようになる。実際には低音の残響時間が長くなることはままある。とくに木材が多く使われている場合は、木材は低周波よりも高周波の音を吸収するので何もしなくてもそうなる。

ロンドンのロイヤル・アルバート・ホールは壮大な建造物として有名だが、音響のひどさでは悪名を馳せている。1871年に完成した堂々たるドーム屋根を頂いた建物では、大規模なクラシックコンサートからモダンなポップミュージックやロックのライヴまで、ありとあらゆる興行が催されてきた。しかし設計した陸軍工兵隊の大尉でもあったヴィクトリア朝時代中期の建築家が、21世紀の建築工学も音響工学も理解しているはずもなかった。円形に取り囲む壁と、とくに巨大なドームの周囲で、音があまりにも多く跳ね返ってくることがすぐに明らかになった。ロイヤル・アルバート・ホールは残響も反響も強かった。

残響と反響は関連しているが、同じものではない。残響は反射波が何度も生じた結果であり、その音は脳で処理され、連続した複雑な音として解釈される。一方の反響は、音が何かの表面に当たって跳ね返ってきたとき、まったく同じ音が静かにはなっているがはっきりと聞こえることだ。最初の音と、跳ね返ってきた音が耳に届くまでの時間差が50ミリ秒（1000分の5秒）以上ある場合、脳はふたつの音を同じものではなく別々に発せられたものとして認識する。距離については、反射面が少なくとも17メートル離れていなければ反響は聞こえない。

ロイヤル・アルバート・ホールに音響上の問題があることは、開場式典に続くこけら落としのコンサートで早くも明らかになった。天井のガラス張りのドームが飛んできた音をすべて反

射し、誰の耳にも聞こえる反響を生み出したのだ。作曲家が自分の曲を必ず少なくとも2回は聴ける場所はロイヤル・アルバート・ホールしかない。そんなジョークが聞かれるようになった。以来1世紀半にわたり、音響性能を向上させる努力が幾度となく繰り返されてきた。直近では、2017年から2019年にかけて200万ポンド以上の費用を投じて大規模な改修がなされた。コンピューターで設計された音響システムが用いられ、客席の区画に応じて残響と反響のレヴェルが調整できるようになった。大量のスピーカーが新たに設置され、すべての接続に要したケーブルの総延長は15キロメートルにも及んだ。完成当時の床の下にケーブルを敷設する際に、面白いものがいくつか見つかった。そのなかには、おそらく建設に携わった労働者が捨てたと思われる19世紀のビール瓶もあった。

　ロンドン名物のドームはもう1ヵ所あり、そこにも独特の音響特性が備わっている。そのセント・ポール大聖堂の、身廊と袖廊が交わる箇所の頭上30メートルにあるドームの基部をぐるりと回る〈ささやきの回廊〉には多くの人々が訪れ、わたしも行ったことがある。大聖堂を設計したサー・クリストファー・レンは、音の"話題のタネ"を――そのままの意味であれ比喩的であれ――作るつもりはなかった。しかし1708年に大聖堂が奉献されるやいなや、この回廊は流行りの待ち合わせ場所になった。回廊のカーヴを描く壁に向かってささやくと、壁に耳を寄せていれば、どの位置にいてもその声を聞くことができるからだ。33メートル以上離れた反対側にいても聞くことができた。

　この現象を、物理学者のレイリー卿ジョン・ウィリアム・ストラットが1878年にずばりと解明した。レイリー卿は、〈ウィスパリング・ギャラリー波（ささやきの回廊波）〉と呼ばれるように

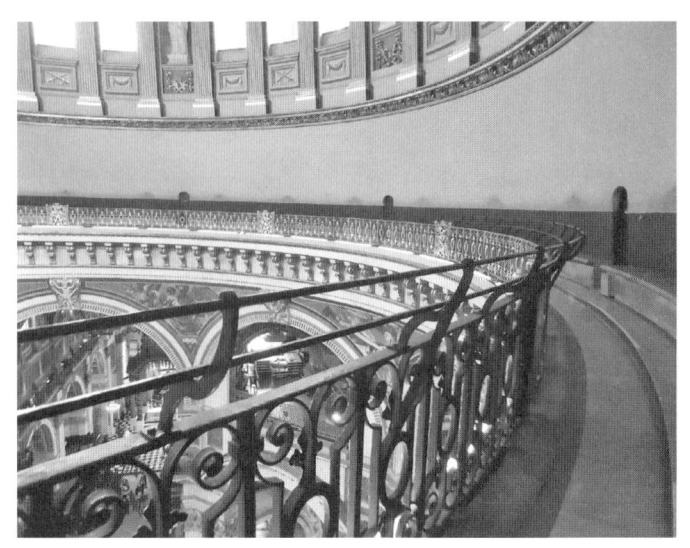

セント・ポール大聖堂の内側にある〈ささやきの回廊〉

なっていたこの音は、湾曲した壁に向かってささやくのではな
く、沿ってささやくと最もよく発生することを発見した。そして
音は回廊にさまざまに走る直線経路や弦（円周上の異なる点を
結ぶ線）に沿って伝わる。全方向に広がる音は距離の2乗で減衰
していくが、壁に沿う場合は距離の1乗しか小さくならない。こ
の緩やかな減少が、回廊のあちこちでささやき声が聞こえる理
由を説明している。

　この現象は世界中の建物で見られる。インドのカルナータカ
州にあるゴール・グンバズ霊廟のドームの外径は44メートル
で、セント・ポール大聖堂と同様に人が歩くことができる回廊が
あり、やはりささやき効果を体験できる。北京中心部の南東に位
置する天壇公園内にある15世紀の宗教的施設のひとつ、円形の
皇穹宇には、周囲に音を伝える〈回音壁〉がある。

反響は建物内でも自然環境内でも普通に見られる。それなり
の距離のところに音を反射する壁となる岩や人工物があれば、
この現象はどこでも起こる。アリゾナ州にあるグランドキャ
ニオンや、オーストラリアのニューサウスウェールズ州のカ
トゥーンバ近郊にあるエコー・ポイント・ルックアウトなどがそ
の典型例だ。

　残響と反響がかかわっている現象のすべてがすっきりと説明
されているわけではない。世界でも類を見ない奇妙な音波異常
のひとつを、メキシコのユカタン州のチチェン・インツァ都市遺
跡にあるエル・カスティージョ（城塞）、またの名をククルカン神
殿で聞くことができる。このメソアメリカ独特の階段ピラミッ
ドはマヤ人が9世紀から12世紀にかけて建てたもので、球戯場
や神殿などを含めた大きな複合施設の一部だ。謎の音響効果は、
エル・カスティージョの外階段に面する広場で両手を1回叩く
だけで経験することができる。一瞬ののちに反響が返ってくる
のだが、聞こえるのは拍手ではなく鳥のさえずりに似た音だ。そ
の理由は誰にもわからない。

13 恐怖のマシン

　ニューヨーク市のブルックリンにあった、冒険家のポール・ボイトンが所有していたシーライオン・パークの〈フリップ・フラップ〉は何の変哲もない名前だが、実は危険にもほどがある遊園地のアトラクションのひとつだった。1895年に完成したこのジェットコースターは、北米初のループ式コースターだった（ヨーロッパでは"遠心力コースター"という名前で19世紀中頃に初お目見えしていた）。フリップ・フラップのコースには直径7.6メートルの垂直ループが設置されていた。このループが問題だった——かなり小さいうえに、完全な円形だったのだ。つまりループに突入するときと出るときに、乗客は瞬間的にすさまじい重力加速度にさらされるということだ。その数値は12Gというとんでもないもので、首や背骨に重傷を負ってもおかしくない[1]。

　現在ではジェットコースターの設計者たちも物理学と人間生理学に通じるようになり、このふたつを考慮に入れたうえでさらに強烈なスリルをもたらすコースターを追求している。ループ区間は円形ではなく、数学的にはクロソイドと呼ばれる曲線どおりに涙滴形になり、乗客はより緩やかな加速度で回転区間

に出入りできるようになった。

　重力加速度（GフォースまたはG）とは、重量が増加したような感覚をもたらす加速度の尺度だ。つまり、2Gの上向きの加速度を受けていると、体重が普段の倍になったように感じるということだ。1Gで加速する車に乗っていれば、自分の体重に相当する力でシートに押しつけられる。普通の人間が数Gを超える重力加速度を経験するのは、遊園地やテーマパークでジェットコースターなどのスピードが出るアトラクションに乗ったときぐらいだ。

　テキサス州オースティン近郊にある遊園地シックスフラッグス・オーヴァー・テキサスに1978年に新設された〈ショックウェーヴ〉は、当時のジェットコースターとしては世界最大の重力加速度を乗客たちに体感させていた。35メートルの高さまで昇ると、客車は緩やかに下りながら右に180度曲がったのちに最初に急降下し、2基のループを連続して通過する。その際に最大5.9Gが生じる。〈ショックウェーヴ〉はジェットコースター界のGランキングで長らく首位に立っていたが、南アフリカのヨハネスブルクにあるゴールドリーフ・シティに2001年にオープンした〈タワー・オブ・テラー〉にその座を譲った。この心臓バクバクもののコースターでは、8人乗りの客車はまずエレヴェーターで上昇したのちに押し出され、垂直落下して地下15メートルの坑道に飛び込む。乗客が味わわされるGは最大で6.3だ。

　これまで考案されたジェットコースターのなかで最も過激なものは——純粋に理論上の存在だが——ロンドンのロイヤル・カレッジ・オブ・アートの博士課程にいたリトアニア人学生のユリヨナス・ウルボナスが2010年に設計した〈安楽死ジェット

コースター〉だ。この究極のコースターは乗客全員を殺すことを意図したものだ——ウルボナスは"優雅さと絶頂感を与えつつ"昇天させると表現しているが、〈安楽死ジェットコースター〉の乗客たちは500メートルの高さまで上昇したのちに急降下し、7連続するループ区間に時速360キロメートルで突入する。半径が徐々に小さくなっていくループによって、少なくとも10Gを1分間にわたって確実に体験できるようになっている。その1分のあいだは脳に血液が(つまり酸素が)届かず、乗客たちは意識を失い、ついには死に至る。

〈安楽死ジェットコースター〉での死は理論上のものだが、戦闘機のパイロットたちにとっては深刻な問題だ。第二次世界大戦中、宙返りやきりもみといった機動飛行を高速で行うと加速度誘発性意識消失(G-LOC)という危険な状態になることが知られるようになった。パイロットが強い加速度にさらされた際に失神しないようにする耐Gスーツと、それをテストする何らかの手段が必要になった。これを受けて、カナダの科学者のウィルバー・フランクスとフレデリック・バンティングが、トロントにあるカナダ軍臨床検査部隊(CIU)に世界初のかなり強力な人間用遠心機を1941年に設置した。極秘プロジェクトとされていたが、この遠心機がある建物で尋常ならざる何かが行われていることは誰にでもわかった。遠心機を回転させる出力200馬力のモーターに使われる電気は近隣区域と同じ送電線から供給されていて、遠心機が始動するたびに近くの道路を走る路面電車の架線から電気が奪われ、電車が停まってしまったからだ。

　CIUの遠心機は、モーターに垂直に直結するシャフトに取りつけられた水平のアームの先端に丸いゴンドラが吊るされたものだった。モーターが回転するとゴンドラは外側に振られ、高速

回転時には90度傾いた状態になった。ゴンドラ内には戦闘機のような座席が独立して設置されていて、乗員は座席をさまざまな角度に設定することができて、逆さまにして逆Gを体験することもできた。

管制室にいる観察者は、ライトを点けたりブザーを鳴らしたりしてゴンドラの乗員に信号を送る。乗員は信号を確認したらライトやブザーのスウィッチを切る。ブザーのスウィッチが切られた場合、乗員はまだ意識を保っているがブラックアウト、つまり視力が完全に失われていることになる。ライトもブザーも切られなかったら、乗員は意識を失っていることになる。CIU遠心機で得られた結果から、フランクスは世界初の実用的な耐Gスーツを開発した。

ペンシルヴェニア州ウォーミンスターの合衆国海軍航空開発センター（NADC）にあるジョンズヴィル遠心機はCIUのものよりもさらに大きく、有人宇宙飛行計画のための宇宙飛行士の試験で大きな役割を果たした。しかし1950年7月に完成したこの遠心機に最初に与えられた任務は高性能航空機が発生させるGの影響の調査であり、とくにX-15ロケット機の操縦訓練に使用された。

宇宙時代が始まる以前は、人間が宇宙の環境に放り込まれたらどうなってしまうのかは言うに及ばす、宇宙空間に出入りする際に待ち受けている過酷な状況に、果たして人体が耐えられるかどうか誰もわからなかった。強力なロケットに乗せられて衛星軌道に達する際に、宇宙飛行士は地上にいるときよりもさらに重い重量を何分間にもわたって体感することになる。大気圏への再突入時にはさらに重く感じる。短時間であれば非常に強いGに耐えられることは、地上での実験と航空機による度を

超した機動飛行からわかっていた。が、衛星軌道に達するまでの加速と地球帰還時の減速にどれほどの時間がかかるのかはわからないままだった。

〈ザ・ホイール〉の名で知られていたジョンズヴィル遠心機は、NADCにある丸くだだっ広い建物内に収められていた。この地が選ばれたのは、遠心機の生み出す回転力は非常に強く、岩盤に直接固定しなければ巨大な機械の振動を止めることができず、ウォーミンスターには探し得る範囲内で最も強固な岩盤が存在していたからだった。

ジョンズヴィル遠心機の鋼鉄製のゴンドラは直径3メートル、短径1.8メートルの扁球形で、全長15メートルのアームの先端に取りつけられ、反対側には出力4000馬力の電気モーターが設置されていた。この強力なモーターを全開にすると、ゴンドラはたった7秒で時速280キロメートルまで加速し、発生する最大Gは人間の命を奪いかねない40に達する。ゴンドラには回転するリング状の台座がふたつ備わっていて、乗員は与えられるGに対してさまざまな姿勢を取ることができた。

〈ザ・ホイール〉に乗っていたのは、大抵の場合は自ら志願したNADCの一般職員か海軍の人間たちだった。宇宙飛行士の最有力候補たちは実際の飛行訓練に忙殺されていて、長い時間をかけて研究用のモルモット役をやる暇などなかった。〈ザ・ホイール〉の性能がまだ評価中の初期段階となればなおさらだった。志願者のひとりで、当時はNADCにいた航空宇宙医官のアート・グントナーは、このモンスターマシンの腹のなかに350回ほど乗り込み、短時間ではあるが15Gという苛烈な重力加速度にさらされた。この加速度は、トップクラスのドラッグレースや現代の宇宙飛行船で生じる4から6の最大Gをはるかに凌駕する。

グントナーの任務は、合衆国初の有人宇宙飛行計画である
マーキュリー計画の最初の7人の宇宙飛行士候補〈マーキュ
リー・セヴン〉が実際に遠心機に乗るまでの準備だった。グント
ナーの協力を得て、7人は初期段階のシミュレーション結果と
強Gにさらされるとどうなるのかを知った。〈ザ・ホイール〉のゴ
ンドラにはマーキュリー計画で使用される有人カプセルと同様
の計器盤と手動操縦桿が装備され、実際の飛行時の気圧である
344ヘクトパスカルまで減圧することができた。被験者は、強い
Gがかかった状態で制御装置をどの程度操ることができたか報
告し、どのような悪影響を感じたのか説明する。このゴンドラに
は有益かつぞっとする機能が備わっていた——1秒間ほど回転
し、Gが10から−10まで激変するという内臓が引きちぎれるよ
うな経験をすることが可能なのだ。

6Gから8G、さらには10Gという圧倒的な重力加速度下では、
通常の呼吸などできるはずもない。体重が500キログラムに
なったように感じていたら、普通に息を吸うことなど問題外だ。
「肺を膨らませることなんかできっこない」アポロ11号の司令
船を操縦したマイケル・コリンズはそう記している。「まるで鋼
鉄のベルトで胸が締めつけられているみたいだった。だから肺
をずっとぱんぱんにしておいて、息を吸ったり吐いたりを小刻
みに繰り返すという、まったく新しい呼吸法を編み出さなけれ
ばならない」
〈ザ・ホイール〉への搭乗を許可された人々のあいだでも、Gに
対する耐久度には大きな開きがあった。なかには遠心機にうま
く対処しただけでなく、その限界と自分自身の限界に挑もうと
奮闘した者たちもいた。そうした一徹者のひとり、海軍予備役士
官のカーター・コリンズは、1958年8月に20Gという強烈な重

力加速度に6秒間耐えた。そのときコリンズは、ブタのような唸り声をあげてブラックアウトと胸の痛みを回避した。

　が、こうした離れ業も、合衆国空軍の航空医官ジョン・ポール・スタップが1950年代にロケット推進式の"そり"に自ら乗って体験した驚異の加速と減速の前ではかすんでしまう。スタップの最後の、そして最も危険なそり走行は、カリフォルニア州にあるエドワーズ空軍基地で1954年12月10日に敢行された。彼は、ジャンボジェットを超える速度で突進可能な〈ソニック・ウィンド1〉と呼ばれるロケットそりの後部に取りつけられたむき出しの椅子に、前を向いた状態で縛りつけられた。その前方には、全長600メートルのレール路が乾いた大地のなかを走っていた。発射のカウントダウンはスタップ自らがやり、その声は少し離れたところにある管制室にインターフォンを介して伝えられた。"ゼロ"の声とともにロケットエンジンが点火され、そりは猛烈な勢いで加速し、5秒後には驚くべきことに時速1000キロメートルを突破し、地上速度の最高記録を塗り替えた。

　その直後、そりは水濠に突っ込み、暴力的な勢いで急停止し

ジョン・ポール・スタップを乗せた〈ソニック・ウィンド１〉は時速1000キロメートルから急減速した

た。時速1000キロメートル強から1秒少々で静止することは、時速200キロメートル弱でブロック塀への衝突に相当する。これほどの衝撃を自ら進んで体験した人間は後にも先にもいない。あまりの高速移動により砂粒が飛行服を突き破り、スタップの体に水ぶくれを生じさせた。過激な急減速は眼球の毛細血管を破裂させ、眼球は眼窩から膨れあがり、一時的に眼が視えなくなった。限界に挑んだスタップは40Gという殺人的な減速を耐え抜き、ズタボロになりながらも一命を取り留めた。

宇宙
SPACE

14 巨大惑星

　内部に地球が1300個以上収まる木星は太陽系最大の惑星だ。質量は地球の318倍、太陽を周回するすべての惑星を合わせた総量の2.5倍もある。木星の表面上に見られる、大赤斑の名前で知られるたったひとつの嵐は何世紀にもわたって荒れ狂い、その範囲は地球の直径よりも大きい。しかし太陽以外の恒星の軌道上にある惑星のなかには木星よりも巨大なものがある。それでは、惑星はどこまで大きくなることができるのだろうか?

　太陽を周回する惑星は8個存在する。内側の4つは地球のように小さくて硬い星だ。それに続くふたつはガスでできた巨大惑星で、その先には氷の巨星である天王星と海王星が並んでいる。冥王星は2006年の国際的な天文学会議で"準惑星"に格下げされ、物議を醸した。

　太陽系外惑星、またの名を系外惑星は1992年に初めて複数個発見された。しかしそれらの惑星は、超新星の残骸であるパルサーという天体を周回する奇妙な星だということが判明した。太陽のような恒星を周回する惑星は、1995年に地球から50光年離れたペガサス座51番星に初めて確認された。このペガサス座51番星bは、まったく新しいタイプの惑星だということがわかった。中心星から極めて近い軌道を周回する巨大ガス惑星

で、言ってみれば"熱い木星"だったのだ。早い段階で発見された系外惑星は、結局その多くがペガサス座51番星bと同じカテゴリーに分類されるにいたった。その理由は単純で、当時の最も一般的な惑星の検出手法が、中心星の運動に最も大きな揺らぎを与える天体、つまり小さな軌道を周回する巨大惑星の検出に向いていたからだった。

　木星は太陽系に君臨する巨大惑星だが、それより規模も質量も大きな惑星が宇宙のどこかに存在しているにちがいないと天文学者たちは考えていた。その確信は1996年に確証に変わった。木星の約2.5倍の質量を有しながらも、軌道が異常なまでに小さいわけではない最初の系外惑星、おおぐま座47番星bが発見されたのだ。

　それでは、大質量の天体が恒星ではなく巨大惑星になる分岐点はどこにあるのだろうか。研究者たちはさらに鋭く推察するようになった。木星は"太陽になり損ねた惑星"と表現されることもあるが、それは太陽などの恒星と同様にほぼ水素とヘリウムで構成されているものの、コア部分で核融合反応を起こせるだけの質量がないからだ。形成の初期段階で周辺を漂うガスや宇宙塵をさらに大量に引き寄せていたら、その自己重力で中心部が圧迫されてかなりの高温になり、核融合反応を生じさせていたかもしれない。では、惑星はどの時点で惑星であることをやめ、恒星に変じていくのだろうか？

　2011年までのあいだに、木星よりも巨大な惑星である"超木星"は180個ほど発見された。超木星のなかには、その軌道に応じて熱い星も冷たい星もある。しかし質量が大きいからといって、それに比例してサイズも大きくなるとはかぎらない。ガス惑星は質量が大きくなるほど自己重力で中心部に引っ張られるの

で、密度が木星より高くなっても直径は必ずしも大きくなるわけではない。そんな惑星の代表例が、太陽から129光年離れたところにある恒星の軌道上に発見されたアンドロメダ座ウプシロン星だ。質量は木星の7倍程度と推定されるが、直径は20パーセントしかない。天文学者たちは、惑星と恒星の中間に位置する天体が存在する可能性があるという説を、早くも1960年代に立てていた。そうした天体はのちに、〈褐色矮星〉として知られるようになった。褐色矮星はコア部分を圧迫して重水素核融合と呼ばれる核反応を惹き起こせるだけの質量を有する。重水素核融合は、太陽のような恒星が光と熱を生み出す通常の水素核融合よりも低い温度で起こる。理論上では、質量が木星の13倍以上になると惑星内部で重水素核融合が発生して褐色矮星になると考えられる。そして木星の80倍を超える質量になれば各部分で通常の水素核融合が起こり、いっぱしの恒星となって発光するようになる。

　地球から133光年離れたところに、HR 8799と呼ばれる恒星が存在する。HR 8799は太陽より高温で大きく、質量も若干多い。そしてペガサス座のなかに何とか肉眼で確認することができる。その軌道上には5個の超木星が確認されていて、そのうち4つは木星の5倍以上、もうひとつは約9倍の質量がある。それほどの質量と大きさにもかかわらず、HR 8799系の巨大惑星は紛れもなく惑星だ。別の例では、天体の状態が巨大惑星なのか褐色矮星なのかはっきりわからないものもある。

　そんな星の一例がNGC 2423-3 bだ。この惑星は、約2400光年の彼方にある星団を構成する赤色巨星を周回している。軌道上を周回する伴星に引っ張られ、主星であるNGC 2423-3 がかすかに前後に揺れることからNGC 2423-3 bの存在が確認できた。

NGC 2423-3 には木星の少なくとも10.6倍の質量があることがわかっている。このような低めの推定値になったのは、この赤色巨星を周回するNGC 2423-3 bの軌道面が地球から見て水平になっていると思われるからだ。軌道面が傾いて見えるのであれば、伴星の質量がもっと大きくなければ主星の揺らぎの説明がつかない。実際のところ、NGC 2423-3 bの質量は褐色矮星レヴェルと言っていいぐらいだ。

大質量の超木星と低質量の褐色矮星の中間に位置する伴星についても同様の不確実さがつきまとっている。いわゆる"亜恒星天体"のなかには、どう見ても褐色矮星でしかないものもある。どうしてそう断言できるかと言えば、そうした星が放つ光を分析すると、コア部分で重水素核融合が起こっていることを示すスペクトルが確認できるからだ。とはいえ、新たな手がかりを見つけなければ答えようのない疑問もある――その天体は大型の惑星なのか、それとも褐色矮星なのだろうか？

研究者たちは、巨大惑星はほぼ例外なく"金属分に富む"恒星の軌道を周回していることを突き止めた。天文学で"メタルリッチ"とは、水素およびヘリウムより重い元素を比較的大量に含むという意味で、それが一般的な意味での金属かどうかは関係ない。それに対して褐色矮星は主星をそんなに選り好みしない。これは惑星と褐色矮星の形成過程のちがいが関係している。惑星は重い元素を多く含むコアから始まり、周辺からさらに多くの物質を引き寄せて"積み上げていく"。一方の褐色矮星は恒星と同じ手順で形成される――ガスと宇宙塵からなる原始星雲の密度の高い部分から発生し、自身の重さで崩壊していく。

一定の質量を――木星の約80倍と考えられる――超えると、褐色矮星ではなく、最小規模の"通常の"水素核融合を発生させ

る低質量の赤色矮星が新たに形成される。確認されている赤色矮星のなかで最軽量の2MASS J0523-1403は、恒星質量の理論上の下限ぎりぎりで、直径は太陽の0.09倍しかなく、木星より小さい。地球から40光年ほどしか離れていないが、肉眼で見える最も暗い星の100万倍も暗い。さらに小さいEBLM J0555-57Abは土星ほどの大きさしかなく、存在が確認されている赤色矮星のなかで最小だ。[*2]

　その対極にあるのがY型褐色矮星とも呼ばれる“準褐色矮星”で、褐色矮星のなかでも最も小さく温度も最も低い。形成過程はほかの褐色矮星と同じだが、質量の範囲は超木星と重なる。事実、白色矮星の周りを公転しているWD 0806-661 Bと呼ばれる最小かつ最低温の褐色矮星は質量が木星の7倍から9倍ほどしかなく、表面温度も55℃から72℃だ。

　褐色矮星は最も軽い元素である水素でほぼ構成されているが、内部が極限まで圧縮されているのでかなりの高密度になることがある。たとえばCoRoT-3bは木星の22倍ほどの質量だが、その密度は、通常状態で最も密度の高い天然元素オスミウムの22.6 g/cm³を超える26 g/cm³だ（オスミウムについては20章で触れる）。当然ながら、CoRoT-3bは表面重力も高く、地球の50倍強だ。

　巨大惑星ではTYC 8998-760-1 bが最も大きい。直径は木星の3倍ほど、質量にいたっては14倍だ。が、惑星界最大のこの星は、まだニュースターだ。TYC 8998-760-1 bが周回する、太陽から海王星までの距離の5倍少々のところにある恒星は、たかだか1700万歳だ。[*3]それよりさらに大きくなる可能性を秘めているのがHD 100546 bで、推定によれば直径は木星の7倍近くに達するかもしれないという。しかしHD 100546 bはいまだに周辺のガ

スや宇宙塵の雲を凝縮させていて、まだ成長過程にあると思われるので、ランキング判定は一筋縄ではいかない。この惑星は、本当に観測史上最大の系外惑星なのかもしれない、それとも一見したところ巨大な図体のなかには、何か別の天体が呑み込まれているのかもしれない。どちらなのかは今後の観測で判明するだろう。

×318

15 恒星界のスーパースター

　夜空に肉眼だけで見えるほぼすべての星は太陽よりも大きく、より輝いている。これは選択効果に過ぎない——遠く離れたところから見れば、最も大きくて最も明るいものが目立つのだ。それでも太陽がありふれた恒星だという事実に変わりはない。銀河に存在する、ありとあらゆるタイプに分かれる何十億もの恒星のひとつなのだ。太陽が巨大に見えるのは、わたしたちの眼のまえにあるからだ。ただそれだけのことだ。

　太陽は時が経つにつれて明るくなっていく。光を発し始めた50億年前と比べると、現在は30パーセントも明るくなっている。ほかのすべての恒星と同様に、太陽も一生のほとんどのあいだはコア部分で水素を融合させてヘリウムに変えることで光と熱を生み出しつづける。水素より質量が大きいヘリウムという"燃えかす"が蓄積されていくと、コア部分の密度は高くなり、より高温で燃焼するようになる。そしてさらに明るく輝くようになる。コア部分にあった水素も最後には使い尽され、重力は輻射圧の外向きの力と釣り合わなくなり、コアはさらに圧縮されて小さくなり、温度もさらに上昇していく。中心部のさらなる熱はコアの外殻にある水素を引火させ、そして太陽は黄昏の時代を迎える。

不活性なヘリウム核が増大すると、それを覆う水素が燃焼する外殻も大きくなる。コアに投棄されるヘリウムの量が増していくにつれて、太陽の光度も速く上昇していく。あと50億年もしないうちに現在の1.66倍明るくなる。そしてさらに輝きを増しながら大きくなっていく。110億年後の太陽は現在とは似ても似つかない姿になっているだろう。明るさは1000倍になり、真紅に輝く表面は水星と金星の軌道を越えて膨れ上がる。太陽は赤色巨星へと変貌を遂げるのだ。

恒星の種類とその未来の姿は、何をおいてもたったひとつの要素に左右される——質量だ。最小レヴェルでは太陽の10分の1ほどの質量しかない恒星もある。そうした"極小"の恒星は現在の宇宙の年齢よりはるかに長い、何兆年にも及ぶかもしれない寿命のなかで、核融合のエネルギーを非常にゆっくりと消費し、大きくならずに温度も低いままだ。赤色矮星は宇宙で最も一般的な恒星で、地球の直近にある30個の恒星のうち20個がこのタイプだ。

一方、太陽より質量の大きな恒星は"太く短い"一生を送る。夜空で最も明るく見えるシリウスは8.7光年の彼方にあり、質量は太陽の2倍、直径は1.7倍、輝度は25倍だ。中心部で起こる水素核融合で輝いている"主系列星"としての寿命は、太陽の10分の1にも満たない10億年ほどしかない。

オリオン座にある肉眼でも確認できる恒星を望遠鏡で拡大して見ると、大きさにしても輝きにしても堂々たるものだということがわかる。青白い光を発するリゲルは、少なくとも860光年離れているにもかかわらず、夜空の星のなかで7番目に明るい。3章に登場したリゲルは青色超巨星に分類される。大質量で表面温度は高く、コア部分での水素核融合を終えたばかりだ。リ

ゲルは太陽の約20倍の質量を有し、直径は80倍で輝度は12万倍だ。

　オリオン座には橙赤色の超巨星ベテルギウスもあるが、こちらの表面はリゲルよりかなり温度が低く、より広大だ。ベテルギウスは赤色超巨星で、太陽と入れ換えると、その表面は火星と木星の中間に達する。赤、青、白、黄と色を問わず、すべての超巨星がそうであるように、ベテルギウスも宇宙的観点から見れば寿命はそう長くない。おそらく今後10万年ほどのあいだに爆発して超新星となり、崩壊したコアは中性子星もしくはブラックホールになってしまう。

　ベテルギウスは太陽系の基準から見れば巨大だが、観測されている恒星のなかでは決して最大ではない。双眼鏡や望遠鏡を使わずに見ることができる星のなかで最大なのは、宝石のような真紅色なのでガーネット・スターとも呼ばれているケフェウス座 μ 星だ。地球からの距離には不確かなところがあるので、その大きさと明るさについても確かなことはわかっていないが、それでもまちがいなくベテルギウスより大きく、太陽と置き換えると表面は木星の軌道を越える。

　恒星の大きさランキングで上位に位置するたて座UY星は、地球から9000光年から1万光年ほどの距離にある巨大な恒星だ。赤色極超巨星に分類され、直径は太陽の1700倍もあり、途轍もない巨体のなかに太陽が50億個も入る。実際のところ、たて座UY星は天文学では定説になっている恒星の理論上の大きさの限界を——直径で太陽の1500倍程度を——超えている。大きさでトップクラスの恒星たちはそもそもどのように形成され、その一生の大半においてどのようにして安定した状態を保っているのかについては、現在も議論が続いている。

大きさランキングでトップの座に君臨しているのは、1万9000光年離れた星団の外縁に位置するスティーヴンソン2-18（St 2-18）と呼ばれる恒星だ。直径は推定で太陽の2150倍、もしくは地球から太陽までの距離の20倍だ。秒速30万キロメートルで進む光が太陽を一周するのに14.5秒かかるのに対し、St 2-18では9時間近くもかかる。太陽系の中心に置くと土星まで呑み込んでしまう。

　St 2-18は別の面でも度を超している——明るさが太陽の30万倍を優に超えるのだ。そのとんでもない輝きがわたしたちの眼をくらませることはないが、その理由はただひとつ、あまりにも遠くにあるからだ。夜空に明々と輝いている星は比較的近いところにある恒星だ。シリウスとカノープス（りゅうこつ座 α 星）に次いで3番目に明るい星は、わずか4.5光年しか離れていないところにあるケンタウルス座 α 星だ（実際には三重連星だが）。しかし絶対的な意味において最も明るい星は、表面から並はずれた量の光を放出する恒星だ。

　肉眼で確認できる星のなかで、本質的な意味で最も明るいのはぎょしゃ座 ζ 星だ。この白色極超巨星はさそり-ケンタウルス座アソシエーション（同じ起源を持ち、重力的な束縛からは解放されているが、未だ宇宙空間を共に移動している恒星で構成される、非常に緩やかな散開星団）と呼ばれる、高温で明るい恒星で構成される若い星団内にある。ぎょしゃ座 ζ 星の明るさは太陽の85万倍だ。

　恒星の明るさランキングの上位を占めるのはアーチ星団の恒星たちだ。この星団は天の川銀河のなかで最も密度が高く、銀河の中心から約100光年、地球から見ると2万5000光年離れたところにある。アーチ星団のなかでもひときわ明るいのは13個の

ウォルフ・ライエ星と8個のO型極超巨星だ。どちらのタイプの恒星も超高温かつ超巨大質量で、先に述べたように明るさランキングの上位を占めている。しかし現時点での第1位は、3章で説明したタランチュラ星雲にあるR136a1だ。このウォルフ・ライエ星は太陽の700万倍明るく、質量においても222倍で、既知の恒星のなかで最も重い。続く2位と3位も、タランチュラ星雲のR136a2とBAT98-99で、このふたつもまた質量が超巨大で極めて高温のウォルフ・ライエ星だ。[※2]

　以上のトップスリーを含めた最大級に明るい恒星は、質量においても最大級だ。いずれも太陽の200倍近くかそれ以上だ。宇宙の歴史のごく早い段階、最初の恒星(初代星)が形成された直後には、もっと大質量の巨大恒星が存在していた可能性がある。宇宙の夜明けに誕生した、種族Ⅲと呼ばれるこのタイプの恒星は、おそらく太陽の数百〜1000倍の質量と、それに見合った桁はずれの輝度を有していたのかもしれない。そんな恒星はまだ観測されていないが、間接的な証拠ならいくつか見つかっている。非常に強力な新世代望遠鏡が稼働すれば、そう遠くないうちに恒星界のスーパースターたちを拝めるかもしれない。

16 宇宙最大

　紀元前3世紀、ギリシアの数学者アルキメデスは『砂粒を数えるもの』という書を著した。そのなかでアルキメデスは、宇宙全体のなかに砂粒が何個入るのか算出しようとした。算出には、この時代に知ることができる最高の叡智に基づいて、宇宙の大きさを推定しなければならなかった。導き出された宇宙の最大直径は100兆スタディア、現代の尺度に合わせると約2光年だった。

　光年はとんでもなく大きな単位だ。これは秒速30万キロメートルという、考え得るかぎりの最高速度で移動する光が1年間に進む距離を意味する。つまり1光年は9兆5000億キロメートルになる。古代の思想家たちは、その倍の距離の大きさのものに思いをめぐらせていたのだ。これはなかなかに感動的なことではないだろうか。

　わたしたちがいる天の川銀河は、9万光年にわたって広がる数千億もの恒星の集合体だ。1920年代初頭、宇宙の本質をめぐる論争が起こった――わたしたちの銀河系は実質的に宇宙全体なのだろうか、それともある種の渦巻き状や楕円形の"星雲"の正体は別の銀河系、もしくは当時の言葉で言う"島宇宙"なのだろうか？　答えは早い段階で見つかった。銀河は天の川だけで

はなかったのだ。アンドロメダ大星雲は、地球から250万光年離れたところにある、天の川銀河よりはるかに大きな渦巻き銀河であることが判明したのだ。

　肉眼で見ると、アンドロメダ大銀河は夜空に浮かぶおぼろげな斑点として何とか確認できる。わたしたちが見ているその光は、ヒトの最古の祖先ホモ・ハビリスが現れる以前、アウストラロピテクス属たちがまだ地上を歩いていた頃に発せられたものだ。そんなに遠いところにあるアンドロメダ大銀河は、実は最も近いところにある銀河だということが判明した。天の川銀河とアンドロメダ大銀河は局所銀河団のなかの大きな構成要素だ。局所銀河団とは、直径1000万光年ほどの空間で80個程度の銀河が重力によって結びついている銀河団で、その大半は"矮小銀河"だ。

　ほぼすべての恒星が銀河内に存在しているのと同様に、ほぼすべての銀河も銀河団内に見つかる。最も近いところにある局所銀河団はM81銀河団だ。三十数個の銀河からなるM81銀河団にも、やはりM81渦巻き銀河とM82スターバースト銀河（大量の大質量恒星が短期間に生成される銀河）という他を圧倒する大銀河が存在する。しかしこうした銀河団は広大な宇宙のなかでは"雑魚"だ。地球から6500万光年離れたところに位置するおとめ座銀河団は1300個から2000個の銀河を有し、そのなかには巨大な楕円銀河も存在する。そのひとつのM87銀河は、わたしたちから近いところにある宇宙のなかでは規模にしても質量にしても最大級の銀河だ。M87の中心には、超大質量のブラックホールが存在する。2021年、多数の電波望遠鏡を結合させて銀河の中心部にあるブラックホールを撮像する計画〈イヴェント・ホライズン・テレスコープ（事象の水平線望遠鏡）〉によって捉え

られた、M87の暗い中心部とその周辺の画像が公開された。ブラックホールの具体的な姿が確認されたのはこれが初めてだ。

　規模の階層をさらに上がろう。銀河団の大半は銀河団の集団である超銀河団に属する。おとめ座銀河団は局所超銀河団の中心に位置する。局所超銀河団には局所銀河団およびその他の銀河団も属していて、トータルで4万7000個ほどの銀河を抱えている。局所超銀河団の直径は1億1000万光年程度と考えられ、総質量は太陽のざっと1200兆倍だ。天の川銀河も驚くほど巨大だが、その1000倍以上大きい。ここまで巨大なものが一体どうやって形成されたのだろうか。まったく想像もつかない。

　局所銀河団以外にも別の銀河団があるように、局所超銀河団も複数存在する。局所超銀河団には、地球から見たときに位置する空の場所の名前がつけられることが多い。局所超銀河団に最も近いものは、かみのけ座銀河団や、うみへび座銀河団、ケンタウルス座銀河団、ペルセウス座・うお座銀河団など、その位置に見える星座の名前がつけられている。なかでもペルセウス座・うお座銀河団は3億光年の広がりを有する超銀河団だ。光がペルセウス座・うお座銀河団の端から端まで移動するあいだに、地球は石炭形成期の沼地に両生類が暮らしていた石炭紀から現代になった。

　が、宇宙最大のものを探究する旅路はここで終わらない。近年、天の川銀河が属する局所超銀河団も、さらに巨大な集合体であるラニアケア超銀河団の一部に過ぎないことが判明したのだ。ラニアケアとは、ハワイ語で“無限の天空”を意味する[*1]。直径にして5億2000万光年超、数にして10万ほどの銀河を有するラニアケア超銀河団は4つの主要な部分から構成されている——わたしたちの局所超銀河団、うみへび座・ケンタウルス座超銀

河団、くじゃく座・インディアン座超銀河団、そして南部超銀河団だ。この新たな発見により、ラニアケア超銀河団こそが地球が存在する"本当の"局所超銀河団であり、わたしたちがいるささやかな局所銀河団の運動は、これまで考えられていた以上に大きな銀河の集合体から影響を受けていることが明らかになった。

宇宙の謎のひとつに〈グレート・アトラクター〉と呼ばれる現象がある。それが何なのかは正確にはわからないが、グレート・アトラクターの重力が天の川銀河や近隣の銀河の運動に影響を与えているのはたしかだ。現在では、グレート・アトラクターはラニアケア超銀河団の重力の集中点になっていると推測される。しかし存在している場所が天の川銀河の水平面に位置する、ガスと宇宙塵のみで部分的に覆い隠されている星雲欠如領域なので、その性質は謎のままだ。

ここまで長い旅路を経て、アルキメデスが考えていた直径2光年の宇宙から、わたしたちが存在する超銀河団の真の広さを実感するまでにいたった。ところがである。ラニアケア超銀河団を超える集合体が確認されているのだ。2017年にインドの研究者たちが発見したサラスワティ超銀河団は40億光年のはるか彼方にあり、端から端までの距離は最大で6億5000万光年だ。[2]それだけではない。物質の分布をより大きなスケールでマッピングした結果、さらに大きな構造体が視野に入ってきた。

ラニアケア超銀河団自体が、銀河フィラメントもしくは銀河ウォールと呼ばれる超巨大な存在である、うお座・くじら座超銀河団コンプレックスの一部だった。何十億光年も離れたところから宇宙を見ると、重力で結合した超銀河団で構成された壁が、〈ヴォイド（超空洞）〉と呼ばれる果てしない無の空間を取り囲ん

でいることがわかった。うお座・くじら座超銀河団コンプレックスの規模は全長10億光年、全幅1億5000億光年と推定される。質量は、以前は太陽系が属する局所超銀河団だと考えられていたおとめ座超銀河団の約1000倍だ。スローン・グレートウォールは13億7000万光年でさらに長く、2020年に発見されたばかりのサウス・ポール・ウォールもそれに匹敵する。それほどまでに巨大なものが長きにわたって天文学者たちの眼に留まらなかっ

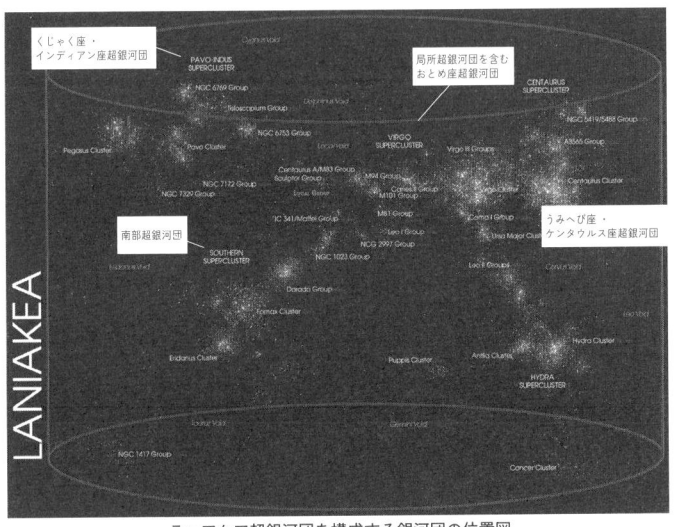

ラニアケア超銀河団を構成する銀河団の位置図

たのは意外に思えるかもしれない。しかしグレート・アトラクターと同様に、これらの集合体も天の川銀河の水平面に位置しているので見えづらかったのだ。銀河フィラメント同士のあいだにあるヴォイドには、基本的に銀河がほとんど存在しないが、それでも名前がつけられている。最も近いところにある〈キーナン、バーガー、カウアイ（KBC）ヴォイド〉の直径は20億光年だ。

　これまで確認されている宇宙構造体のなかで最大のものはヘルクレス座・かんむり座グレートウォールだとされている。その長さは、観測可能な宇宙の直径の10パーセントを超える100億光年にも及ぶ。これ以上大きなものが存在し得るだろうか？

　宇宙空間で相互結合した複数の銀河フィラメントとヴォイド全体は"宇宙のクモの巣"と表現されている。これをひとつの構造体と見なせば、わたしたちが見ることができる宇宙には、宇宙のクモの巣より大きなものは存在しないことになる。観測可能な宇宙全体に広がる直径930億光年ほどの球状の空間、それが宇宙のクモの巣だ。観測可能な宇宙のその先を見ることはできない。ビッグバンが起こったのは138億年前なので、138億光年以上離れたところにあるものが見えるはずがないのだから。

　"宇宙最大のもの"の最有力候補は、現時点ではヘルクレス座・かんむり座グレートウォールだと思われる。しかしその存在そのものが天文学者たちの頭痛の種となっている。銀河や銀河団、さらには超銀河団のレヴェルでは、その存在自体は見るからにでこぼことしているが、現在の宇宙論では、宇宙は全体として比較的滑らかなものでなければないとされている。が、ヘルクレス座・かんむり座グレートウォールが実在するのであれば、観測可能な宇宙の直径の少なくとも10分の1の距離にわたってでこぼこしたものが明らかに存在することになる。天文学者たちは、

どうしてそんなことになるのか説明するという仕事を抱えてしまった。

160AU

17 はるかなる旅路

　1966年9月、ジェミニ11号のカプセルに搭乗していた宇宙飛行士のチャールズ・ピート・コンラッドとリチャード・ゴードンは、カプセルにドッキングしていたアジェナ標的機のロケットエンジンに点火した。カプセルは加速され、その軌道の最大高度は1373キロメートルに達した――これでふたりは、地球から最も遠いところまで行った人間になった。この軌道は、地球を周回する有人宇宙船の最高高度記録でもある。

　人類が地球から最も遠いところに到達した記録は、現在では1968年から1972年にかけてのアポロ計画で月に着陸もしくは周回した際の約40万キロメートルだ。土星を周回する、岩だらけで不毛の大地が広がるオレンジ色の衛星タイタンには、機能を停止してしまったホイヘンス探査機がいる。2005年1月にタイタンの地表にパラシュート降下したホイヘンスは、地球から最も遠い場所に着陸した宇宙船であるとともに、太陽系外縁部の天体に着陸した唯一の例でもある。

　しかしさらに遠くまで飛んでいる宇宙探査機は複数存在する。具体的にはパイオニア10号と11号、ヴォイジャー1号と2号、そしてニュー・ホライズンズの5機が太陽系から脱しつつある。このなかで現時点で太陽から最も遠く、そして、地球から最も遠

くにある人工物は、240億キロメートルもしくは160AUの距離に位置するヴォイジャー1号だ。これは光速で伝わる電波が地球に届くまで1日かかる超遠距離だ。

　現在、ヴォイジャー1号と2号は、太陽系の天体のなかで望遠鏡で見える最も遠い天体よりも遠く離れたところを飛んでいる。太陽系の天体で、現在確認されているもののなかで太陽から最も遠いのは、氷と岩でできた直径数百キロメートルの2018AG$_{37}$だ。"ファーファーアウト（はるか遠い彼方）"のニックネームにふさわしく、太陽から175 ～ 27AUの距離の、非常に細長い軌道を1000年ほどかけて1周している。

　天文学者たちは、"ファーファーアウト"のような天体は何十億個も存在し、太陽を周回しているが、小さすぎるし遠すぎるので今のところは観測することができないと考えている。太陽から最も遠い天体はオールトの雲のなかに存在すると思われる。オールトの雲の茫漠たる空間には凍れる天体が無数に点在し、その一部は何かの拍子で軌道からはずれる。それが太陽系内縁部まで飛来して長周期彗星になるという説がある。オールトの雲の外縁部から太陽までの距離は1万～ 10万AUで、これは最も近い恒星までの距離の3分の1に達する。

　冥王星が"準惑星"に格下げされてしまったので、現在太陽系の最外縁にある惑星は海王星だ。太陽までの距離は平均すると30AU、もしくは45億キロメートルだ。しかし太陽以外の恒星の周りには、もっと多くの惑星が周回している。過去30年ほどのあいだに発見された系外惑星の大半は、地球から数百光年ほど離れたところにある。惑星は恒星よりずっと小さいし暗いので、当然ながら恒星に近いもののほうが発見しやすい。しかし天の川銀河では、かなり遠いところにある系外惑星が少ないながら

もいくつか確認されている。

　2006年、ハッブル宇宙望遠鏡を使った系外惑星の探査が行われた。〈いて座ウィンドウにおいて食を起こす太陽系外惑星の探査（SWEEPS）〉と呼ばれるこの探査では、軌道上を移動する惑星が中心星のまえを通過する際に生じる、その恒星から放たれる光の量の微細な減少（いわゆる食）を見つけるというトランジット法が用いられた。いて座ウィンドウは、2万7000光年離れた銀河中央部のふくらみ（バルジ）の方向にある領域で、恒星を覆い隠すガスや宇宙塵の雲が比較的少ない。探査の結果、太陽から2万7710光年離れたところにある恒星を周回するふたつの木星級の惑星が発見され、それぞれSWEEPS-04とSWEEPS-11と名づけられた。つまりこのふたつは銀河の中心よりも遠いところにあるということだが、天の川銀河で観測された最も遠い惑星ではない。

　天の川銀河のまばゆい渦巻腕は直径10万光年弱の銀河円盤のなかにある。しかし天の川銀河は、この星だらけのきらびやかな領域をはるかに超えて広がっている。中心部から少なくとも50万光年離れたハロー（渦巻き銀河の一部をなすガスや星の球状の雲）外縁部は星影まばらな球状の空間だ。ハロー内には、遠くにありながらも天の川銀河と重力で結びついている最遠の恒星が存在する。この辺境の領域にある恒星を天文学者たちが探しているのは好奇心からだけではない。こうした星々は、わたしたちの銀河系がどのように形成され、進化していったのかを探るうえで重要な手がかりを与えてくれるからだ。アリゾナ州にある多ミラー型望遠鏡を使ってULAS J0744+25とULASJ0015+01というふたつの赤色巨星を調べたところ、地球からの距離はそれぞれ77万5000光年と90万光年だと判明した。

これは天の川銀河のどの恒星よりも太陽から1.5倍以上遠く、アンドロメダ大銀河までの距離の3分の1に相当する[*1]。

　太陽系の近くにある恒星の周りに普通に惑星が観測されることを考えると、宇宙全体には膨大な数の惑星が存在するにちがいないと思えてくる。さまざまな銀河内でもそうだろうし、かつては恒星を周回していたが、軌道から解き放たれて銀河間の虚無空間を漂っているものもおそらくあるだろう。天の川銀河外で惑星を発見したという報告はあるが、まだ立証されてはいない。

　2009年、天の川銀河に最も近いところにあるアンドロメダ大銀河にマイクロレンズ現象が確認された[*2]。マイクロレンズ現象とは、恒星や銀河などの遠くにある天体の光が、手前にある天体の重力場によって集束され、地球から見えるようになることだ。PA-99-M2と命名されたアンドロメダのマイクロレンズ現象は、レンズ効果を示す天体は質量が木星の6倍の惑星を伴う恒星というシナリオと一致するものだった。同じようなことは、1996年に遠く離れたクェーサーの発する光に異常な揺らぎが発見されたときにも起こっていた。クェーサーとは最も明るい部類の活動銀河核のことだ。その光の揺らぎは、レンズの役割を果たしている銀河内に地球の3倍ほどの質量の惑星が存在する場合に生じると思われる揺らぎと一致した。その銀河は40億光年の彼方にあり、つまり問題の惑星は観測史上最も遠くにある惑星だということになる。問題は、マイクロレンズ現象を起こしている重力場と問題の天体が重なる偶然はもう二度と起こることはなく、確認のしようがないというところだ。

　マイクロレンズ現象は、最も遠くにある恒星が発見された際にも作用した。正式にはWHL0137-LS、J・R・R・トールキンの小

説にちなんで〈エアレンデル（古英語で"明けの明星"）〉とも呼ばれる"太古の"巨大恒星は、ある銀河団と偶然一直線に並び、その光が何千倍にも拡大されたおかげで発見された。宇宙が誕生してからまだ10億年も経っていない頃、エアレンデルは太陽の何百万倍もの輝きを放っていた。わたしたちが現在見ている姿は130億年ほど前のものだが、その光が地球に届くまでのあいだに宇宙はさらに大きく膨張し、エアレンデルは現時点では280億光年という途方もない距離にある。その輝きと膨大な質量を考えると、とっくの昔に爆発してしまったと思われる。

　宇宙をさらに遠くまで見ようとすると、時間をさかのぼってしまう。これはよく知られていることではあるが、驚くべき事実だ。これまで観測されたなかで最も遠いところにある天体は、ビッグバンで宇宙が誕生してから間もない頃に存在していた。それらを研究すれば、原初の銀河はどのようなものだったのか、そして宇宙の夜明けに存在した原始物質からどのように形成されたのか知ることができる。

　2016年、ハッブル宇宙望遠鏡と赤外線波長を観測するスピッツァー宇宙望遠鏡による探査結果を使って、これまでで最も遠く離れたところにある銀河が見つかったことが発表された。GN-z11と呼ばれるこの銀河は、宇宙が誕生して4億年しか経っていない当時の姿をわたしたちに見せている。GN-z11は大きさで天の川銀河の4パーセント、質量で1パーセントだが、新しい恒星を生み出すペースは約20倍だ。

　最古の銀河を探すために、天文学者たちはジェイムズ・ウェッブ宇宙望遠鏡（JWST）という強力なツールを手に入れた。2022年7月に観測を開始したJWSTは、この手の観測装置としては史上最大だ。すでにGN-z11よりもさらに古く、したがってさらに

遠いところにあると思われる銀河がいくつか発見されている。そのトップに立つJADES-GS-z13-0は（JADESとはJWST先進銀河系外探査の頭文字を取った略称だ）、ビッグバンからわずか3億2500万年後の姿を見せている。その光は135億年かけて地球に届く。光が届くまでのあいだの宇宙膨張を考慮に入れると、JADES-GS-z13-0までの現在の距離は336億光年だ。したがって観測史上最も遠いところにある天体であり、科学者たちに難問を突きつける存在でもある──これほど早い段階で恒星と銀河が形成された過程を、どのように説明すればいいのだろうか。

50Mt

18 ドッカーン！

　爆発は古くから起こっている——そう、宇宙そのものと同じぐらい。人間の手による爆発の歴史はもう少し短く、規模の面でもささやかなものだ。最初の化学爆薬は、炭素の一種である木炭と硫黄、そして硝酸カリウムもしくは硝石を調合した、一般的に火薬と呼ばれる黒色火薬だ。たとえるなら木炭は燃料だ。硝酸カリウムは燃焼に必要な酸素を含んでいる。そして硫黄は温度を下げ、反応を惹き起こす。高性能の火薬を作るコツは、材料を細かく砕くことだ。細かければ各材料がより密に接触し、より早く反応を起こす——そして反応が早ければ、そのぶん威力も増す。

　引火性の混合物については、4世紀から5世紀にかけて中国の錬金術師たちがいくつか調合法を書き記している。西暦850年代に書かれた道教の書物では、3つの処方は極めて危険なので実験は控えるべしと釘を刺している。この年代は火薬が初めて軍事使用されたとされる唐代後期と一致する。その後の宋朝と元朝の時代（960年〜1368年）には、投石器やロケット（火槍）や火砲といった、火薬を用いた独創的な兵器が次々と開発され、実戦投入されたことがわかっている。火薬の製法はアラビアを経由してヨーロッパに伝わり、1350年代には戦場で成果を挙げている。

化学反応の速度を上げることができれば、どんなものでも爆薬になり得る。一見して無害な小麦粉ですら燃やすことができる。砂糖やホットケーキ・ミックスや細かいおが屑といった、さまざまな粉末状の炭水化物は着火すると爆発する。微小な粒は一瞬で燃えてしまう。粒がひとつ燃えると近くの粒にも火が点いて火炎面を形成し、それが粒の雲（粉塵）のなかを瞬時に伝わり、爆発力が生じる。

　記録に残っている最初の粉塵爆発は、1785年12月14日にイタリア・トリノのジャコメッリという男が営むパン屋の倉庫で発生した。爆発の詳細については、モロッツォ伯が〈トリノ科学アカデミー〉の会報で事故の経緯を正確に記している。夕方の倉庫の暗がりのなかで灯したオイルランプの火が、作業中に舞っている小麦粉に引火したのだ。モロッツォ伯はこう続ける。

　　爆発により、通りに面した店の窓は枠ごと吹き飛ばされた。その音は大きな爆竹ほどにも騒々しく、かなり遠くでも聞こえた......倉庫で少年が粉をかき混ぜていた場所から火は広がっていった。爆発の炎に顔と両腕を焦がし、髪は燃え、少年は全治2週間以上の火傷を負った。

1878年、さらに大規模な粉塵爆発が、ミネソタ州ミネアポリスにあった、市で最も大きな工場で世界最大の製粉所〈ウォッシュバーンＡミル〉で起こった。爆発で生じた火の玉に呑まれて22名が死亡し、その音は15キロメートル以上離れたセント・ポールまで届いた。

　19世紀半ばになると、黒色火薬より強力な爆薬の開発が始まった。イタリアの化学者アスカニオ・ソブレロは、反応速度が

黒色火薬の25倍、爆発のエネルギー量は3倍という油性液体のニトログリセリンを1847年に合成した。しかしニトログリセリンには、単体でも火薬と混ぜても恐ろしいほど不安定だという問題があった。

　1866年4月、セントラル・パシフィック鉄道はシエラネヴァダ山脈を貫くトンネルの発破に有効かどうか試験するべく、3箱分のニトログリセリンをカリフォルニアに輸送した。しかし途中でひと箱が銀行兼運送業〈ウェルズ・ファーゴ〉の事務所で爆発し、建物は全壊して15人が命を落とした。スウェーデンの化学者でヨーロッパ最大級の火薬工場の経営者だったアルフレッド・ノーベルは、ニトログリセリンの爆発で弟を失った。この事故と、アメリカやイギリスといった国々の政府がニトログリセリンの使用を禁止したことにより、ノーベルはより安全な爆薬の開発に着手した。彼はニトログリセリンを珪藻土という粘土の一種に混ぜ、安定した爆薬を作り上げた——ダイナマイトだ。

　ダイナマイトのあとを追うようにして、ゼリグナイトやトリニトロトルエン（TNT）やピクリン酸といったさまざまな爆薬が誕生した。爆弾を含めた爆発物の爆発規模は、TNTのトン数やキロトン数、さらにはメガトン数で表記されることが多い。2020年8月4日、現代史上最大級の化学爆発がレバノンのベイルート港で発生した。不適切な状態で保管されていた2750トンもの硝酸アンモニウムが何かの拍子で爆発し、港および周辺地域を揺るがした。爆発の規模はTNT500トン分に相当し、190人が死亡し6000人以上が負傷した。

　1917年12月6日、カナダのノヴァスコシア州ハリファックスの沖合で2隻の船舶が衝突した。その1隻の〈モンブラン号〉はTNTとピクリン酸、引火性の高い燃料のベンゼンと綿火薬を満

載していた。衝突で生じた爆発で1600人以上が即死し、1.6平方キロメートルの範囲内の建物が倒壊し、モンブラン号に搭載されていた90ミリ砲は5.6キロメートルも吹き飛ばされた。〈ハリファックス大爆発〉の爆発規模は3キロトン分のTNTに相当し、化学爆発としては史上最大だが、それでも人類が発生させた最大の爆発の足元にも及ばない。

　核兵器は膨大な量のエネルギーを放出することができる。広島に投下された原子爆弾は現在の基準から見れば小型だが、爆発規模は67キロトン分のTNTに相当した。この核兵器は極めて効率が悪く、搭載した64キログラムのウラン235のうち、実際に破壊的なエネルギーを放出したのはわずか1.7パーセントだった。炸裂した核兵器のなかで最も強力なものは、1961年にソヴィエト連邦が実験した〈ツァーリ・ボンバ（爆弾の皇帝）〉だ。"ビッグ・イワン"とも呼ばれるこの核爆弾の爆発規模はTNTにして50メガトン分、広島型原爆3800発分に相当する。北極海に浮かぶノバヤゼムリャ島の上空でパラシュート投下されたツァーリ・ボンバは高度4キロメートルで起爆され、1000キロメートル先で確認できるほどの閃光を放ち、発生させたキノコ雲の高さは60キロメートルを超えた。

　人間が惹き起こした最大の爆発も、大火山の噴火や小惑星の衝突といった自然発生のもののまえでは霞んでしまうかもしれない。しかしそうした地球上の大爆発も、宇宙で生じる巨大爆発に比べるとちんけに見えてしまう。太陽フレアと呼ばれる太陽表面の爆発は、一般的に火山噴火の100万倍のエネルギーを放出する。そしてその太陽も、宇宙的尺度から見れば穏やかで控えめな恒星だ。

　その一生を終えようとしている、より巨大で高質量の恒星は

穏やかどころではない。質量が太陽の10倍以上の恒星が核融合の材料を使い果たしてしまうと、突如として驚くべき変貌を遂げる。光と熱を新たに生み出し、それによって内部に向かって働く重力に耐えられなくなると、恒星は一気に崩壊し、瞬時に生じる反動で内容物の大半を光速の8分の1の速度でばら撒く。超新星の強烈な崩壊と、それによって放出される膨大な量のエネルギーは、数千億の恒星からなる銀河全体を数日から数時間にわたって照らし出すことができる。その間のエネルギー放出量は、太陽のような平均的な恒星が100億年かけて放つ量に匹敵する。

　恒星全体の一瞬の崩壊よりも大規模な爆発などあり得るだろうか？　実はある——太陽の100倍もの質量の巨大な恒星全体が爆裂すると、高エネルギーのガンマ線を猛烈な勢いで放出するのだ。こうした超の上に超がつく大爆発はγ線バースト（GRB）として知られる希少な現象を惹き起こすおもな原因だと考えられている。通常の超新星の10倍から100倍になんなんとする放出エネルギーは、何十億光年離れたところからでも探知できる。

　最大級の恒星の爆発は、宇宙で生じる爆発ランキングの首位まちがいなしだ。天文学者たちがそう思い込んだのも束の間、さらに大規模かつ超強力な爆発が観測された。尋常ならざる激しさと明るさから、"brightest of all time（空前の明るさ）"の頭文字を取ってBOATと呼ばれている。BOATはNASAのチャンドラとESAのXMM-Newtonという2基のX線観測衛星と、オーストラリアにあるマーチソン広視野アレイと巨大メートル波電波望遠鏡という複数の観測装置からのデータを組み合わせて発見された。爆発源は、地球から3億9000万光年ほどの彼方にあるオ

フィウクス銀河団にあった。

オフィウクス銀河団を調べていた研究者たちは、内部の銀河間に充満する高温のガスのなかに巨大な"泡"を発見した。この空洞の直径は、天の川銀河が15個すっぽりと収まる150万光年もある。銀河団の中心部に位置する大型銀河の核に、超巨大質量のブラックホールから噴き出すジェットによって生じたものであることは明らかだ。しかし科学者たちを驚かせたのは、この現象が有するエネルギーだった。強力な超新星爆発の10億倍のエネルギーが放出されているのだが、突然かつ瞬時的な爆発ではなく、数カ月から場合によっては数年も続く噴出がもたらしたものだった。

24000km/s

19 宇宙を駆ける

　地球を周回する最速の宇宙船は、高度が最も低いところを飛んでいる。地表からたった420キロメートルの軌道を回っている国際宇宙ステーション（ISS）の飛行速度は時速約2万8000キロメートルだ。さらにぐっと低い軌道を飛ぶと大気圏の外層をかすめることになり、摩擦抵抗が生じて速度が低下し、ついには大気圏に再突入する。つまり時速2万8000キロメートルが地球を周回する衛星の最高速度になる。

　地球の引力を完全に振り切るには秒速11.2キロメートル、時速にすると4万キロメートルを出さなければならない。有人宇宙船が達成した最高速度はこれをほんのわずかだけ下まわる時速3万9897キロメートルで、月の周回飛行から帰還したアポロ10号の宇宙飛行士たちが成し遂げた。

　地球大気圏への再突入時の最高速度は、2006年にスターダスト探査機が宇宙塵のサンプルを採集してヴィルト第2彗星から帰還した際の時速4万6100キロメートルだ。その反対の地球からの脱出時の最高速度は時速5万8500キロメートルで、やはり2006年に冥王星のその先に向かって飛び立ったニュー・ホライズンズが叩き出した。

　ニュー・ホライズンズは太陽系からの完全脱出を目指す5機

の宇宙船のなかの1機だ。実際には、5機のなかのヴォイジャー1号と2号はすでに星間空間に到達している。途中で加速することなく太陽の引力から確実に抜け出すには、地球軌道から脱する際に時速15万1300キロメートルを出さなければならない。現在飛行を続けている5機の恒星間探査機のなかでこの速度に達したものは1機もない。それでも太陽系から脱しつつあるのは、途中の惑星に意図的に接近し、その重力の力を得て速度を上げたからだ。

宇宙空間を移動する物体の速度について語る際に重要なのは、地球であれ月であれ太陽であれ、それ以外の天体であれ、何に対しての速度なのかをはっきりさせることだ。ガリレオ宇宙探査機が2003年に木星の周回軌道に達した際、この巨大惑星に対して時速17万3000キロメートルで飛行していた。13年後にやはり木星軌道に達したジュノー無人探査機の場合は時速20万9000キロメートルだった。

このジュノーの速度だと、ロンドンからニューヨークまでは2分、地球から月までは2時間弱で行ける。しかし宇宙船の最高速度の現時点でのタイトルホルダーである太陽探査機パーカー・ソーラー・プローブはさらに速い。2021年、この探査機は太陽の表面に対して時速58万7000キロメートルに達した。2025年には太陽の半径の10倍を切る690万キロメートルの位置まで接近し、その際の速度は時速69万キロメートルになるとされる。

驚異的な速度のように思えるかもしれないが、それでも光の速度のわずか0.064パーセントに過ぎない。パーカー・ソーラー・プローブが最高速度を維持したまま太陽を通り越し、4.25光年先にある最も近い恒星プロキシマ・ケンタウリに到達するまで

に6500年以上かかる。

　今後数十年のうちに、核融合などを動力源にする高速宇宙船が開発されるかもしれない。そうした宇宙船ははるかに短い時間で恒星間を移動することができる。しかしそれまでは、桁はずれの速度で移動する物体については宇宙の天体に眼を向けるしかない。

　地球を周回する衛星の場合と同様に、太陽に対して最も速く移動する太陽系の天体は最も内側の軌道を周回するものになる。最も内側に位置する惑星である水星の公転速度は秒速47キロメートル、時速にして16万9200キロメートルだ。当然ながら、パーカー・ソーラー・プローブはさらに内側を周回しているので水星よりも速い。太陽系の本当のスピードスターは、太陽をかすめるようにして周回する彗星で、その最たるものが1843年の

太陽に接近するパーカー・ソーラー・プローブの想像図

大彗星だ。この彗星は太陽の表面から12万1000キロメートルのところまで最接近し、そのときの速度は秒速570キロメートル、時速200万キロメートルだった。太陽にそこまで近づくと大抵の彗星は崩壊してしまうが、その運命を1843年の大彗星は回避し、海王星よりも5倍以上離れた太陽系の最遠部を目指して飛んでいる。

　太陽系がある天の川銀河に属するすべての恒星は、銀河の中心に対して相対的な動きを示している。太陽は秒速24キロメートル、時速にして86万4000キロメートルで銀河の中心を回っている。この速度だと2億3000万年ほどで銀河を1周する――この時間は銀河年と呼ばれている。一般的に銀河の中心に近い恒星ほど回転速度は高いが、例外もある。

　逃亡星と呼ばれる恒星は、何かしらの天変地異に見舞われて本来の軌道から放り出され、猛烈な速度で宇宙空間を移動している。近隣の恒星が爆発して超新星となったり、別の恒星の至近距離を通過したりすると、逃亡星は新たな軌道に高速度で投げ出されることもある。有名な例としては、ぎょしゃ座AE星とおひつじ座53番星、そしてはと座μ星の3つがあり、どれも秒速100キロメートル以上の速度で互いに離れていく。それぞれの動きをさかのぼって調べると、3つの恒星の軌跡は200万年前にオリオン星雲の近くで交わっていたことが判明した。現在その位置にあるのはバーナードループと呼ばれる超新星のなれの果てで、わたしたちの祖先であるホモ・ハビリスが地球の大地を歩いていた頃に爆発し、3つの恒星を吹き飛ばしたのだ。

　さらに速い速度で移動しているのが超高速星で、なかには銀河からの脱出速度を超えるものもある。平均的な超高速星は、それぞれの銀河の中心に対して秒速1000キロメートルを超える

速度で移動している。観測史上最高速の恒星であるS4714は銀河の中心にある巨大質量のブラックホールに近いところを周回している。S4714は銀河の中心部にある数百個の恒星のひとつで、モンスター級のブラックホールの強烈な引力に引っ張られ、超高速で周回している。その速度たるや、光速の8パーセントを超える秒速2万4000キロメートルだ。

　さらに速い超高速星が発見されるのを待っているかもしれない。銀河の中心にあるブラックホールに近づきすぎた恒星には、ふたとおりの悲惨な運命が待ち受けていると思われる——強力な重力場によって引き裂かれるか、それとも銀河から放り出され、銀河間の何もない空間をさまようかだ。過去数年のあいだに何百もの超高速星が発見されたが、その大半は銀河から脱出する軌道をたどっている。

　恒星が銀河の軛から脱するには、最低でも秒速550キロメートルの速度が必要だ。そうした銀河からの脱走囚のなかで、現時点で最も逃げ足が速いのは、S5-HVS1と呼ばれる白熱する恒星だ。南天の星座、つる座の方向に地球から2万9000光年離れたところにいるこの恒星は、秒速1755キロメートルで銀河間空間を目指している。が、天の川銀河から逃亡を図っている恒星のなかにはS5-HVS1に輪をかけて速いものがあると、天文学者たちはにらんでいる。そうした恒星たちは銀河の中心にある超巨大質量ブラックホールに接近した挙げ句に、秒速3万〜10万キロメートルで——光速の10分の1から3分の1だ——弾き飛ばされたのだと考えられている。

　恒星は自身が属する銀河と相対して移動するが、銀河そのものも別の銀河と相対して動いている。わたしたちの天の川銀河と、いちばんのご近所のアンドロメダ大銀河は秒速110キロ

メートルで互いに接近しつづけていて、50億年後には衝突すると考えられている。しかしそれ以外の銀河の大半は宇宙全体が膨張しつづけているおかげで、逆に天の川銀河から遠ざかっていく。観測されているなかで最も遠くにある銀河は、宇宙が誕生してからわずか数億年後の姿をわたしたちに見せつつ、宇宙の膨張によって光の速度の10分の9を優に超える速度で天の川銀河から離れていく。

　それ以外の光速に近い運動現象には、恒星や銀河とはちがって実体のないものがかかわっている。はるか彼方にある活動が激しい銀河から光速の99.9パーセントの速度で離れていく、ブレーザーと呼ばれる木星ほどの大きさの高温ガスの塊がいくつか確認されている。こうしたプラズマの塊を超光速で移動させるために必要なエネルギーは驚異的なものだ。たかだかボウリングの球ほどの大きさのプラズマをこの速度で飛ばすには、地球で生み出される全エネルギーの1週間分を要する。

　光速を超える速度で移動する物体は存在しない。静止している状態でほんの少しでも質量のあるものは、どれほどエネルギーを費やしても光速に達することはない。それでも光速にごくごく近い速度を出せるものなら存在する。光そのもの以外で宇宙最速を誇るのは超高エネルギーの宇宙線だ。こうした荷電粒子（大半が陽子だ）の速度は、光速の99.9パーセントどころか、そこからさらに9が小数点第20位まで続くのだ。こうした想像を絶する速度とエネルギーをどのようにして得たのかは謎のままだが、銀河団同士の衝突や、ブレーザーの恐るべき中心部に存在する超巨大質量ブラックホールによる加速が原因として大いに疑われる。

物 質
MATERIALS

$10^{90}kg/cm^3$

20 超濃密

「As heavy as lead（鉛のように重い）」は重いことを表す英語の慣用句だが、鉛は大きさのわりには重いのでこの表現は正しい。直径7センチメートル少々の大きさのクリケット用のボールの重さは160グラムだ。同じ大きさの鉛無垢の球の場合は2.2キログラムだ。しかしそれが金無垢になると3.8キログラムになる。

　物体の質量を体積で割ったものが密度だ。鉛の密度は11.3グラム毎立方センチメートル（g/cm^3）、金なら19 g/cm^3だ。それより密度の高い元素はタングステンやプラチナなどほんの数種しかない。が、最も密度が高いのは、金よりもプラチナよりも希少な貴金属である、14章でも取り上げた原子番号76のオスミウムだ。クリケットボール大のオスミウムの重さは、女性用砲丸投げの球を少し超える4.4キログラムでもある。これ以上高い密度を有する物質は地球には存在しない。[*1]

　しかし地球における極端なものは、宇宙の別の場所で見られる極端なものと比べると取るに足らない。身近な物質の組成を考えれば何かわかるかもしれない。わたしたちのまわりにあるありとあらゆるものは原子でできている。たとえばオスミウムの原子は76個の陽子と（通常は）116個の中性子を内包する原子核からなり、その周囲を76個の電子が回り、雲のように覆っている。原子核のみが質量を有し、原子の質量の大半を占めてい

る。それでも原子核は、原子全体から見ればちっぽけだ。オスミウムの原子核の直径は7.2×10^{-15}メートル、もしくは7.2フェムトメートルだ。これはオスミウムの原子の半径の2万5000分の1で、体積比にすると原子1個は原子核15兆個分に相当する。

自然界で最も重い原子核を有する元素はウラニウムだが、どうしてオスミウムのほうが密度が高いのだろう。考えてみれば不思議な話だ。それはオスミウムの原子が原子核の質量のわりには小さいことにある。なぜ小さいかといえば、原子の最外殻にある電子(価電子)がしっかりと引き寄せられていて、全体としてコンパクトになっているからだ。

原子内はほぼ全体的に空っぽだ。つまり岩石とか鉄とかの外見上は硬そうな物質も、実際には中身が空疎なのでぼんやりとしているのだ。それでも原子自体は尋常ならざるほど強固かつ硬いので、固体を圧縮して密度を高めることはできない。惑星内部で生じる途轍もない圧力ですら、固体を軽く圧縮することしかできない。

一方、恒星は惑星よりもはるかに大きな質量を有し、内部は層が幾重にも重なり、その重みで深部にかかる圧力もはるかに強い。太陽の中心部の圧力は、地球の地表の気圧の2650億倍だ。さらに言えば、太陽のコアの温度は1500万℃ととんでもなく熱い。この超高温下では原子はすべての電子を剥ぎ取られ、原子核はむき出しになる。自由電子とむき出しの原子核でできた熱々のスープはプラズマと呼ばれる——固体とも液体とも気体とも異なる、物質の第4の状態だ。

プラズマでは原子の構造が崩れているので、原子を構成する電子と原子核は圧し潰され、通常の状態以上に密になり、したがって密度は高くなる。太陽のような恒星の大半のコアに存在

する原子核は最軽量の元素である水素とヘリウムのものだが、それでも密度は途轍もなく高くなる。太陽のコアの密度は推算で160 g/cm^3、オスミウムの7倍もある。太陽の中心部で煮えたぎっているプラズマのスープをすくってクリケットボールにすると、その重さは10歳児の体重にほぼ相当する31キログラムになる。

遠い未来、太陽の深部の密度はさらに高くなる。現在から数十億年後のある時点で、太陽のコアにある水素は核融合によってすべてヘリウムに変換される。そもそもの話、このヘリウムは核融合できるほど温度は高くなく、より重い元素に変換されることはない。核融合する代わりにコアを覆ういくつもの層の重みにますます圧迫され、密度が1000万g/cm^3、つまり10トン毎立方センチメートルにまで跳ね上がる。この段階になって、さらなる圧縮を防ぐ別の力がようやく作用する。パウリの排他律と呼ばれる現象によって、圧縮されたヘリウムプラズマ内の電子は抵抗し、より密にくっつき合わないようにする。パウリの排他律とは、1つの原子軌道に属するふたつの電子は、電子の量子状態を決める4つの量子数の全部を共通には持ちえないという法則だ。

排他律が作用し、それ以上圧縮されない状態になった物質は"縮退"していると表現される。太陽のような恒星は、その進化の過程の後期で赤色巨星に成長し、その後は膨れ上がった外層を棄て去り、惑星サイズの熱い白色矮星になる。こうした恒星の露出したコアはすべて縮退した物質でできており、永遠に冷えつづけていく運命にあるが、電子がさらに密集することに抗うので、それ以上の重力崩壊を回避することができる。

太陽はごく普通の恒星だが、それでも一段と大きく明るく見

えるのは地球に近いところにあるからに過ぎない。ここまで見てきたように、夜空に見える星の多くは太陽より大きく明るく、さらに言えば質量も大きい。一生の終わりもそれ相応に極端なものになる。太陽よりはるかに大きな質量を有する恒星は爆発してその生涯を終えるが、そのあとに残るコアは不安定で、白色矮星になることはできない。コアのなれの果ての質量が太陽の1.4倍以上であれば電子縮退は充分ではなく、コアは自身の重力によってさらに崩壊が進む。原子と陽子がさらに強く圧迫されて密着し、結合して中性子になり、そして小型だが大質量の中性子星となる。

　直径わずか10キロメートルの球体のなかに太陽1.5個分の質量が詰め込まれている状態を想像してみてほしい。その球体を構成しているのは"ニュートロニウム"と呼ばれる、中性子と、おそらく数個の陽子と電子がそこかしこにちりばめられている超高密度の物質だ。クリケットボール大のニュートロニウムの重さは、エヴェレスト山とほぼ同じ2000億トンになると思われる。自らの重力による中性子星のさらなる縮小を止めることができるのは、密に詰まった中性子に排他律が働いて生じる中性子縮退のみだ。

　もしかしたら中性子星のコアには、さらに密度が高い状態が存在しているのかもしれない。中心部の温度と圧力が充分に高ければ、中性子の縮退圧に打ち勝つことができるかもしれないという仮説がある。そんな状態になれば中性子は合体を余儀なくされ、そして分解してクォークになる——クォークとは陽子や中性子などを構成する粒子だ。そしてクォーク物質と呼ばれる超高密度の物質相が生じる。

　現在の宇宙にクォーク物質とクォーク星が存在するかどう

かはいまだにわかっていない。それでも恒星が爆発したあとに残ったコアが太陽の2倍以上の質量を有する場合、重力崩壊という最終段階への移行は止めようがないことは確かだ。太陽の質量の2倍を超えると、電子および中性子の縮退圧やクォークがいくら抗おうとも、コアは重力で圧し潰され、瞬時にしてブラックホールに生まれ変わってしまう。

ブラックホールの内部で起きていること、つまり光さえも抜け出せない事象の地平線のその先で起こっていることは、現在の物理学を駆使してもほとんどわかっていない。現時点の仮説では、ブラックホールが回転していないのであれば、その中心部にある物質の密度は無限に高くなると予測される。この予測は、実際に起きていることではなく、むしろまったく何もわかっていないことを如実に示すものだ。わたしたちが理解している物理法則は、ブラックホールの中心部である“特異点”では崩れ去ってしまうのだ。しかしブラックホールが回転していれば話はちがってくる。ブラックホールは回転する恒星が進化したものなのだから、実際のところはほぼまちがいなくそのまま回転しつづけている。回転するブラックホール内の特異点は、すべての質量が点ではなくリング状に集中する。したがって、その質量は信じられないほど高いが、少なくとも無限ではない。

ブラックホールは、密度をはじめとして現時点での宇宙の物理的な最高記録を多数保持している。が、そのブラックホールすら凌駕する極めつきの現象が宇宙には存在する。わたしたちの身のまわりにあるすべての物質とエネルギーは、およそ138億年前に起こった空前絶後の現象によって“爆誕”した——いわゆるビッグバンだ。現在、科学として語ることのできる最も古い時間は、時間そのものが始まってから1000万兆兆分の1秒、も

しくは10^{-43}秒後に始まった。この最初中の最初の瞬間に、自然界における4つの基本的な力から重力が切り離された。現在観測されている宇宙のすべては、直径わずか1.6×10^{-35}メートルの空間に収められていた——1個の陽子や中性子よりもずっとずっと小さかったのだ。その密度が過去においても、そして未来でも比類するものなど存在しないほど高かったのは想像に難くない——驚くなかれ、10^{90} kg /cm^{3}もあったのだ。

21 暗黒

　わたしは子どもの頃、ダービシャー州キャッスルトンにあるブルー・ジョン・キャヴァーンに入ったことがある。この洞窟は一般公開されていて、しかも家の近くにあった。ガイドの案内で60メートルを超える地下に潜っていくと、息を呑むほど素晴らしい造形の岩と鍾乳石に囲まれた、大聖堂さながらの空間が広がっている——と、そこで照明が落とされる。地上の光は寸毫たりとも射し込まず、人工照明も一切なく、漆黒の闇にただただ包まれる。しかしこの漆黒は光の不在でもたらされたものだ。文句なしに黒い表面もしくは素材は、光を浴びてもなお地中の奥底にある洞窟のように真っ黒に見えるかもしれない。

　虹を構成する7つの色の光をすべて混ぜると白色光になる。その正反対に、黒にはこの7色が一切入っていない。白と同様に、黒もそれ自体がひとつの色と見なされることがある。しかし赤から紫までの可視光領域のどこにも存在しないので、正しく言えば黒は影だ。どんな名前で呼ばれようとも、黒は白もしくは明るい色と組み合わせると極めてくっきりと見えるので、人類の歴史の黎明期から文字によるコミュニケーションを目立たせるために用いられてきた。

　黒は実用面でも芸術面でも使われる。さらには厳粛さや威厳

といった特定の性質を表現するものとされ、死や服喪を象徴するようになった。その重要性は、より濃く、より耐久性のある黒い物質を作る方法の探求をうながし、近年では究極の黒、黒のなかの黒の追求をもたらした。

　文字に使う以前から、旧石器時代の画家たちは黒い顔料を使い、大型動物や狩りの場面の印象的な絵を、ラスコーをはじめとした洞窟の壁面に描いていた。最初は焚き火の木炭を使っていたが、のちに焼いた骨や、天然の酸化マンガンを細かく砕いたものを絵具にするようになった。顔料を壁面に定着させる展色剤（バインダー）には獣脂や樹脂が用いられた。

　最初期の墨インクは、油を不完全燃焼させて作るランプブラック（煤）や黒鉛などの黒い鉱物を粉砕したもの、そして動植

怪物ミノタウロスを仕留めるテセウスを描いた、紀元前6世紀のアテナイの黒絵式アンフォラ

物由来の天然顔料などを水に溶かしたものから作られていた。時代が下ると、より濃く、色落ちにも色褪せにも強いものを作る方法がさまざまな文化で見いだされた。同様に、布地用の黒い染料の改良も進んでいった。多くの場合、そうした開発には複雑な化学処理や物理的工程が伴い、時間をかけ試行錯誤を繰り返しながら進められていった。たとえば古代ギリシアの黒絵式陶器は、異なる温度で繊細に焼き上げる三相焼成で作られていた。

　用途によっては黒ければ黒いほどいいものがある。望遠鏡や顕微鏡、カメラといった光学機器の内壁は光の反射や透過を可能なかぎり抑え、最終的な画像の質を落とさないようにしなければならない。科学および軍事目的での専門的で高感度な光学機器の開発に伴い、極度に黒い表面が強く求められるようになった。望遠鏡内への迷光の侵入防止や地球上および宇宙空間用の赤外線カメラの性能向上のために、NASAなどの宇宙機関、そして国防機関はより黒くする研究に資金を提供している。

　2002年、ロンドンのテディントンにある国立物理研究所（NPL）は"スーパーブラック"という新たな表面化工法を開発したと発表した。ニッケルとリンの合金を化学エッチングして、より濃い黒い表面を作る技術なら1970年代に見つかっていた。しかしNPLは試験を何百回も繰り返し、最も黒い塗料以上に光を吸収する最適のニッケルとリンの配合とエッチング工程を編み出した。誰もなし得なかった画期的な発明だった。[*1]

　スーパーブラックは、それまで光学機器で使用されていた最も効果的な黒い塗料と比較して、光の反射を10倍から20倍抑えることができる。その製法は、黒くする対象を硫酸ニッケルと次亜リン酸ナトリウムの溶液に数時間浸すというものだ。するとニッケルとリンの被膜が形成され、その表面を硝酸でエッチン

グ加工するとスーパーブラックな表面ができあがる。エッチング後の表面の挙動を左右するのは、被膜内のリンの割合だ。8パーセントを超えると表面はとげとげしくなるが、6パーセント程度だと小さなクレーターに覆われる。この極小の穴が優れもので、入ってきた光をなかなか外に逃がさないのだ。

スーパーブラックの表面に光が直角に当たると、0.35パーセント未満しか反射して戻ってこない。これは黒い塗料の7分の1だ。角度が変われば反射率はさらに低くなり、45度で当たった場合は25分の1未満だ。しかも普通の塗料とはちがって低温下でひび割れしないので、赤外線宇宙望遠鏡のように低温を保たなければならない光学機器のコーティングにとくに役立つ。

2014年、スーパーブラック以上に黒い物質が発表された。その名前は"Vertically Aligned NanoTube Arrays（垂直ナノチューブ配列）"の頭文字を取ってVANTA、またの名をヴェンタブラックだ。ナノチューブとは、日本の物理学者の飯島澄男が1991年に発見したカーボンナノチューブのことだ。これは直径わずか数ナノメートルから数十分の1ナノメートル（10億分の1メートル）の中空の円筒で、壁面は網目状に配列された炭素原子で構成されている。

カーボンナノチューブに桁はずれの物理特性が備わっていることは早い段階でわかっていた。電気と熱の両方で際立って優れた伝導性を有し、引っ張り強度も非常に高い。その後、サリー・ナノシステムズ社を設立したイギリス人技術者ベン・ジェンセンが、大量のカーボンナノチューブを森の木々のように並べると、驚くほど効果的に光を吸収することを発見した[*2]。

ジェンセンが考えついたヴェンタブラックのコーティング法は、化学蒸着（CVD）と呼ばれる工法を用いて400℃に加熱した

真空状態に近い反応器のなかで行うものだ。すると、直径10ナノメートル長さ30マイクロメートルのカーボンナノチューブが何百万本も林立する表面層が形成された。この表面層は降り注ぐ可視光線の99.965パーセントを、どの視野角から見ても吸収した。ヴェンタブラックでコーティングされたものは凹凸が見えなくなる。しわもへこみも、造作すらも一切なくなるのだ。

インド生まれのイギリスの彫刻家でインスタレーション・アーティストのアニッシュ・カプーアが、サリー・ナノシステムズ社からヴェンタブラックの芸術素材としての独占使用権を獲得し、物議を醸した。作品制作のために究極の黒をひとり占めしようとしたカプーアに、多くの芸術家たちが憤慨した。イギリス人アーティストのステュアート・センプルは、自身が開発し〈Pinkest Pink（ピンク中のピンク）〉と名づけた顔料をネット販売し、以下の法定特約をつけてカプーアに抗議した。

　　　この商品をカートに入れた時点で、あなたがアニッシュ・カプーアではないこと、アニッシュ・カプーアとは一切関係がないこと、アニッシュ・カプーアの代理でこの商品を購入していないこと、またはアニッシュ・カプーアの関係者ではないことを確認したものとします。あなたの知見、情報、そして信念が及ぶ範囲において、この顔料がアニッシュ・カプーアの手に渡ることはないと見なします。

2019年、BMWはサリー・ナノシステムズ社と提携し、オリジナルより塗りやすくした新タイプのヴェンタブラックをスプレー塗装したVBX6を開発した。この特別仕様のX6クーペは、各ウィンドウとホイールとライトを除けば、遠目には、真っ平らな

平面のシルエットに見える。

　同じく2019年、ヴェンタブラックよりもさらに黒い素材が発表された。これもまた垂直配列のカーボンナノチューブを使ったものだが製造工程は異なる。開発者であるマサチューセッツ工科大学（MIT）のブライアン・ウォードルとケホン・ツイは、より黒い黒を作ろうとしたわけではなかった。アルミニウムのような電導性素材の表面にカーボンナノチューブを成長させ、電気面と熱面の特性を向上させようとしたのだ。が、ナノチューブをアルミニウム上で成長させようとしたところ、問題に直面した——金属が空気にさらされると、その表面に必ず酸化物の層ができるのだ。この層は電気を通すどころか絶縁してしまうので除去する必要があった。

　それまでMITの研究チームは、食卓塩（塩化ナトリウム）やベーキングソーダといった一般的な材料を使ってカーボンナノチューブを成長させていた。そして海水がアルミニウムの表面の酸化物を溶かし、徐々にアルミニウム本体を浸食していくことはよく知られていた。研究チームはこのアプローチを取り入れ、アルミホイルを海水に浸して酸化物の膜を取り除き、その後オーヴンに入れてCVDでカーボンナノチューブを成長させた。その結果は予想どおりだった——ナノチューブは、コーティングした金属の導電性と導熱性を向上させたのだ。しかしできあがったものが光を反射する量を測定したところ、その少なさに驚かされた。

　MITが作ったカーボンナノチューブとアルミニウムを組み合わせた素材は、入射するすべての光を最低でも99.995パーセント吸収し、しかもどの方向からも同じ効果を示した。ヴェンタブラック以上に黒い物質だった。それほどまでに暗くなる理由

は謎のままだが、エッチングの過程でアルミニウムが多少黒ずむこととカーボンナノチューブの複合効果なのは明らかだ。

ヴェンタブラックと同じく、MITのコーティングはテクノロジーとアートの両面で用いられている。MITのアート・サイエンス＆テクノロジーセンター（CAST）の招聘アーティストのディームート・ストレーブは、ウォードルの研究チームと共同で200万ドル相当の価値がある大粒のイエローダイヤモンドを新開発のスーパーブラックでコーティングした。通常であれば光り輝き、シャープでくっきりとしたカットのイエローダイヤモンドが完全に黒くなり、のっぺりとして見え、まったく輝きを発しなくなった。そのコントラストは驚くべきものだった。

この究極のブラックコーティングに、太陽系外惑星の探索という実用的な用途を見いだしているのがNASAの上級天文物理学者ジョン・マザーだ。太陽以外の恒星を周回する惑星が放つ光は、ほんのわずかしか地球に届かない。それを見えるようにするには不必要なぎらつきの排除が必要不可欠だ。MITが開発した素材で大きな"傘"を作り、惑星探査用の宇宙望遠鏡を覆えば、迷光を遮断することができるとマザーは提言している。

宇宙空間は真っ暗だと思われているが、実際には無数の恒星が放つ光に満ちている。銀河間に広がる、ほんのわずかの恒星しか存在しない虚空ですら、宇宙のありとあらゆるところからやってくる膨大な量の光子（光の粒）が飛び交っている。本章で挙げたものより黒いものが、たったひとつだけ存在する。その名が示すとおり、ブラックホールは光すら逃れることができない、何もかもを呑み込む宇宙の空間だ。ブラックホールは光を100パーセント吸収する、最も暗い闇だ。

22 反射

　最初の鏡はさざ波ひとつない暗い水溜まりだった。先史時代に自分自身の姿を見るには、こうした水溜まりを覗き込むしかなかったのだろう。何かの表面がしっかりと反射するには、とにかく真っ平で、光の波長、つまり4000万分の1 ～ 7000万分の1センチメートルより大きな凹凸があってはならない。

　自然界に存在する鏡は、水面以外ではある種の結晶や天然ガラスの平面だけだ。後者の例としては、火山から噴出した溶岩が急速冷却されてできた黒曜石がある。最古の鏡として知られているのはアナトリア（現在のトルコ）で発掘された、紀元前6000年頃の黒曜石製のものだ。紀元前4000年頃のメソポタミアの職人たちは銅を磨いて鏡を作っていた。その1000年後、エジプトでも同じ工芸品が作られていた。

　青銅器時代の多くの文化でさまざまな金属を使った鏡が作られるようになり、そのなかには最も反射率の高い天然金属（元素）である銀でできたものもあった。磨きあげた銀は、降り注ぐ可視光線の95パーセントほどを反射する。やがて鏡は、化粧用や姿見用だけでなく、望遠鏡や顕微鏡といった科学機器用の反射面として好ましいものになった。

　人工のガラスで作られた最古の鏡は3世紀に登場した。金属

の表面を湾曲させてガラスコーティングしたもので非常に小さく、その用途は宝飾品や護符のみだった。

　実用的なガラス反射鏡の製作は生易しいことではない。溶解ガラスがあったとしても、それをどうやって無色透明の薄くて平たい板ガラスにすればいい？　よしんばそんな板ガラスを作ることができたとしても、そこに溶かした金属を塗りつけるときに、ガラスにひびが入ったり割れたりしないようにするにはどうすればいい？　こっちのほうがもっと厄介だ。実用に耐え得る板ガラスと銀メッキを作る技法が開発されたのは12世紀のことだ。中世後期にはヴェネツィアがガラス製作と鏡作りの中心地になった。

　鏡で光を集めて焦点を合わせる望遠鏡、つまり反射望遠鏡は1668年にアイザック・ニュートンが発明した。しかし性能はそれほど高くはなかった。まず直径が小さく、3.3センチメートルしかなかった。そして使用している鏡が円弧状なので、平行して入射する複数の光線が鏡の異なる場所に当たると焦点が合わなかった。すべての光線をひとつの焦点に合わせるには、鏡は放物線状でなければならない。

　ニュートンの反射望遠鏡の鏡はスペキュラム合金でできていた。これは銅を3分の2、錫を3分の1の割合で配合した合金で、研磨すると高い反射率を得られる。当時、それなりに正確な湾曲反射面を作ることができる素材はこの合金しかなかった。ガラスは湾曲状に研磨することができたが、反射面は金属の層というかたちでその背後に置かなければならず、そして平らだった。ニュートンが口火を切った反射望遠鏡は19世紀半ばまではスペキュラム合金を使った反射鏡が使われつづけ、なかには非常に大きなものもあった。1789年、ウィリアム・ハーシェルは直

径126センチメートルの鏡を使って"40フィート望遠鏡"を製作した。最大のものは、1845年に第3代ロス伯爵ウィリアム・パーソンズが、アイルランドのパーソンズタウン（現在のバー）の自邸バー城にこしらえた"パーソンズタウンのリヴァイアサン"だ。使用された鏡の直径は1.83メートルで、1917年にカリフォルニア州パサデナで直径2.5メートルの鏡を使ったフッカー望遠鏡が完成するまで世界最大の反射望遠鏡だった。リヴァイアサンの鏡筒とミラーボックスを合わせた長さは16.5メートル、鏡を取りつけた状態の重量は12トンだった。

　パーソンズは大型望遠鏡に必要なスペキュラム合金を鋳造し、研磨し、そして磨きあげる技術を当時の限界まで押し上げた。正確な放射線状に仕上げるべく蒸気機関駆動の研磨機を作った。が、スペキュラム合金には重大な欠点がいくつかある。鋳造も成形も難しく、入射光の3分の2しか反射せず、そして空気に触れるとすぐに変色してしまう。この3つ目の欠点があることで、反射鏡は定期的に取りはずして研磨し再調整しなければならず、そのために望遠鏡ごとに予備の鏡を必要とした。

　しかし1856年に画期的な技術革新がもたらされた。ドイツの物理学者で天文学者のカール・アウグスト・フォン・シュタインハイルが、ガラスの前面に極薄の銀の層を蒸着させる技術を開発したのだ。ガラスを反射鏡にふさわしい曲率に正確に、しかも簡単に研磨する方法はすでに確立されていて、そこに反射率の高い銀を付着させることができるようになった。これによってスペキュラム合金はたちどころに時代おくれになった。しかしこの新技術にも難点がひとつだけあった。銀が空気に触れると、酸素と反応して酸化銀の薄い膜が形成されて、すぐにくすんでしまうのだ。鏡の性能を維持するには、磨きあげと再銀メッキを

定期的に行わなければならない。

　1930年、アメリカの物理学者で天文学者のジョン・ストロングがガラスにアルミニウムを蒸着する方法を考案した。鏡を正確な放射線状に研磨し磨きあげて仕上げたのちに真空チャンバーに入れ、内部の電熱コイルでアルミニウムを蒸化させる。真空中では、高温のアルミニウム原子はそのまま鏡の表面に移動し、そこで冷えて固着する。銀と同じくアルミニウムも空気中で酸化するが、酸化アルミニウムの薄い膜は透明なので、下地のアルミニウムの反射率に影響を及ぼさない。これで望遠鏡用の鏡の反射率は格段に向上した。

　現在、大型望遠鏡の大半でアルミコーティングの鏡が使用されているが、すべてではない。ケプラー宇宙望遠鏡のように宇宙に打ち上げられた望遠鏡の場合、地球の大気圏外の真空空間では酸化の問題が生じないので銀を使用しているものもある。おまけにケプラーは、はるか彼方にある系外惑星のからのかすかな光を検出する必要があるので、最大限の反射率を有する鏡が不可欠だった。地上の大型望遠鏡でも、ハワイのジェミニ天文台のように例外的にアルミニウム蒸着ではなく銀メッキの鏡を使ったものもあり、くすみの問題を回避するために多層保護コーティングを毎年施している。

　1949年、カリフォルニア州サンディエゴ近郊のパロマ―山に直径5.1メートルの反射鏡を備えた世界最大の望遠鏡が設置された。しかし現在の巨大望遠鏡は直径8メートルから11メートル級で、さらに大型のものも登場しつつある。こうした新型望遠鏡には1970年代後半になってようやく可能になった設計や技術が用いられている。そのひとつの分割鏡は、セグメントと呼ばれる複数の部分鏡をコンピューターで独立制御し、最終的な画

像の焦点が正確に合うようにしたものだ。

　現在、チリ北部のアタカマ砂漠にある山の頂で、有効径が39.3メートルもある分割鏡を使用した欧州超巨大望遠鏡（ELT）が建設されている。ELTは人間の眼の1億倍の光を集めることが可能で、地球の大気を通して観測しなければならないにもかかわらず、ハッブル宇宙望遠鏡より16倍も鮮明な画像をもたらしてくれる。

　地球外で最大の望遠鏡は2021年12月に打ち上げられたジェイムズ・ウェッブ宇宙望遠鏡で、集光面積がハッブル望遠鏡の6倍で直径6.5メートルの分割鏡を備えている。ウェッブ望遠鏡の鏡の表面には金メッキ加工のベリリウムが用いられていて、望遠鏡がターゲットとする波長の赤外線をとりわけ効率よく反射する。

　物体および表面が太陽光を反射する度合いには、多くの場合〈アルベド〉という単位が使われる。アルベドは完全な暗闇である0から、全体が真っ白で降り注ぐ放射線をすべて反射する1までの尺度で表される。最も黒い天然物質のひとつである木炭のアルベドは0.04、その反対の新雪は0.9だ。

　地球全体の平均は0.3アルベドだ。この値は雲と北極および南極の氷冠が大きく影響していて、海洋だけの値よりもはるかに高い。金星は0.76アルベドだが、これは表面が濃厚な大気と永久に消えることのない雲で覆われているからだ。

　太陽系で最も明るい（太陽以外の）天体は、表面のほとんどが水氷で覆われている土星の衛星エンケラドゥスだ。複数ある滑らかな平原には全体的にクレーターが見られないことから、そうした地域は形成されてから数億年に満たない、地質学的な基準からすれば新しいもので、水蒸気噴火のような何らかの活動

で表面は更新されているものと思われる。まっさらで清らかな氷と雪のおかげで、エンケラドゥスのアルベドは0.81だ。降り注ぐ太陽光のかなりを反射するので、結果として表面温度は低く、土星の衛星のなかで最低の−198℃だ。

カッシーニ探査機が撮影した、太陽系で最も反射率が高い天体、土星の衛星エンケラドゥス

23 つるつる滑る

「摩擦のない水平面上を転がっているボールが……」「摩擦のない丘の斜面を、子どもがそりに乗って下っている……」高校3年のときに物理を学んだ人なら、内容を単純にするために"摩擦がない"ということにしてしまう、こうした問題に出くわしたことがあるだろう。

しかしながら現実世界で摩擦が存在しないということはない——ありがたいことだ。摩擦がなければ車は動かないし、人間は足を一歩も踏み出せないし、動いているほぼすべてのものは何かに衝突するまで止まることができない。しかし摩擦の大きさは物質によって大きく異なり、ものによっては表面と接触したときに非常に滑りやすい物質もある。

ソファのような重いものを押して動かす場合、押し始めるときは結構力を要するが、一旦動き始めたら最初よりずっと楽に動かせるというのは世間周知の事実だ。ギリシアの哲学者で政治家のテミスティオスは350年にこう述べている。「静止している物体を動かすよりも、動いている物体をさらに動かすほうが簡単である」接触しているふたつの表面もしくは物質の互いの滑りやすさは、摩擦係数という数値で示される。摩擦係数はおもにふたつに分かれる。静止摩擦係数は接触するふたつの面が静

止した状態から動かすときの難易度を示し、一方の動摩擦係数は動かしつづけるために必要な力の係数だ。

　靴底や自動車のタイヤにゴムが使われているのは、ゴムには柔軟性があり路面をしっかりと掴むからだ。したがってゴムと、たとえばコンクリートの摩擦係数はかなり高く、静止状態で1.0、コンクリートの表面に対してゴムが動いている場合は0.6から0.85だ。氷の表面に置いた鋼鉄の場合の0.03と比較してみてほしい。

　氷が滑りやすいことは、わたしたちは幼い頃から身をもって学んでいる――多くの場合、痛みを伴う方法で。これほどまでに広く知られた事実なのに、驚いたことに氷が滑りやすい理由についての科学的議論はいまだに続いているのだ。19世紀に唱えられた仮説は、物体で氷の表面を押しつけると氷が融けて薄い水の層ができて、自由になった水分子の上を物体は滑ることができるというものだ。しかしこの説では、いわゆる"圧力融解"によって氷が融けて水になることができないほど冷たい氷の上でスケートができることを説明できない。さらに言えば、圧力融解を生じさせるには、ある科学者が"ゾウにハイヒールを履かせて踏みつけさせる"と表現する、とんでもなく高い圧力が必要だ。

　"氷は滑りやすい"というごくごくありふれた観察結果を説明する説は、長年にわたってさまざまに唱えられてきた。研究の中心にあったのは、氷河の移動や自動車の安全性、そしてウィンタースポーツのパフォーマンスの向上だった。この謎を一気に解決するかもしれない説が提示されたのは、なんと2018年になってからのことだ。物理学者のミシャとダニエルのボン兄弟らの研究チームは、氷が滑りやすいのは水の層ができるからで

はなく水分子の結合が緩むからだとする論文を学術誌〈Journal of Chemical pHysics（化学物理ジャーナル）〉に発表した。彼らは氷の表面をビー玉で覆われたダンスフロアにたとえ、氷の上を滑るのは丸く可動性のある分子の上を転がるようなものだとした。

　氷は、大抵の場合は水分子が整然と配列された結晶構造を保っていて、各分子は隣り合う3つの分子としっかりと結合している。しかし最も表面の分子は結びつく分子の数が少なくなり、そのぶん結晶の結合は弱くなる。その結果、表面の分子は結晶格子との結合と切断を繰り返しながら転がっていく。

　表面の分子結合力が緩むから滑りやすいという点は珍しいことではない。固体としても液体としても気体としても存在し得る温度範囲内で滑りやすいというところが珍しいのだ。極めて低い温度になると、氷はそれまでとはちがう振る舞いを見せるようになる。－40℃以下になると表面の分子が動くエネルギー量は少なくなり、結晶格子と結合しやすくなり、結果的に滑りにくくなるのだ。ボン兄弟らの研究で、氷の摩擦係数が最も小さくなるのは－7℃程度だということが判明した。この新発見は、屋内スケートリンク、とくにスピードスケート用のリンクを管理する人々にとっては驚くようなことではなかった。これまでの経験の蓄積から、この最適温度をすでに導き出していたのだから。

　さまざまな生物が、それぞれの生存に有利に働く潤滑性の物質を進化の過程で育んできた。消化管と肺の粘膜にある杯細胞は粘液を分泌し、表面を潤滑にして内容物の移動を楽にする。粘液を防御手段とし、とんでもないほどの量を分泌する種も存在する。そのなかでも他に抜きん出ているのがウナギに似た原始

的な魚のメクラウナギだ[*2]。刺激を感じると、メクラウナギは皮膚にある特殊な腺からヌルヌルする物質を放出し、0.5秒足らずで体積が1万倍以上になる。そのせいでとんでもない事故が2017年に起こった。オレゴン州のハイウェイでトラックが急ブレーキをかけた際、積み荷の13個の容器が崩れ、中身の合計3.4トンのメクラウナギが路上にぶちまけられた。しばらくすると、道路と周辺の車は白くて濃い粘液まみれになり、後続の数台もぎらつくネバネバでスリップし、衝突した。

　植物も負けていない。それぞれの理由で滑りやすいものが存在する。熱帯植物のウツボカズラは、捕虫葉と呼ばれる落とし穴のような特殊な葉を持ち、蜜と誘因性の色素で昆虫をおびき寄せる。近づいたが最後、不用心な虫は落とし穴の急勾配の壁を滑り、底に溜まっている液体のなかに落ちる[*3]。脱出は不可能だ。捕われた虫はなすすべもなく消化液に溶かされ、食虫植物の餌食となる。

　ウツボカズラの袋状の葉の内部が滑りやすいのは薄い潤滑膜があるからだ。この膜は、水や蜜が葉の表面の微細な鱗片に閉じ込められることで形成され、持続的な潤滑層になる。昆虫の足の油分が膜に触れると摩擦がかなり小さくなり、壁を登ろうにも引っかかりがなくなってしまう。

　このウツボカズラの特性にハーヴァード大学のある研究チームが眼を向けた。彼らはウツボカズラを真似て"撥水撥油性"の、つまりほぼすべての液体を撥する素材を開発し、"滑液性多孔質表面（SLIPS）"と名づけた。SLIPSはナノファイバーで構成されたスポンジ状の網目構造を、さまざまな液体をはじく潤滑膜でコーティングしたものだ。

　さまざまな例外的な特性を有する物質がある。1999年に合

衆国エネルギー省が偶然見いだしたホウ化アルミニウムマグネシウム（BAM）もそのひとつだ。エネルギー省の科学者たちは、熱を加えると電気が生じる素材を開発しようとしていた。BAMは加熱しても発電しなかったが、ダイヤモンド並みに硬くなり、しかも信じられないほど滑りやすくなった。実際のところ、確認されている物質のなかで摩擦係数は最も低く、それまで最低だったテフロンの半分にも満たなかった。正式にはポリ四フッ化エチレンと呼ばれるテフロンは、1938年にデュポン社のある研究者が偶然発見した樹脂で、摩擦係数は0.04だ。それに対してBAMは空前絶後の0.02で、さまざまな表面にごくごく薄くコーティングすると他の表面との滑りをよくすることができる。摩擦を大幅に削減できればエネルギー消費も減り、可動部分の寿命も延びる。

　摩擦は日常の一部であり、摩擦のない世界など考えられない。陸上であれ空中であれ水中であれ、摩擦は動くものすべてに作用する。すべての動いている物体は、何らかの力で押しつづけたり引っ張りつづけたりしなければ、最終的に動きを止めてしまう。わたしたちはそう思い込んでいる。しかし真空の宇宙空間に摩擦は存在しないので、宇宙船や衛星や小惑星といったありとあらゆるものは、空気の抵抗で速度を落としたり動きを妨げられたりすることはない。

　羽毛が石よりもゆっくりと落ちるのは空気との摩擦のせいだ。月面のように空気をなくせば、重力がある環境では何でもかんでも同じ速度で落ちることがわかる。この事実は、アポロ15号の船長デイヴィッド・スコットが月面で活動中に羽毛とハンマーを同時に落とし、ふたつとも同時に地面に着地したことで見事に証明された。

物質間の摩擦を無くすことは不可能だと思われるかもしれない。最高に滑りやすいBAMですら摩擦係数はゼロではない。しかし原子が移動しても互いにすれちがっても運動エネルギーが失われない、超流動という状態が存在する。通常の物質で超流動体になるものはふたつしかなく、どちらもヘリウムの一種だ。

　1937年、物理学者のピョートル・カピッツァとジョン・F・アレンとドン・マイゼナーは、ヘリウム4が超低温で超流動相になることを発見した。その後、この状態のヘリウム4を少しかき混ぜて渦を作ると、いつまでも回りつづけることが確認された。ヘリウム3の超流動性は1971年に発見され、発見者のダグラス・D・オシェロフとロバート・C・リチャードには1996年にノーベル物理学賞が授与された。

24 ドロドロ

1939年の映画『風と共に去りぬ』で、ヒロインのスカーレット・オハラは召使いのプリシーを「1月の糖蜜のように遅い」と叱っている。この表現はアメリカで19世紀中頃に生まれたと思われる。たしかに糖蜜は濃厚なシロップ状の液体で、スプーンですくうとゆっくりと滴り落ちる。冷えた状態ではさらにゆっくりと落ちる。

しかし糖蜜が、しいて言うなら"大量に"流れるさまを、たとえ真冬であっても目の当たりにしたことがあるのなら、ミス・オハラのこの台詞を使うのは避けたほうがいいだろう。こんな場面を頭に思い浮かべてみてほしい――1919年1月15日の午後零時30分、気温6℃。場所はマサチューセッツ州ボストンの低地を走るコマーシャル・ストリート沿いのコップス・ヒルとノースエンド・パークのあいだ。そこで厄介な事態が展開されようとしている。ボストン・ウースター鉄道の貨物駅の裏にある高さ15メートルの貯蔵タンクが破裂し、250万ガロン（946万リットル）の糖蜜が流れ出している。糖蜜入りの缶が弾けたのとは訳がちがう。高さ10メートルの糖蜜の大波が、時速50キロメートル以上で迫ってくるのだ。この〈糖蜜大洪水〉は21人の死者と150名の負傷者を出し、高架鉄道の鋼鉄の橋桁を破壊した。この大惨事は

記憶以外のものも残した。発生から数十年が経っても、現場付近では夏の暑い日には糖蜜のにおいがしていたのだ。

糖蜜と蜂蜜は、低温下では粘度がとくに高くなる液体食品だ。粘度とは、液体や気体などの流体が流れるときの抵抗の度合いで、物質が移動する際に分子間で働く内部摩擦の尺度だ。国際単位系(SI)ではパスカル秒(Pa.s)で示される。パスカルは圧力の単位で、ミリパスカル秒(mPa.s)およびマイクロパスカル秒(μPa.s)がある。粘度が高くなれば物質の動きは遅くなり、そのなかを突き抜けることも困難になる。一般的に温度が上がれば、または糖蜜大洪水のように圧力が上がれば、粘度は下がる。

水の粘度は1.0mPa.sだ。おわかりだとは思うが気体の粘度は非常に低く、μPa.sで示される。常温のオリーヴオイルは56mPa.s、蜂蜜は純度に応じて2000〜1万、糖蜜は5000〜1万、そしてケチャップは5000〜2万mPa.sだ。ケチャップの容器がガラス製から絞り出すことが可能なプラスティックに替わると、みんなほっと胸をなでおろした。ガラスのボトルを何回も振って出すと、予想外の量が予想外の方向に飛んでいってしまうのだ。

粘度ランキングの上位にはかなりドロドロした液体が名を連ねている。ピーナッツバターは液体ではないと思われるかもしれないが、実際にはそうなのだ。空港の保安検査場では、機内持ち込みの荷物のなかに壜入りのピーナッツバターがあるとすぐさま注意される。アメリカで人気のこのスプレッドの粘度は10万から100万mPa.sもあるが、壜をひっくり返してしっかりと待てば液体である証しを示す。残念ながら空港のスキャナーはこの無害な液体と爆発性を秘めた液体を区別することはできない。おまけにピーナッツバターはもっぱら炭素と水素と窒素と酸素でできていて、この原子的構成要素は偶然にもニトログリ

セリンとほぼ一致する。

2章で見たように、オーストラリアとウェールズの大学ではピッチの落下を中心に据えた実験が科学界の最長期間記録を更新しつづけている。クイーンズランド大学のピッチは1927年の実験開始から9粒が滴り落ち、そこから推算したピッチの粘度は水の230億倍だった。

ガラスは凝固点以下でも液体状態で存在可能な"過冷却"液体で、長い歳月をかけて流れるのだから液体の一種だと言われる。中世に建てられた大聖堂にあるような古い窓ガラスは、上部よりも底部のほうが厚くなっていることがその証拠だとされている。しかし実際には、この通説は誤りだ。古いガラスで厚みなどが不均一なのは、作られたときからそうなっているのだ。何百年も昔の製造過程で、表面が平らでなかったり厚みがまちまちだったりする窓ガラスが作られただけだ。ガラスは無定形固体と呼ばれるものであって、まったく液体ではない。流れるには流れるが、その量は10億年で1ナノメートルにも満たないので流速なんか計れるはずがない。

しかるべき温度と圧力下で流動する個体はほかにもある。氷河はまさしくその名のとおり"氷の河"で、重力に応じて下に流れ、かたちを変える。氷河の氷の粘度は1000Pa.sと非常に高いが、液体同様ちゃんと流れる。

頑丈な岩石ですら充分な時間と圧力をかければ流れる。岩盤クリープと呼ばれるこの不思議な現象から、花崗岩のようにどう見ても硬くてがっちりとした物質にも粘性があることがわかる。

25 最凶の毒

　フィクションであれ現実であれ、犯罪の歴史ではある種の毒物が何度も登場する。ヒ素は人殺したちのお気に入りで、古代ローマの昔から政敵に対して使われ、皇帝たちですらこの毒牙にかかった。銅および鉛の製錬の副産物である亜ヒ酸もしくは酸化ヒ素は無味無臭で水に溶けやすく、飲み物にこっそりと混ぜることができる。この毒を盛られてしばらくすると腹痛に襲われ、続いて食中毒にかかったように激しい吐き気と下痢に見舞われる。やがて循環虚脱を起こし、数時間のうちに死にいたる。

　ルネサンス期、毒薬づくりは儲かる商売になった。依頼主が金額を示され、契約が結ばれると、毒殺対象の命運は決まる。この手の暗殺で悪名を馳せた面々が、スペインの名門貴族ボルジア家のなかにいた——教皇アレクサンデル6世とその息子のチェーザレ、そして腹ちがいの妹ルクレツィアだ。17世紀のイタリアでは、ジュリア・トファナという女が〈トファナ水〉というヒ素入り化粧水とその使用法を、ひどい夫を何とかしたいと願う女たちに与え、それで生計を立てていた。同様の調合薬はフランスでは〈poudre de succession（相続散）〉という名で呼ばれ、金持ちと結婚した女が突如として未亡人になって遺産を相続する

ための小道具として人気を博した。

　19世紀になると検視でヒ素を検出する方法が見つかり、この毒を使った殺人は減少した。それでもインチキ療法や化粧品などで広く使われつづけた。ヴィクトリア朝時代の女性たちはヒ素入りの白粉を顔に塗り、そばかすや吹き出物といったさまざまな肌トラブルを治すという売り文句の"ヒ素入り美顔ウェハース"がもてはやされた。亜ヒ酸カリウム溶液である〈フォーレル水〉は頬がバラ色になるとされ、娼婦たちに大人気だった——実際はヒ素で頬の毛細血管が損傷するからなのだが。

　アトロピン、またの名をベラドンナもまた中世ヨーロッパで定番の暗殺用毒薬で、ナス科の毒草の実を数粒搾るだけで卑劣な効果を発揮した。少量であれば幻覚剤となることは古代ギリシアの昔から知られていた。量が多ければ、当時の発熱性の流行り病に似た症状が出るところが暗殺におあつらえ向きだった。

　昔から定評のある毒物のなかで最も効き目が早いのはシアン化物（青化物）だ。服用すると数分のうちに死にいたるシアン化物は自殺薬にうってつけで、第二次世界大戦中はスパイやナチの高官たちが捕虜になった場合に備えて携行していた。アーモンドの種核を蒸留して得られ、月桂樹の葉にも含まれている。1982年、シアン化カリウムが混入した鎮痛剤のタイレノールが出まわり、シカゴ周辺で7人の死者が出た。しかし誰も刑務所送りになるどころか起訴すらされなかった。全米各地で模倣犯による同様の事件が何百件も続発し、それが市販薬の梱包の改善につながった。

　アガサ・クリスティーの小説『蒼ざめた馬』では、相次ぐ謎の死はタリウムによるものだということが最後に判明する。この小説が1961年に発表されるなり、ほとんど無名だったタリウムは

一躍有名になった。実際のところ、この元素自体が発見されたのは、その1世紀ほど前のことだった。硫酸タリウムは水に溶かすと無味無臭で、症状が出るまで数日かかり、しかも別の病気に似ているので、暗殺者にとって理想的だ。とくに旧ソ連のKGBとサダム・フセインの秘密警察御用達の毒薬だった。

クリスティーの小説がタリウムによる毒殺の引き鉄になったという証拠はないが、少なくともひとりの命を救ったのはたしかだ。1977年、医学誌〈British Journal of Hospital Medicine〉に、生後19カ月の女児が謎の症状を起こしてロンドンのハマースミス病院に搬送され、日に日に悪化していった事例が紹介された。医師たちは何が原因なのか皆目見当がつかなかった。しかし女児をたまたま見たマーシャ・メイトランドという看護師が何の症状なのか看破した。幸運にも、メイトランドが最近読んだばかりの『蒼ざめた馬』に描かれていた様子と同じ症状だったのだ。採取された尿がロンドン警視庁に送られ、タリウムの存在が確認された。女児はこの致死性元素を含んだ殺虫薬を誤って飲んでしまったことが判明した。医師たちは適切な治療を施し、女児は全快した。

毒の強さは一般的に"半数致死量"、もしくは〈LD^{50}〉で示される。これは1回の投与で集団の50パーセントを死亡させると予想される、体重1キログラムあたりのミリグラム数で表される。どんな物質でも、たとえ水であっても一度に相当量を摂取すれば死んでしまう。たとえば砂糖のLD^{50}は2万97000で、つまり集団全員の頭がおかしくなって、それぞれが自分の体重1キログラムあたり30グラムほどの砂糖を一気に食べると、おそらくその半分が死という甘くない結末を迎えるということだ。一方、シアン化カリウムは0.0064だ。ということは、体重が70キログラ

ムの人間がわずか0.5グラム弱を――ほんのひとつまみ程度を
――飲んでしまった場合の生死の確率は半半になる。

　毒性物質のメジャーリーガーたちを見たいのであれば、無機
的に合成された化学物質だけでなく生物が生成する毒素にも眼
を向けるべきだ。ヤドクガエル科を取り上げてみよう――いや、
このカエルは手に取ってはいけない。触れることすらだめだ。皮
膚からにじみ出るバトラコトキシンは猛毒で、このカエルを手
にしたあとで指を1本舐めた程度でも命取りになることが証明
されている。

　興味深いことに、飼育環境下で生まれたヤドクガエル科は
まったく無毒だ。おそらくバトラコトキシンはこのカエル自体
が生成するのではなく、生息地である中南米の森で餌にしてい
る昆虫類由来なのだろう。パプアニューギニアに生息するピト
フーイという鳴禽類も羽毛にバトラコトキシンがあるが、毒が
ある理由はヤドクガエル科とまったく同じだ。この小鳥に毒が
あることは、アメリカの鳥類学者ジャック・ダンバッハーが偶然
発見した。手を引っかかれると痺れが始まり、ダンバッハーは咄
嗟に手を口に当てた。寄生虫や猛禽類から身を護る化学的防御
として毒を使うように進化したものと思われる。

　フグも避けたほうがいい生き物のひとつだ。その筋肉や内臓
に蓄積されているテトロドトキシンのLD_{50}は驚異の0.0000082
で、シアン化物の1000倍以上の毒性がある。ほとんど眼に見え
ないくらいの微量であっても、充分に人ひとりを1時間以内に
死に追いやることができる。フグを食べるなら店選びは慎重に
すべきだ。日本では、少なくとも3年は修業を積んだうえで法的
資格を得た料理人だけがフグを調理することができる。ありが
たいことに料理店でのフグの事故はまれだ。テトロドトキシン

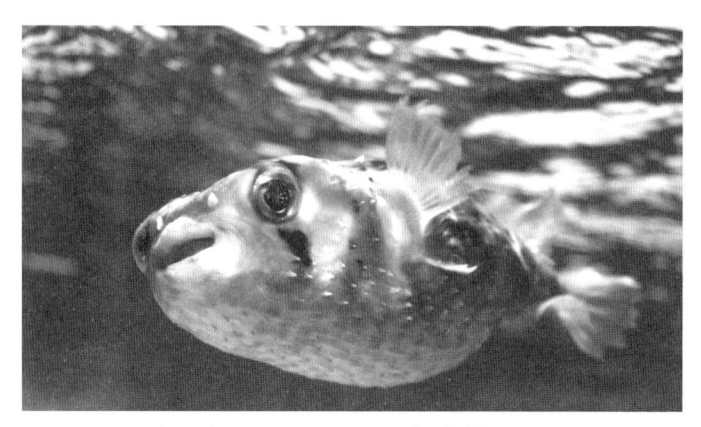

ハリセンボンにはテトロドトキシンはないとされているが、
毒がない代わりに棘で身を護る

　の犠牲になるのは、もっぱら自分で釣ってきて自宅で料理した無鉄砲な人間だ。テトロドトキシン中毒は"急速かつ激しい"と形容され、口のまわりのしびれから始まり、そこから全身まひや死に至る。解毒剤はなく、食した人間は可哀そうなことに意識を保ったまま最期を迎える。

　植物やキノコのなかにも高い毒性を持つものがある。そのものずばり"死のかさ"という異名を持つタマゴテングダケは、世界中で最も多くの死を招いているキノコだ。タマゴテングダケを半分食べただけでも、LD^{50}が0.0007のアマトキシンのせいで死んでしまうかもしれない。加熱調理してもどうなるものでもない。摂取型の毒の多くと異なり、アマトキシンは熱での無効化はできないので、調理しても食べることはできないのだ。タマゴテングダケを食べても、すぐには何も起こらない。しかし半日ほど経つと胃腸障害が始まり、嘔吐とひっきりなしの水様便が24時間続く。その後アマトキシンは生命維持に不可欠な肝臓をむ

しばみ、臓器移植しなければならないほどのダメージを与える。

　百発百中の確率で大勢の人間を死に至らしめるように作られた毒性物質は、当然ながら兵器になる。人類史上初の毒ガス攻撃は第一次世界大戦中に行われた。1915年4月22日、ベルギー南部イーペルの長さ6キロメートルにわたる前線で、ドイツ軍は数千本のボンベから塩素ガスを放出した。1914年から1918年まで続いた大戦で実戦投入されたホスゲンやマスタードガスなどの化学兵器は致死性こそなかったが、浴びた兵士たちにひどい身体的損傷や肌のただれを及ぼした。

　第二次世界大戦では、脳からの指示を体の各器官に伝達するメカニズムを標的にする神経剤が登場した。この化学物質の初期段階のもののなかでドイツの化学者たちが開発したものは〈G剤〉と呼ばれている。そのひとつのサリンは、かなりの低濃度であっても呼吸麻痺を惹き起こし、数分以内に死に至らしめる。1997年発効の化学兵器禁止条約でサリンの製造および保管は禁止されたが、それでも使用は続いた。最も恥ずべき使用事例は、内戦中のシリアで2013年に行われたアレッポ近郊への攻撃で、28人が死亡し100人以上が負傷した。1971年から1993年にかけて旧ソ連で開発された神経剤のノビチョクは、近年発生した数件の暗殺に使われたと見られている。

　想像を絶するほど強力な猛毒中の猛毒は、実は細菌が作り出す物質だ。ジフテリア毒素や志賀毒素やテタノスパスミンといった細菌が作る毒素のなかで、どれが最も厄介なのかについては議論が続いている。しかし最も致死性が高いものはボツリヌス菌が産生するボツリヌス毒素だという点では、化学者たちの意見は一致しているみたいだ。LD^{50}は確認されている毒素のなかで最低の0.000000001を誇り、わずか100万分の1グラム

の静脈内投与で平均サイズの人間を殺すことができる。

　現在はいくつかの種の存在が知られているボツリヌス毒素は
ボツリヌス中毒の原因物質で、1793年にドイツの小さな村で
食中毒の原因として初めて確認された。この毒素は、信号伝達分
子である神経伝達物質のアセチルコリンの放出を妨げ、筋肉を
麻痺させる。この麻痺性を利用したのがボトックス療法だ。ごく
ごく微量のボツリヌス毒素を特定の筋肉に注射して弛緩させ、
その部分の肌を滑らかにするのだ。しかし効果は一時的で、副作
用の危険性も伴う。

　地球上で最強クラスの毒性化学物質のなかには医療に利用可
能なものがある。ボトックスは美容療法でつとに知られている
が、それ以外にもさまざまな症例にも用いられている。たとえば
斜視の場合は、両眼を別々の方向に向けさせてしまう筋肉を麻
痺させて治す。ハララカという南米の毒ヘビの毒液には血圧を
下げる作用のある分子が含まれており、高血圧に対する先駆的
な治療に使用されている。

　世界は毒になり得る物質に溢れているが、それで死ぬかどう
かを決めるのは摂取量だけだ。この事実を、スイスの医師で錬金
術師のパラケルススが500年前にこうまとめている——すべて
のものは毒であり、毒でないものはない。用量だけが毒でないこ
とを決める。

26 甘い甘い話

　わたしがダービシャー州のニュー・ミルズという町にある中学校に通っていた当時、上級生たちの多くは〈スイツェル〉という地元企業でアルバイトをしていた。スイツェル社は1920年代にロンドンのハックニーの市場で創業し、その後イースト・ロンドンに生産拠点を設けた。第二次世界大戦中は空襲を避けて会社ごとニュー・ミルズの閉鎖された工場に移転し、現在に至っている。スイツェル社は菓子メーカーだ。そのラインナップは〈リフレッシャー〉、〈パルマ・ヴァイオレット〉、〈ドラムスティック・ロリーズ〉などで、最も有名なのは〈ラヴ・ハーツ〉だ。

　糖分は昔から人間の食べ物の一角を占めている。糖分は果物や一部の野菜に果糖、ブドウ糖、蔗糖のかたちで自然に生成される。あまり知られていないが、牛乳にも乳糖という糖分が含まれている。わたしたちは人類の誕生以来ずっと糖分を摂取してきたし、その獲得に悪戦苦闘してきた証拠ならごまんとある。果糖とブドウ糖を豊富に含む蜂蜜は、洞窟で暮らしていた石器時代の昔からのごちそうで、蜂に刺されてでも敢えて手に入れるだけの価値があった。スペインのアラニア洞窟の壁画からは、人間は少なくとも8000年前から蜂蜜を探しまわっていたことがわかる。

紀元前2000年頃には、エジプト人たちは蜂蜜に果物やナッツ類を加えて最初期の菓子を作っていた。"蜜蜂がいなくても蜂蜜が採れる葦"があるという話が、紀元前6世紀から前4世紀にかけてインド亜大陸からペルシアへ、そしてギリシアへと伝わった。まさしくこの噂どおりに、素晴らしい作物であるサトウキビの栽培法は原産地のインドおよび東南アジアから西方に伝播していった。

　甘味は、塩味と酸味と苦味とうま味と並んで人間が感知することができる5つの基本味覚のうちのひとつだ。この5つの異なる味覚は受容体細胞で感知される。この細胞が最大で100個ほど集まったものが味蕾で、舌の表側と裏側に数千個ある。味蕾は口腔の上壁と側壁、そして咽喉にも存在する。

　人間が感知できない味がわかる動物もいる。でんぷんはどんな味がするのだろうか？　ネズミに訊いてみるといい。しかし甘いものでネコの気をそそろうとしても無駄だ。ネコの味のレパートリーのなかに甘味はないのだ。ネコ以上に味覚音痴なのがバンドウイルカで、塩味しか感じない。

　人間はどこからどう見ても"甘党"だ。そして甘いものの摂りすぎもどこからどう見ても体に悪い。体に害を及ぼしかねないものに、どうしてわたしたちはそんなに魅せられてしまうのだろうか？　進化には、個人個人ではなく種全体にとって有益なものを好きになるように広くうながす力がある。自然界に存在する甘い物質の多くは、摂取すれば体内で最終的にブドウ糖の材料になる。ブドウ糖はエネルギーの源で、とくに脳にとっては燃料になる。

　すべての果物の糖分は、摂取されると分解されてブドウ糖になる。哺乳類の乳に含まれる乳糖もブドウ糖に変換される。赤ん

坊が生まれた途端に母乳をがぶがぶと飲みたがる理由のひとつはそこにある。だから人間はブドウ糖の供給源を探知する手段として、甘味を感じる能力を進化させたのだという説がある。しかし人間の甘いもの好きは話の一部に過ぎない。わたしたちは苦味のある食べ物を避けるきらいがあるが、これはそうしたものは往々にして消化が悪く、もしくは毒があったり腐っていたりしていて、あからさまに体に悪いことを進化の過程で学んだからだ。薬草のように苦くても有益なものもあるにはあるが、一般的に化合物の毒性と苦味は相関関係にある。煎じ詰めれば、わたしたちが苦いものより甘いものを好むのは、そうしたほうが生存可能性を上げることができるからだ。この生得的な偏見は人物描写にも影響を及ぼしている。同じ一緒にいるなら、冷たい（ビターな）人よりも人あたりのいい（スイートな）人のほうがずっといい。

　現在、蔗糖を主成分とする砂糖は人間のためだけにあり余るほど製造されている。しかし昔からそうだったわけではない。砂糖の結晶を作る方法は、インドでは紀元前5世紀の時点で知られていた。この結晶はサンスクリット語で〈カンダ〉と呼ばれ、これが〈キャンディー〉の語源となっている。砂糖はアラブ世界を経由して中世ヨーロッパにもたらされ、最初は薬としてのみ扱われ、薬屋が売って医師が使っていた。非常に高価で裕福な人間しか手に入れることができなかった。ダービー伯が1390年に"2ポンド（約900グラム）のペニデス（棒状の麦芽糖）に2シリング"を支払ったという記録が残っている。これは現在の貨幣価値に換算すると80ポンドに相当する。

　ヨーロッパ人による新大陸の探検と植民地化が進んだのちに、カリブ海の島々と南米大陸でサトウキビ農園が次々と誕生

した。サトウキビの収穫のためにアフリカから連れてこられた何百万もの奴隷労働力のおかげで農園主と砂糖商人たちは裕福になり、砂糖はヨーロッパおよびその他の地域で手頃な価格で豊富に手に入るようになった。イギリスの砂糖消費量は200年間で22倍になった。ひとり当たりの年間消費量は、1704年に2キログラム足らずだったものが1800年には8キログラムになり、そして1901年には19キログラムに増えた。

通常の砂糖にはさまざまな問題がある。そのひとつがカロリーが高く、摂取しすぎると太りやすいところだ。幸いなことに、ごく低い濃度でも甘味が感じられる、低カロリーの砂糖の代用品になる物質がいくつかある。その一番手は1879年に偶然発見された。ジョンズ・ホプキンズ大学の研究室で、ロシアの化学者コンスタンティン・ファールベルクが手に付いたコールタールの誘導体のo-安息香酸スルフィミドを舐めてみると、甘味を感じた。この物質をファールベルクはサッカリンと名づけ、数年後にドイツで砂糖の代用品として製造を開始した。

1906年、アプトン・シンクレアの小説『ジャングル』の出版をきっかけとして食品添加物に対する懸念が高まり、サッカリンもその対象になった。合衆国農務省の主任化学者ハーヴェイ・W・ワイリーはサッカリンの使用禁止を提案したが、セオドア・ローズヴェルト大統領にそのつもりは一切なかった。この新しい甘味料を使えば自分自身の減量が楽になると考えていたローズヴェルトはこう断じた。「サッカリンは健康に悪いという奴は、誰であれ馬鹿だ」この言葉でワイリーの出世の道は事実上閉ざされた。

第一次世界大戦中は砂糖不足が生じ、サッカリンの使用量は急増した。1960年代には減量効果が強調されるようになり、〈ス

ウィートン・ロー〉などの商品となって人気を博した。しかし大量摂取すると膀胱がんを惹き起こすことがラットを使った実験で判明し、ふたたびパニックが生じた。1977年には、サッカリンを使ったすべての商品のパッケージに発がん性についての警告の表示を義務づける法律が制定された。しかし2000年にサッカリンの代謝はヒトとラットでは異なることが研究で明らかになり、警告表示の義務も撤廃された。

サッカリンは一般的な砂糖の300倍から500倍も甘いので、小さな錠剤や小袋入りのものひとつだけで紅茶もコーヒーもしっかり甘くなる。大きな難点としては、かすかな金属味や苦味の後味があることだ。サッカリン以外の砂糖の代用品は、低カロリーの清涼飲料によく使われるアステルパームや、世界で最も広く使われているスクラロースなどがある。

自然界で最も甘い物質であるソーマチンは、実際にはたんぱく質だ。ソーマチンは西アフリカのカタンフという果実に含まれる。この果実を食べるとソーマチン分子が味蕾と結合し、甘味が徐々に強まり、後味も長く続く。砂糖の2000倍も甘く、少量で大きな効果を発揮する。

ソーマチン以上に甘いのがネオテームで、蔗糖の8000倍ほども甘味が強い。1グラムのネオテームを口に入れるとグラニュー糖8キログラム分の甘味を感じ、しかもゼロカロリーなのだ。

確認されている甘味物質のなかで最も甘いのは、グアニジンのさまざまな誘導体だ。もともとは海鳥の糞（グアノ）から単離されたアミノ酸のグアニンから生成されたので、この名前がつけられた。グアニジンの誘導体のひとつのスクロン酸には蔗糖の20万倍の甘味がある。それに負けず劣らず甘い誘導体が、

1996年にリヨン大学で合成されたルグズナムだ。その甘さは、同じ重さの紅茶用の砂糖の22万倍から30万倍だ。

27 ネバネバ

　ネアンデルタール人はいわれのない誹謗中傷を受けてきた。間抜けだの残忍だの、おつむが足りなかったから環境の変化に適応できずに絶滅しただの、ヒト属のなかの落ちこぼれ扱いされてばかりいる。それでも火を使い、囲炉裏を作り、衣服と装身具をこしらえ、芸術を創造し、そして死者を埋葬していた。おまけに、20万年も前に接着剤のようなものを発明した最初のホモでもある。

　簡単な接着剤なら、さまざまな天然素材で作ることができる。蜜ロウや松やになどの樹脂、瀝青(アスファルト)といった自然界に存在する粘着性のある物質は、もの同士をくっつけるときに役に立つ。こうした物質の存在をネアンデルタール人は知っていて、手に入れば使っていた。それだけにとどまらなかった。シラカバの樹皮を一定の条件下で加熱するとタールのようなものが生成され、それを使えば石器と木の柄を接着できることを発見していたのだ。

　オランダのライデン大学とデルフト工科大学の研究者たちは、石器時代の祖先たちが使っていた接着剤の試験を続けている。熱を加えたときの流動性と硬度の変化を測定した結果、シラカバの樹皮から作ったタールは粘着性の天然素材のなかで最も

接着力が高いことがわかった。この研究で、ネアンデルタール人がどうやってシラカバのタールの接着剤を作っていたのかが判明しただけでなく、もっと簡単に手に入るものもあったのに、どうして手間暇かけてこの接着剤を作ったのかも明らかになった。

　人類およびその近縁種が登場するずっと以前の遠い遠い昔から、まるで足の裏に糊でもついているかのように表面にくっついている生物がいる。イエバエをはじめとしたさまざまな昆虫は、落っこちることもなく難なく窓ガラスを上がったり天井を歩いたりできる。ヤモリやアマガエルのような爬虫類と両生類にしても同様だ。しかしどれもねばねばする物資や吸盤を使ってくっついているわけではない。そうした生物の足の先を電子顕微鏡で見ると、細かい毛や剛毛が生えていることがわかる。ガラスのように一見して滑らかな表面にも、実際にごく小さな凹凸や裂け目がある。そうした小さな足がかりを、イエバエやヤモリは足の毛で掴んでいるのだと以前は考えられていた。ところがまったくちがった。

　ヤモリの足を拡大して見ると、球根のような形状の指が十数万本ものセタと呼ばれる微細な剛毛で覆われていることがわかる。そしてセタは、何百本ものスパチュラというさらに小さな繊維に枝分かれしている。ヤモリの足が壁の表面や天井に近づくと、スパチュラの分子と表面の分子がファン・デル・ワールス力と呼ばれる相互作用を起こす。この静電気による結合は微弱だが、何千万ものスパチュラが合わされば、重力による下向きの力を相殺するに余りある。

　セタは柔軟なことこの上なく、とんでもなく敏感に反応する。ヤモリは表面に対するセタの角度や伸び具合を素早く変化さ

せ、垂直のガラス面を最大で毎秒20体長の速度で移動すること
ができる。科学者たちは数理モデルを開発し、セタが表面の平面
により近いところで曲がっていれば結合可能な面積が増え、ヤモ
リは体重をさらに支えることができることを証明した。さしも
のヤモリもテフロンにはひっつくことができない——できる
生物がいるはずがない。それに雨が降っていれば、ヤモリが湿気
に足を取られて滑るところを目撃できるかもしれない。

　ハエも足にセタをびっしりと生やしている。6本の足それぞ
れの先端に褥盤（じょくばん）と呼ばれるふくらみがふたつずつあり、そこか
らセタが生えている。しかし壁をよじ登る昆虫の足のセタは別
の働きをする——油分と糖分で接着剤のような物質を生成する
のだ。ドイツのマックス・プランク研究所の研究チームが数百種
の昆虫を調べたところ、そのすべてがねばねばする足跡を残し
ていた。

　接着剤を使って壁や天井にくっつく場合、一歩踏み出すたび
にどうやって足を引き剝がせばいいのかという問題が出てく
る。電子顕微鏡でハエの足を見ると、一対の爪がついていること
がわかる。この2本の爪を剝がしたり押したりひねったりして、
接着剤がついた足を表面から持ち上げるのだ。6本の足のうち
少なくとも4本を表面に常時つけておけば、ハエはたとえ上下
逆さまの状態であっても足早に移動することができる。

　紀元前6000年頃の新石器時代、死海のほとりの洞窟に暮らす
人々は、動物の皮や腱や軟骨から煮出したコラーゲンで作った
膠（にかわ）を使っていた。この膠は工具や道具用の接着剤としてだけで
はなく、編みかごの内張りや刺繍用の布の裏地、さらには頭蓋骨
に十字状の飾りをつけるためにも使われていた。古代エジプト
の人々も紀元前2000年頃から植物性と動物性のさまざまな膠

を使い、発展させていった。ところが驚いたことに、コラーゲンの膠については死海の穴居人たちのほうがずっと先を行っていた。ファラオの墓から出土した椅子に見られるように、エジプトの人々はゼラチン状のコラーゲンを家具用の接着剤として使っていた。それに対して新石器時代の先人たちは動物の皮から作った膠に植物由来の添加物を混ぜ、目先の用途に応じて質感を変えていた。

　人類はその歴史の大半を通じて、動物と植物から得たねばねばする物質を使ってもの同士をくっつけてきた。最初に特許を得た接着剤は、1750年にイギリスで承認された魚由来のものだ。以降100年のあいだに、ゴムから牛乳まで、あらゆるものをベースにした接着剤が作られ特許が取得され、そして販売された。しかし合成接着剤の開発が始まったのは意外に遅く、20世紀初頭のことだ。1910年になってようやくスウェーデンの〈カールソン・クリスター〉社が最初の合成接着剤を販売した。

　偶然の発見は科学の世界でよくあることだが、最も有名な接着剤〈強力瞬間接着剤（スーパーグルー）〉もそのひとつだ。すべては第二次世界大戦中にコーネル大学で博士号を取得したばかりの若き化学者ハリー・クーヴァーがタイヤメーカー〈BFグッドリッチ〉に入社し、シアノアクリレートという化学物質を研究するチームに配属されたときに始まった。チームの目標は、高精度の火器照準器用の光学的に透明なプラスティックを作ることだった。シアノアクリレートの透明度は条件を満たすものだったが、いかんせん粘着性が恐ろしいほど高く、加工にまったくと言っていいほど向いていなかった。おまけに水分に触れると、たちまちのうちに接していたものに、それが何であれくっついて離れなくなってしまう。どこからどう見ても役立たずで、透明な

プラスティックになりそうにもなかった。ところが……

1951年、クーヴァーは〈イーストマン・コダック〉に移り、テネシー州キングスポートにある同社の化学工場で働くようになった。クーヴァーはチームを与えられ、ジェット機の風防用の耐熱ポリマーの開発という、前職とはちがう任務に取り組んだ。クーヴァーはBFグッドリッチ時代に扱った、熱や圧力を一切加えなくともしっかりとくっつくことのある超粘着性の物質のことを憶えていた。研究室での試験では、何を使ってもしっかりと、しかも永続的にくっついた。クーヴァーとコダック社は、自分たちが扱っているものに特定の用途をはるかに超える可能性があることに気づいた。クーヴァーは〈アルコールを触媒とするシアノアクリレート接着剤の製法／スーパーグルー〉の特許を取得した。そして〈イーストマン910〉の商品名で1958年に販売が開始されるや、この驚異の接着剤は“スーパーグルー”というニックネームであちこちで売られた。クーヴァーは人気テレビ番組『I've Got a Secret（わたしの秘密）』に出演し、1滴のスーパーグルーを使って司会のギャリー・ムーアをスタジオの床から持ち上げてみせた。

意外なことに、スーパーグルーは重要な医療処置にも用途が見いだされた。ヴェトナム戦争で、軍医たちは戦傷の治療にシアノアクリレートを使うようになった。傷口にさっとひと吹きすれば、すぐに出血を和らげたり止めたりすることができ、通常の治療が受けられる後方に負傷兵を搬送するまでの時間を稼ぐことができた。こうして多くの命が救われた。その後さまざまなタイプのスーパーグルーが開発され、現在でも外科処置の現場で使用されている。多くの場合、血管の再接続や出血性潰瘍の止血処置などで縫合糸に代わるものとして好まれており、開放創の

場合は縫うよりも見た目がいい。

　現在、実にさまざまなタイプの強力接着剤が開発されているが、どのようにしてくっつくのか、どのような条件下で使用されるのかは接着剤ごとに異なるので、その強度は単純に比較はできない。それでも敢えてトップを決めるなら、〈DELO〉というドイツの工業用接着剤メーカーのエポキシ樹脂を使ったものが王者になるだろう。2019年、同社の接着剤は世界で最も重いものを吊り上げた記録を打ち立てた。清涼飲料の缶ほどの大きさのアルミニウム製の円筒4本の端にわずか3グラムの接着剤を塗り、17.5トンのトラックのホイールにくっつけてクレーンで吊り上げると、トラックもろとも1時間にわたって宙に浮いていた。

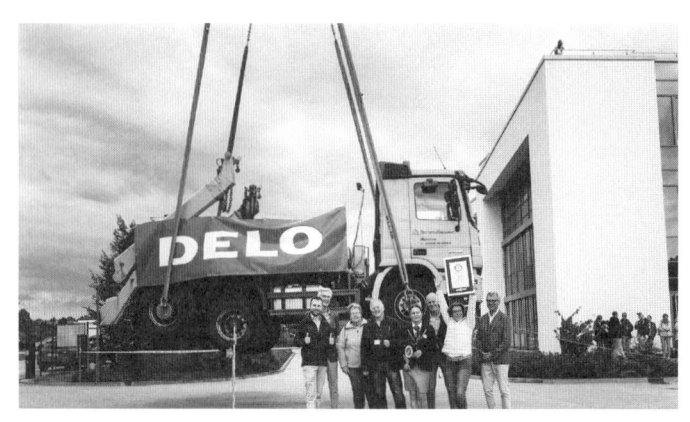

DELO社の強力接着剤をアルミニウム製の円筒4本に塗って
17.5トントラックのホイールにくっつけ、クレーンで吊り上げた

28 くっせ～～

　においを嗅ぎ取る感覚である嗅覚は人間の五感のなかで最も古い。生物が視覚と聴覚と触覚を獲得する以前の太古の昔、バクテリアのような原始的な生物は身のまわりにある化学物質に反応することができた。嗅覚には、記憶の奥底に眠っている幼少期の思い出を呼び覚ますという、ほかの感覚にはない力が備わっている。それでも見たものや聞こえたものとはちがい、嗅いだにおいを具体的に言葉にすることは往々にして難しい。こうしたちがいは、嗅覚情報が脳に達するまでの経路に関係している。

　視覚や聴覚などの嗅覚以外の感覚情報が伝わる経路は眼や耳などの感覚器官を出発点とし、神経中継局とも言える視床を経由して脳の各部位に達し、処理される。これに対して嗅覚情報は視床を通らずそのままダイレクトに脳内の嗅球に伝えられる。このように外界と脳内の特定の処理部位が直結しているからこそ、においは記憶を喚起する力がありながら言葉にすることが難しいのだと脳神経学者たちは考えている。

　嗅覚が反応する分子は空気中を浮遊している。そうした分子は鼻孔と口から体内に入り、鼻腔の奥の粘膜にある受容体細胞に付着する。ヒトゲノム解析計画で収集されたデータによれば、

このにおい用の受容体細胞は何百万個も存在するが、種類は400程度しかない。

　嗅覚で感知可能な分子、つまり臭気物質が付着すると、受容体細胞は微弱な電気インパルスを発生させる。この電気インパルスが伝えられると、脳は10分の1秒というごく短時間のうちににおいを識別する。においの受容体細胞は400種類ほどしかないのだから、わたしたちが認識できるにおいの種類もその程度しかないと思うかもしれない。しかしひとつひとつの受容体細胞はひとつだけでなく、類似のさまざまな臭気物質を感知することが可能だ。しかも大半のにおいは複数の受容体細胞を反応させる。嗅覚の受容体細胞の組み合わせと配列の数は膨大で、したがってわたしたちが感知し識別できるにおいの数も膨大なものになる——おそらく1兆種類程度だろう。

　においは心地よいものから不快なものまで幅広く、その好みは人それぞれだ。好みが分かれる理由のひとつは、鼻のなかでどの種類の受容体細胞が反応するのかは遺伝子によって決まるところにある。とはいえ、オックスフォード大学とスウェーデンのカロリンスカ研究所が行った調査によると、世界で最も広く好まれているにおいはヴァニラの香りだという。国籍も（欧米以外を含む）性別も年齢もさまざまに異なる200人以上に、さまざまなにおいの順位をつけてもらった。トップにはラン科の植物から採れるヴァニラが輝き、桃とラヴェンダーの香りを構成する化学物質がそれに続いた。

　においの尺度の反対側には、耐え難いほどの悪臭が位置する。一般的に、とにかく臭い物質の分子は大きさも質量も大きく、いいにおいの物質の場合はその反対のものが多いことが判明している。進化の要素も作用している。腐った食べ物のにおいなどを

不快に感じるのは、多くの場合はそれが健康や命に悪影響を及ぼすものだからだ。研究室で何世代にもわたって飼育され、ネコに一度も遭遇したことのない実験用マウスは、天敵のにおいには恐怖感を示すが、嗅いだことのないにおいや有害なもののにおいには反応しない。

そのにおいをわずかでも嗅ぐという不運に見舞われた人なら、この悪臭は万人が避けるべきだとする植物がいくつか存在する。タイタン・アラム（和名はショクダイオオコンニャク）は世界最大の無分枝花序を咲かせるサトイモ科の植物だ。高さ3メートルにも及ぶ巨大な花を咲かせるには大量のエネルギーを必要とするため、5年から10年に一度しか開花しない。タイタン・アラムの花が咲いたことは、周辺にいれば見なくてもわかる——まさしく"死体花"の異名にふさわしいにおいを放つからだ。

いわゆる"腐肉植物"のなかでタイタン・アラムに比する悪臭を放つのがラフレシア・アルノルディイで、またの名をずばり"stinking corpse lily（死体ユリ）"だ。この多肉質の花のにおいは受粉のためのハエをおびき寄せるが、同時に人間を寄せつけない。開花の頻度はタイタン・アラムよりかなり高く、しかも一度咲くと数日にわたって腐敗臭を漂わせる。

果物のなかで悪臭で悪名高いのがドリアンで、9種ほどが食用にされている。食べたことのある人間は香りも風味も心地よいと言う。その果肉はさまざまな熟し具合で食され、19世紀の博物学者アルフレッド・ウォレスは"濃厚なカスタードとアーモンドのような香り"と評した。しかしほとんどの人々にとってその香りは、腐ったタマネギから下水にいたるまで、さまざまな悪臭の元を連想させるほど強烈で、とてもではないが味を確かめ

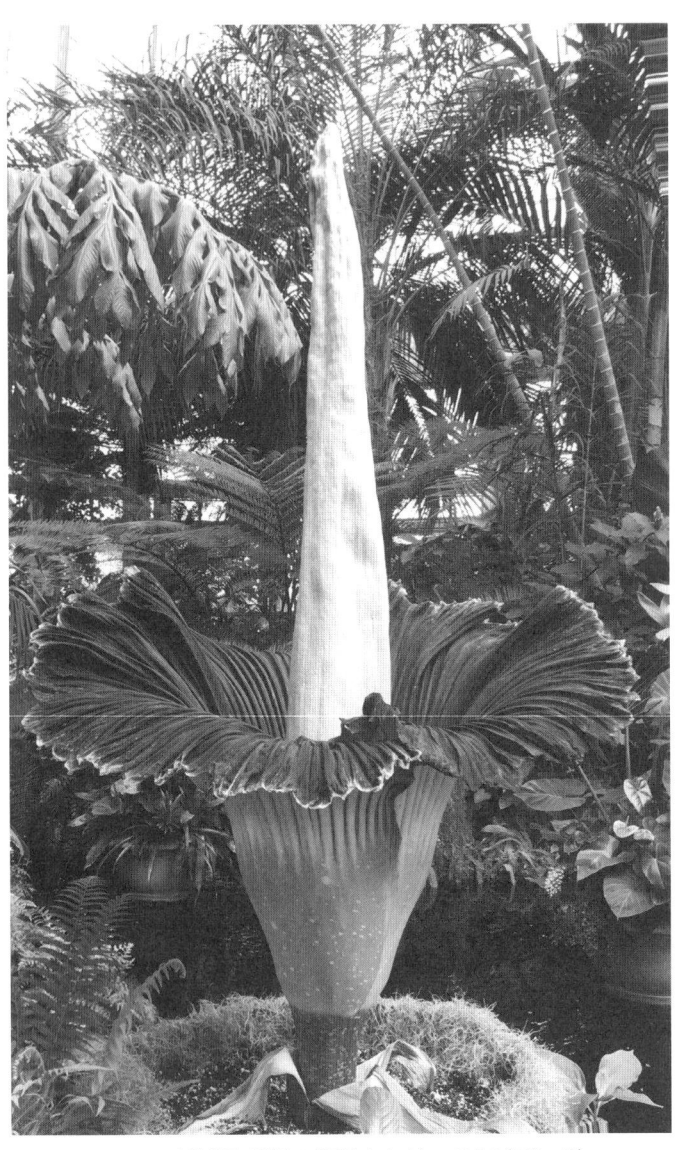

ニューヨーク植物園で2018年に開花したタイタン・アラム（死体ユリ）

てみようという気を起こさせるものではない。東南アジアでは料理で幅広く使われているが、それでもホテルや公共交通機関のなかには、客が逃げてしまうことを恐れてドリアンの使用や持ち込みを禁止しているところもある。新鮮なドリアンであってもそのにおいは（物好き以外には）充分ひどいのだから、当然ながら腐ったものとなれば大騒ぎを惹き起こす。2018年、メルボルン大学でガス漏れ警報器が鳴り響き、500名の学生が避難した。ガス漏れの正体は、食器棚に放置されたまま賞味期限がとっくに過ぎたドリアンだった。その不快な香りが空調システムを通じて建物全体に拡散したのだ。

　ドリアンより一般的な食品で悪臭を放つものと言えばチーズだ。ドイツではリンブルガー、ベルギーではランブールと呼ばれるチーズは足裏のにおいを連想させる香りを放つ。悪臭の元は、ウォッシュタイプのチーズの発酵に用いられ、人間の肌に付着すると足裏臭を惹き起こすブレビバクテリウム・リネンスという細菌だ。しかしイギリスのクランフィールド大学の研究によれば、最も臭いチーズはフランス北部で作られているヴュー・ブローニュというソフトタイプのチーズだ。通常は尿路感染症や結核をにおいで判別する"電子鼻"を臭い珍味に向けたところ、陽性反応を示した。

　悪臭で悪名を馳せている動物といえばスカンクだ。スカンクは強烈なにおいの物質を肛門腺から3メートル先まで放出し、捕食者を撃退する。大抵の人間はスカンクのスプレーに強い反応を示すが、まったく何も感じない特異的嗅覚脱失という症状を持つ人間が1000人にひとり程度の割合で存在する。そしてコアリクイもスカンクの5から7倍も臭い物質を放って身を護っている。

スカンクとコアリクイの悪臭スプレーにはチオールという有機硫黄化合物が含まれている。メルカプタンとも呼ばれるチオールは、タマネギとニンニクの独特のにおいや腐った肉や一部のチーズの悪臭の元でもある。

　チオールは何千種類も存在し、その多くに人間の鼻は非常に敏感に反応する。何十億個もの分子を含む気体を吸い込み、そのなかのわずかばかりのチオール分子を感知することができる。家のなかで“ガスのにおい”がしたらガス漏れを疑うが、実際には天然ガスは無臭だ。しかしにおいで漏れを察することができるようにするため、臭気物質として微量のチオールを混ぜてあるのだ。

　この世で最悪に臭いものとして繰り返し名前が挙がるチオアセトンは、チオールと同じく有機硫黄化合物だが、チオケトンという別のグループに属する[*4]。チオアセトンは赤茶色の物質で、－20℃以上でトリチオアセトンに変わる。トリチオアセトンの分子は炭素と硫黄の原子が交互に並ぶ六員環の構造を持つ。

　チオアセトンを初めて合成したのはオイゲン・バウマンとエミール・フロムというふたりのドイツ人化学者だ。ふたりが1889年にフライブルク市で抽出を試みたところ、ごく少量しか扱わなかったにもかかわらず、実験室から半径750メートルの範囲内で悪臭のためだけに吐き気を催したり実際に嘔吐したり、さらには卒倒するという事態が生じた。イギリスのリーズにある〈ホワイトホール・ソープ・ワークス〉社の化学者たちは、1890年にチオアセトンの臭気は“身の毛もよだつ”ほどで、水で希釈するとさらにひどくなると報告している。

　1967年、オックスフォードシャー州のアビンドンにあるエッ

ソ研究所で、チオアセトンを入れた容器の栓が緩んでしまった。すぐに新しいものに取り換えられたが、時すでに遅しだった。漏れた少量のチオアセトンは気化して空気中に拡散し、180メートル離れた建物で吐き気や気分の悪さを訴える人々が続出した。同社の化学者たちが指摘したとおり、希釈したことで事態は悪化した。研究所の研究員たちは、チオアセトンが漏れても研究所では何ともなかったので当惑した。そして距離のある場所で発生した体調不良は、最初のうちは自分たちのせいではないと言い張った。しかしこの一件にかんするエッソ社の報告書には、さらなる影響が記されていた。「熱分解されたごく微量のトリチオアセトンの調査にしか携わっていなかった化学者2名がレストランに行くと、敵意の視線を浴び、ウェイトレスに消臭剤を吹きかけられるという屈辱を味わわされた」

29 ほぼゼロ

　何年も前のことだが、妻とわたしは娘の小学校での風船飛ばしコンテストのチャリティーの手伝いをしたことがある。ヘリウムを詰めた風船を1ポンドで買って、ひもの端につけたカードに名前と住所を記入して空に向けて放つのだ。最も遠くからカードが戻ってきた人には賞品が渡されることになっていた。結果はかなり上々だった。20枚以上のカードが、見つかった場所の住所が記されて戻ってきたのだ。それぞれの住所を地図で調べると、すべての風船は風に乗り、空に飛ばしたカンブリア州カーライル近郊から見てほぼ南に流されていったことがわかった。420キロメートルほど離れたロンドンまで飛んだ風船もいくつかあった。驚いたことに3個がイギリス海峡を越えてフランスに渡り、優勝した風船は2000キロメートル以上も飛び、なんとフランスとスペインの国境にあるピレネー山脈に達した。

　ヘリウム入りの風船が上昇するのはヘリウムの密度（0.164kg /㎥）が空気の密度（1.28kg /㎥）より低いからだ。水素とヘリウムは軽い元素のツートップだ。水素の密度（0.082kg /㎥）はヘリウムよりさらに低く、ドイツのツェッペリンなど初期の飛行船に使われていた。しかし引火すると爆発するので、ヒンデンブルク

号の大惨事以降は不活性ガスのヘリウムに取って代わられた。

　熱気球が上昇するのは、風船内の空気がバーナーで熱せられ、密度が周辺の空気よりわずかに低くなるからだ。気球の球皮は、球皮自体とその内部の空気、そして人を乗せたゴンドラなどの吊り下げるものすべてを合わせた密度が、置換される内部の空気の密度より低くなるほど大きなものでなければならない。

　水素もヘリウムも加熱された空気も冷たい空気より軽い。この3つ以外が入ったものが宙に浮いているように見えるのは、実際にはゆっくりと落下しているか、風などの空気の動きに流されているだけだ。普通の空気を吹き込んだ風船が落ちていくのは、ゴムのせいで風船全体の密度が空気より高くなるからだ。

　羽毛は軽く、パラシュートの傘体のように表面積が大きいのでゆっくりと落ちていき、風でまた舞い上げられることもあるが、最終的には着地する。風で散る植物の種子や胞子も、同じ理由で空中に長時間漂うことができる。そうしたものの密度は、全体としては周囲の空気とほぼ同じぐらい低く、しかも風を受けやすい構造になっていることが多い。

　驚くほど多種多彩な微生物が空中に長時間留まり、しかも長距離を移動することができる。これもやはり浮力があるからではなく、小さく軽いので、少なくともしばらくのあいだは気流と熱運動が重力による下向きの力を打ち消すからだ。地球上のどこでもいい、生育培地を入れたシャーレを手に持って振ってから培養器に入れてみよう。何百種類もの土壌菌や腸内および糞便細菌、真菌、一般的なウイルスが培養されているはずだ。こうした眼に見えない微生物たちの海に、わたしたちは常に身を浸しているのだ。同じように、人体に有益な多種多彩な微生物軍団が人間の免疫システムの第一防御線となり、体外と体内の両面

から護っている。

微生物より大きな生物のなかにも長時間浮遊できるほど軽く、しかもかなり高いところまで舞い上がることができるものがいる。そのなかでもクモの子はゴッサマーという細い糸を出して風を捕まえ、気流に乗って上昇する。この行動はバルーニングと呼ばれ、極端な例では出発点から距離にして数百キロメートル、高度にして5000メートルに達することができる。

バルーニングするクモより高く舞い上がることができる生物は翅もしくは羽で羽ばたくものだけだ。チョウのなかには高度6000メートルで確認できるものがいる。鳥で言えば、インドガンは標高8500メートルのヒマラヤ山脈を越えていく姿が目撃されている。マダラハゲワシにいたっては1万1000メートル超の高高度で確認されている——これは旅客機の巡航高度だ。

ここで地上に戻り、最も軽い個体に話題を変えよう。結局、鳥にしても飛行機と同様に同じ体積の空気よりかなり重いので、普通はかなりの努力を費やして空中に長く留まっている。固体の元素で最も密度が低いのは、元素周期表で水素とヘリウムに次いで3番目に出てくるリチウムだ。しかしリチウムは反応性がかなり高く、したがって自然状態では常にほかの物質と結合している。最軽量級の岩石のひとつが、世界中の浴室でかかとこすりに使われている軽石だ。この石は、火山が爆発的な噴火を起こしたときに噴出した溶岩が、大量の気泡を含んだ状態で冷えて固まったものだ。

わたしたちも——つまり人体も——とくに吸気したときには大量の空気を含んでいる。それでも浮き上がって宙に漂うことはない。空気の密度が1.28kg/㎥なのに対して、わたしたちは水と同程度の1000kg/㎥もある。脂肪は筋肉より密度が低いので、

太った人間のほうが痩せた人間よりよく水に浮く。それでも肺に空気を目一杯吸い込むと体全体としての密度は低くなり、少なくとも体内の水分が空気に置き換えられた分は軽くなり、痩せっぽちでも水に浮くことができる。

　少々ぞっとする話だが、水死体は水面に浮かんでいる状態で発見される場合が多いことも同じ理由からだ。通常、死体はまず水に沈む。しかし腐敗が進むと、死体内の微生物がガスを放出し、それが全体の密度を下げ、死体は浮き上がっていく。

　どんな固体であれ、内部に多くの空気を含んでいるものは密度が低い。密度が最も低い固体は、単に軽くするためだけでなく、それ以外の並はずれた物性を期待して開発された人工物だ。そのひとつがエアロゲルで、うすらぼんやりとした見かけから"凍った煙"と呼ばれることもある。エアロゲルは多孔質のスポンジのような構造に作られた二酸化ケイ素だ。二酸化ケイ素はガラスにも含まれるが、ガラスの密度はエアロゲルの1000倍だ。エアロゲルは1931年にスタンフォード大学の研究者スティーヴン・キスラーが最初に作った。ある逸話によれば、ゼリーに含まれる水分を、全体を収縮させることなく抜くことができるか同僚のチャールズ・レナードと賭けをしたことから誕生したという。

　重量比で見れば、シリカエアロゲルの強度は際立って高い。平均的な人間の大きさの塊の重量は500グラムに満たず、それでいて小型自動車を載せても潰れない。断熱性にも極めて優れ、同じ体積の空気よりも熱を通しにくい。

　現在ではさまざまなタイプのエアロゲルが開発されている。そのなかで最も驚異的なものが、グラフェンで構成されたグラフェンエアロゲルだ。グラフェンとは炭素原子が蜂の巣のよう

な六角形に結びついている、原子1個分の厚さのシートのことだ。グラフェンエアロゲルは最軽量固体の現世界チャンピオンだ。用途は流出した石油の除去が見込まれている。最大で自重の900倍もの石油を、しかも素早く吸収することができるのだ。1グラムのグラフェンエアロゲルで、毎秒69グラムの石油を吸収することが可能だ。そして強度も高い。親指ほどの大きさの塊は芝生1本で支えることができるが、それでいて強度は鋼鉄の10倍だ。

　当然の話だが、宇宙で最も軽い存在は物質ではない。逆に物質がない状態、つまり真空だ。真空で"満たされた"風船は水素やヘリウムを詰めたものよりずっと速く上昇する。問題は、なかにある気体を全部抜いてしまうと、普通の風船なら潰れてしまうところだ。真空風船の球皮は外気圧に耐えられるほど硬く、重量比でとんでもなく強度の高いものでなければならない。真空風船は夢のまた夢だが、グラフェンエアロゲルのような物質はその実現に一歩近づけてくれる素材だ。

30 大きく美しく、そして
奇妙なもの—それは泡

　ロンドンの王立研究所は、1825年以来（第二次世界大戦中の1939年から42年のあいだは除く）子どもに科学への興味を持ってもらうための講座をクリスマスシーズンに開いている。1980年には物理学者のチャールズ・ボーイズがシャボン玉についての講義を行った。その冒頭でボーイズ博士はこう述べた。「"シャボン玉なんかもう飽きちゃったよ"なんてことを言う子がいなければいいんだけどね。だってこれから1週間をかけて学んでいくシャボン玉は、これまでみんなが散々遊んできた、ありきたりなシャボン玉とはちがうんだから」

　わたしたちが子どもの頃に遊んでいたシャボン玉は石けん水の膜のなかに空気が詰まった程度のものだ。シャボン玉の内側と外側には、それぞれ石けんの分子の層が水の層をはさんで形成されている。この膜は破裂するまでは気密が保たれている。わざと弾けさせたり、何かに触れて膜が破けたりしなくても、石けん分子の層に挟まれた水分が蒸発すれば自然に破裂する。冬の寒い日に作ると、水分はよりゆっくりと蒸発するのでシャボン玉は長持ちすることが多く、凍りつくことすらある。

　シャボン玉の形状は表面張力、つまり膜を伸縮自在なものに

する力がカギになる。表面張力は液体分子間の引力によって生じる。液体の内部では、分子は四方八方に隣り合う分子から均等の力で引っ張られるので、全体としての力は発生しない。しかし表面では横方向と下方向にしか引っ張られないので表面に皮膚があるように見えるのだ。

　水は表面張力が小さいから、石けんで補ってシャボン玉を作るのだと思われがちだが、それはよくある誤解だ。実際にはその反対で、石けんを入れることで表面張力を"小さく"しているのだ。水の泡はできた途端に弾けてしまうが、それには理由がふたつある。表面張力が強すぎて泡が自壊してしまうことと、泡の表面から水が蒸発していって膜が薄くなるからだ。石けん分子は炭素と水素からなる原子鎖で構成されていて、この鎖の片端は"水を好む"親水性、もう一方の端は"水を嫌う"疎水性になっているので、泡の形成に役立つ。石けんを水に溶かすと、石けん分子の疎水性の端は水からできるだけ距離を取るので、泡の内側にも外側にもなる。一方の親水性の端は2層の石けん分子に挟まれた水の中に入り込み、水分子をさらに引き離し、分子間力を減少させる。その結果、石けん水の泡の表面張力は小さくなる。さらに言えば、水は石けんの膜で部分的に護られているので、そのぶん蒸発は遅くなる。

　宙に漂うシャボン玉は、大抵は10秒から20秒もすると弾けて消えてしまう。しかし水蒸気を充満させた密閉空間に入れておけば、水の蒸発が抑えられて寿命を延ばすことができる。インディアナ州ハンティントンの物理教師アイフェル・プラスターラーは1920年代にシャボン玉に魅せられ、シャボン玉作りのショーで有名になった。人気テレビ番組『レイトナイト・ウィズ・デイヴィッド・レターマン』に出演した際は、番組ホストをシャ

ボン玉ですっぽりと覆ってしまった。プラスターラーはシャボン玉の"長寿"世界記録も保持していて、密閉された容器内で11カ月以上も長持ちさせた。

〈シャボン玉の科学〉にハマった人々はシャボン玉作りの腕に磨きをかけ、しのぎを削っている。チェコ共和国のマテイ・ユデシュは、ひとつのシャボン玉のなかに275人を閉じ込め、世界最多記録を打ち立てた。2010年には全長6メートルのトラックをシャボン玉で覆った。カナダのファン・ヤンは、ひとつのシャボン玉のなかに12個のシャボン玉をロシアのマトリョーシカ人形のように入れ子状にして封じ込めた。イギリスの〈サムサム・バブルマン〉ことサム・ヒースはシャボン玉についての3つの世界記録を有している——38回という最多バウンド回数と、26個という最多連鎖数、そして4315立方センチメートルという最大の冷凍シャボン玉だ。史上最大のシャボン玉は、2015年にアメリカのグレイ・パールマンが作った96.2立方メートルというモンスターだ。

幅が10メートル以上もある最大級のシャボン玉

大きなシャボン玉は、ウェイターがトレイに載せておっかなびっくりに運んでいるゼリーのようにゆらゆらと揺れる。しかし小さく作ると、みなさんご存じの球体の状態を保つ。体積が同じ立体のなかで表面積が最小なのは球体だ。自然界のあらゆるものと同様に、シャボン玉もエネルギー状態を可能なかぎり低くしようとする。その際に石けん水の膜の表面張力は最小になり、その結果、所定の体積を包む表面積も最小になる。シャボン玉が球体になる理由を物理学的に説明することはそんなに難しいものではない。しかし同じ体積の立体のなかで球体の表面積が最も小さい理由を数学で証明することは意外に難しい。事実、完全に証明されたのは1884年のことだ。

　19世紀、ベルギーの物理学者ジョゼフ・プラトーはシャボン玉の形状に応用できるいくつかの法則を導き出した。その1番目は"石けん水の膜は滑らかであること"、2番目は"表面の平均曲率はどのシャボン玉も同じ"だということだ。そして3番目の法則は"3つのシャボン玉が接する場合、それぞれの膜は120度の角度をなす"だ。この法則はふたつのシャボン玉が接する際にもあてはまり、その場合はそれぞれのシャボン玉の膜とふたつを区切る膜の3つが120度の角度を作って接する。片方のシャボン玉のほうが大きいと、区切る膜は大きいほうに向かって湾曲して3番目の法則を満たそうとする。そして4番目の法則は、3つのシャボン玉が120度で接する場合、これらの面の辺は常に4つで、109.5度で交わるということだ。正四面体のそれぞれの角から中心に向かって線を引くとこの角度で交わることから、正四面体角と呼ばれている。

　このプラトーの業績のすごいところは、失明したのちに導きだしたことだ。視力を失った確かな原因はわからないが、おそら

く危険を伴う光学実験を何度もやっていたからだろう。太陽を25秒にわたって肉眼で直視し、網膜にどんな影響を及ぼすか調べたこともあった。

ここまでは石けん水のシャボン玉のことだけを語ってきた。しかし泡とは"球体の物質のなかに別の物質が入っている状態"にほかならない。水以外のさまざまな液体でも空気の泡はできる。溶岩ですら、火山から噴出した際に空気と混ざると泡ができて、冷えて固まると小さな空洞が無数にある軽石になる。天然の樹脂の化石である琥珀にも気泡が見られることもある。ドミニカ共和国で発見された、2000万年から3000万年前のものと思われる琥珀の内部には水があり、そのなかには小さな気泡がある。この驚きのサンプルを揺らすと、人類が誕生するはるか以前に取り込まれた小さな気泡が前後に動く。

この琥珀のなかの気泡の対極にあるのが、宇宙に存在する超巨大な泡だ。そのひとつがNGC7635、もっと映像的に言えば"泡星雲"だ。NGC7635は約1万光年の彼方にあり、太陽の45倍の質量を有する若く温度も高い恒星から噴き出す恒星風（恒星の表面から激しく放出されるエネルギー粒子）によって形成された。時速600万キロメートルで吹きつける恒星風で巻き上げられた冷たい星間ガスが泡の外縁になる。

NGC7635より大きいが円形ではない局所泡と呼ばれる、幅が少なくとも1000光年もある広大な領域には、恒星や星団が数多く存在し、太陽系もそのなかにある。局所泡の星間ガスの密度は、外側の星間物質よりもはるかに低い。太陽が存在する超巨大な空洞は、1000万年から2000万年前のあいだに爆発した複数の超新星がもたらしたものだと考えられている。

31 最強の酸

　わたしたちはひっきりなしに強い酸に触れているが、ありがたいことに大抵の場合はその事実に気づいていない。その強い酸とは胃酸だ。胃壁の胃底腺から分泌される胃酸は食べ物を消化し、有害な細菌が腸に入る前に殺すという重要な役割を担っている。吐き気を催したり嘔吐したりすると胃酸が逆流し、咽喉に刺すような痛みを感じる。肌に付着したまま数時間放置すると赤く腫れ、最悪の場合はひどい火傷になる。

　化学の世界では、酸とアルカリの強度は水素イオン指数（pH）で示される。中性の純水はpH 7、オレンジジュースは4から3.5の弱酸性だ。酢酸水溶液と言っていい酢は2.5程度だ。カーバッテリー用の鉛酸のような強力かつ危険な酸のpHは1以下だ。たんぱく質や植物繊維を分解するという役割を果たす胃酸のpHは2から1.5のあいだで変化する。

　ここで疑問が生じる。胃酸は肉に含まれるたんぱく質を分解し、肌を赤く腫れさせるほど強力なのに、どうして胃そのものを溶かしてしまわないのだろうか？[*]　それは胃粘膜の細胞が生成する粘液と炭酸水素塩が“制酸性”の保護膜になるからだ。とはいえ、胃液のpHレヴェルが高すぎる状態があまり長く続くと胃に痛みをおぼえ、最終的には胃潰瘍に悪化するおそれがある。

"Acidity（酸度）"とは、元々はある味のする物質独特の性質を表す言葉だった。英語のacidの語源は"酢"もしくは"酢の味"を意味するラテン語の〈acetum〉だ。レモンジュースや濃い紅茶やワインビネガーなどは"酸っぱい"味とされる酸性液体の代表格だ。しかしこれらに含まれるクエン酸やタンニン酸や酒石酸は人体に害のない弱酸性の有機酸だ。強い酸を舌につけるなんてことは誰も絶対にやりたくないはずだ。

中世の錬金術師たちは無機酸、もしくは"鉱酸"の製法を習得していた。その最先端にいたのが14世紀のジーベルという謎の人物で、おそらくスペイン人だと思われる。ジーベルは本名ではなく、さらに昔の8世紀後半から9世紀初頭にかけて活動していたアラビアの錬金術師ジャービル・イブン・ハイヤーンから取ったもので、ジーベルはジャービルのラテン語読みだ。当時の化学的知識を要約した数冊の重要な書物のなかで、ジーベルは金属を溶かすことができる強い酸の製法を記している。鉄などの卑金属を金に変えることを究極の目標としていた錬金術師たちにとって、ジーベルがもたらした情報は極めて興味深いものだった。

ヴィトリオール油、つまり硫酸の作り方の明確な手順を初めて示したのはジーベルだ。ヴィトリオール（硫酸鉄や硫酸銅などの金属硫酸塩）を加熱すると硫黄と気体が発生し、その気体を冷却して水蒸気を吸収させて液化したものは金属を溶かすことができると記した。同様の製法で、硝石（硝酸カリウム）とヴィトリオールを使って銀を溶解するアクア・フォルテス（強い水、硝酸）を作る工程も解説した。錬金術師が最も眼を瞠ったのは、塩化アンモン石（塩化アンモニウム）とアクア・フォルティスを混ぜるとアクア・レギアを作ることができるという記述だった。そして

アクア・レギアは――王水は――金をも溶かすことができるとあった。

　卑金属を金に変えるには、まずは卑金属を"溶解"させなければならない。錬金術師たちはそう考えていた。だからどんな物質も溶かすことができる液体、つまり万能溶媒を追求した。そんな彼らの眼には、金を溶かすだけの力があるアクア・レギアこそが求めていた万能溶媒、少なくともそれに結構近いもののように映った。金を"溶解"することができるのであれば、そのプロセスを逆にすれば別の物質から金を作ることができるかもしれないという考えが広まった。

　それ以前の時代のアラビアの錬金術師たちは、金を含めたすべての金属は硫黄と水銀でできていると考えていた。この古い考え方をジーベルも支持していた。金属同士のちがいは硫黄と水銀の配合比で決まるので、この比率を変えれば、ある金属を別の金属に変えることができるとジーベルは考えていた。金も銀も鉄も錫も鉛も、すべての金属は元素で構成されていて、そして元素はそれ以上単純なものに分解することはできない。そんな事実を錬金術師たちが知る由もなかった。

　残念ながら、卑金属を金に変えることができるという"信仰"は長く続いた。そしてその長い時代のあいだにペテン師たちの金儲けのタネにされてきた。そのペテンの手口のひとつが、銀メッキを施した金貨を硝酸に浸すというものだった。すると銀は溶け、硝酸の影響を受けない下地の金が露わになる。カモにされた金持ちたちは、そんな化学的知識など持ち合わせていないので銀が金に変わったと信じ込み、まんまと騙されて金貨に変えるための銀貨をごっそり渡してしまうのだ。同然ながらペテン師たちも渡した大量の銀貨も姿を消してしまう。

錬金術師ではなく本物の化学者が登場するのは18世紀後半になってからのことだ。フランスのアントワーヌ・ラヴォアジェやイギリスのハンフリー・デーヴィーらは、酸およびその反対の化学的性質を有する塩基についての新たなレヴェルの理解をもたらした。そして、酸は水に正電荷の水素イオン（プロトン）を付与する能力で区別できることがわかってきた。たとえば塩酸（HCl）は水素イオン（H^+）と塩化物イオン（Cl^-）を放出する。逆に塩基は水酸基イオン（OH^-）を放出し、これが水素イオンと結合して水分子を生成する。だから塩基は酸を中和できる。

　酸の強さを測る方法のひとつは、水素イオンの生成しやすさだ。強い酸とは完全に解離する、つまりすべてイオンとして分解する酸のことだ。しかし酸はどこまで強くなれるのだろうか？

　いわゆる"超酸"は従来の鉱酸よりも強く、純度100パーセントの硫酸よりも強い。普通の酸は激しい反応を起こし、肌に付着するとひどい火傷が生じる。その何倍もの効果を想像してみてほしい。超酸の強さはpHで測ることはできない。水とかなり激しく反応するし、ほかの物質を攻撃する手段は水素イオンを放出することだけではないからだ。

　pHの代わりに、科学者たちは〈ハメットの酸度関数（H_0）〉なるもので超酸の強さを測る。H_0は－で表示され、マイナスの値が大きければ大きいほど強い。この尺度では、純度100パーセントの硫酸の強度は－12になる。1927年、過塩素酸（$HClO_4$）は硫酸よりも強く、H_0は－13であることがわかった。しかしこの当時に知られていた酸のなかで、さらに強いものがふたつあることが判明した。フルオロ硫酸（HSO_3F）は最高濃度の硫酸の約1000倍も強く、1904年に初めて作られた五フッ化アンチモン（SbF_5）は人間の皮膚などの物質と極めて激しく反応する、かなり危険

な酸だ。[2]

　最強中の最強の超酸はさまざまな酸を組み合わせて作られてきた。1960年代、オハイオ州クリーヴランドにあるケース・ウェスタン・リザーヴ大学のジョージ・オラーが率いる化学者チームはフルオロ硫酸とフッ化アンチモンを組み合わせた。1966年のクリスマスパーティーが終わったあとに、オラーの研究員のひとりが新しい超酸にロウソクを入れたところ、あっという間に溶けてしまった。この超酸混合物はこれまでにない反応を見せ、ロウを構成する炭素原子のパラフィン鎖を切断したのだ。この事実にオラーたちは仰天し、ロウを溶かす混合物を"マジック酸"と名づけた——オラーたちの論文にもこの名前が使われている。ちなみにマジック酸のH_0は－23で、実験室にある一般的なすべての酸を凌駕し、純粋な硫酸の1000億倍の強さだ。

　が、話はここで終わらない。現在確認されているなかで最強の超酸の前ではマジック酸も形無しだ。フッ化水素と五フッ化アンチモンを混ぜ合わせるとフルオロアンチモン酸ができる。[3]が、この最強の超酸は最強の物質でもあり、安全に取り扱う方法を正確に把握していないと命を落としかねない。フルオロアンチモン酸につきまとう難問のひとつが、できあがったものを保管する方法だ。何しろありとあらゆる金属や人間の皮膚および骨を含めた有機物全般、プラスティック、さらにはガラスですら激しく反応するのだから。数少ない選択肢のひとつがテフロンだ。この究極の超酸のH_0は－28で、マジック酸の10万倍、硫酸の2000京倍の強さだ。

32 最高の透明度

　1986年の映画『スタートレックⅣ　故郷への長い道』で、USS
エンタープライズ号の機関主任モンゴメリー・スコットは20世
紀末の地球にタイムワープし、この時代にはまだ発明されてい
なかった"透明アルミニウム"の製造方法を科学者たちに授け
る。そのおかげで透明で軽量かつ超頑丈な水槽を作り、そこにク
ジラを入れて宇宙船に載せることができた。このフィクション
は今では"ほぼ"現実になっている。アルミニウムと酸素と窒素
を含有するセラミック化合物のアルミニウム酸窒化物（ALON）
は、可視光線の80パーセントを透過させる。おまけに爆風や銃
撃に耐えられるほど頑丈で、しかも窓状にもドーム状にも筒状
にも成形可能だ。

　わたしたちの身のまわりは透明な物質だらけだ——その最た
るものは空気と水だ。このふたつ以外の透明な天然物質には水
晶や高品質のダイヤモンド、サファイアやルビーなどの酸化ア
ルミニウムなどがある。人間が最初に作った透明な素材は、砂に
含まれるシリカ（二酸化ケイ素）を主成分とするガラスだ。

　ガラスの製造は数千年前に中東で始まった。最初期のガラス
は、宝飾品や芸術作品といった、純然たる装飾品に用いられてい
た。窓用のガラスを最初に作ったのはローマ人たちだが、この

時代の窓ガラスは光を通すものの表面は粗く厚みも不均一で、はっきりと見通すことはできない代物だった。中世になるとガラス製造技術は大幅に向上し、完全に透明な窓ガラスが作られるようになった。

ガラス製造技術の向上は奇妙な副産物をもたらした——自分の体はガラスでできていて、細心の注意を払って取り扱わないと粉々に砕けてしまうと思い込む“ガラス妄想”だ。フランス国王シャルル6世はこの精神障碍に悩まされていて、もろいと思い込んでいる自分の体を護るために鉄の棒を縫いつけた服を着ていた。さらには自分に近づくことを、最側近の顧問を含めたすべての人々に禁じた。別のケースとしては、自分の尻はガラスでできていて、坐ると砕け散ってしまうと信じ込んでいた男もいた。その男は外出したらガラス職人に襲われ、溶かされて窓ガラスに変えられてしまうと恐れていた。今ではもうガラスのない世界など考えられない。光を吸収することも拡散させることもなく、そのまま透過させるという極めて有益な基本特性を有するガラスは、建物やありとあらゆる乗り物の窓だけでなく、メガネをはじめとしたさまざまな光学機器に使われている。

光の粒子である光子が物質の表面に到達したところを想像してみてほしい。物質を構成する原子と結合している電子は、特定のエネルギー準位を占めている。光子は電子にぶつかると吸収され、その電子のエネルギー準位を押し上げることができる。元の準位と“励起”状態の準位の差をエネルギーギャップと言う。エネルギーギャップが入射する光子のエネルギー総量を上まわると、光は吸収されずにそのまま物質内を通過していく。

しかし物質が透明であるためには、光子を吸収しないだけでなく拡散させてもならない。光子が内部で異なる方向に散ら

ばってしまったら、その物質は単なる半透明になってしまう。光が物質内の密度が異なる領域にいきなり入ってしまったり、ふたつの異なる微視的な結晶が接する部分、いわゆる粒子境界（粒界）に行き当たったりすると光は拡散する。

　現在のガラスは組成がかなり均一で、したがって透明度は高い。それでも厚みが増すと、そのぶん光を通しにくくなる。厚さ3ミリの普通の窓ガラスなら、降り注ぐ光の91パーセントを反対側に通す。倍の厚みの6ミリになると、透過量は91パーセントの91パーセント、つまり83パーセントになる。不純物も欠点もない、厚み1メートルのガラスを作ることができるとすれば、反対側まで届く光はわずか0.002パーセントになるだろう。片側に陽射しがさんさんと降り注いでいても、反対側は月夜のように薄暗いだろう。

　ガラスよりも透明度の高い物質はいくつか知られている。純粋な水晶はそのひとつだ。人工素材のなかでとくに知られているのは透明のアクリルだ。ジオテックドームや、アイスホッケーのパックが観客席に飛び込まないようにリンク全体をぐるりと覆う防壁に使われている。〈プレキシグラス〉という商品名で知られるエチレン・テトラフルオロエチレン（ETFE）とポリメチル・メタクリレート（PMMA）は、どちらの透明度もガラスより高い。おまけに厚みが増しても入射する光の大半を透過させることができる。

　原子配列の微細な欠陥と物理的限界があるため、100パーセント透明なものは存在しない。あるとすれば真空だけだ。それでも作家たちはあきらめずに眼に見えない物質をあれこれ想像し、科学者たちにしても眼に見えなくなる技術を模索しつづけている。

作家のH・G・ウェルズが1897年に発表した『透明人間』では、主人公は体の屈折率を空気と同じにする化学的な手段を発明する。彼はその化学薬品を自分に使うが、元に戻すことができないことに気づく。ロシアの作家ヤコブ・ペレルマンは、体が光をまったく吸収しなくなると生じる大きな問題を指摘した。体が透明になってしまうと眼の網膜も透明になり、光は通過してしまって視覚情報は脳に伝わらないので、何も見えなくなるはずだ。

　『スタートレック』の世界では、ロミュラン人の宇宙船は"遮蔽装置"を装備している。遮蔽装置は光やその他のエネルギー波を周囲で屈折させ、宇宙船を見えなくするステルス技術のひとつ

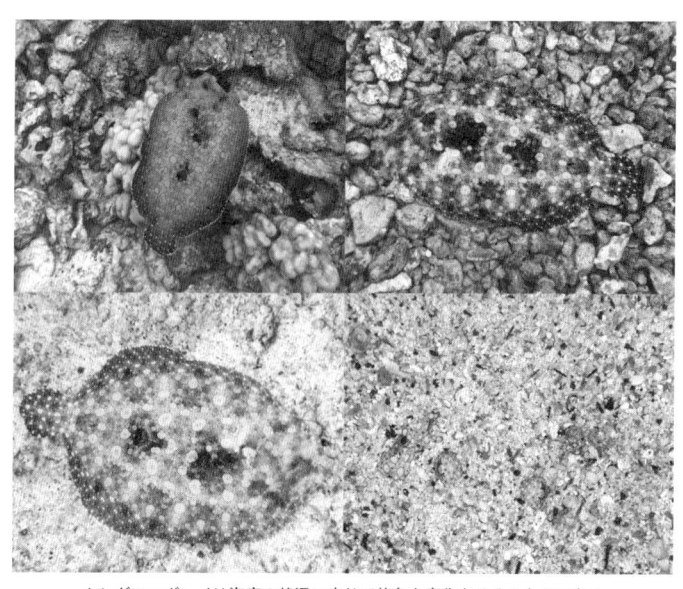

ホシダルマガレイは海底の状況に応じて体色を変化させることができる

だ。人類の努力のさまざまな分野において、SFと現実のギャップは急速に狭まりつつある。実際に機能する遮蔽装置の開発研究は軍事を含めた複数の方面で進められている。

　自然界の物質にはない特性を有するメタマテリアルを使った遮蔽のアプローチもある。たとえば遮蔽物の光学パラメーターを設定して、隠したい物体の周囲の光を導き、特定の波長帯域でその物体を見えなくすることが可能だ。

　別の手段としては光学迷彩と呼ばれるものが挙げられる。これは物体を迅速かつ正確に周囲の環境に溶け込ませて、まるで消えたように見えなくさせる手法だ。背景とまったく同じに見えるので、見ている側は物体が消えてしまったと捉える。光学迷彩はイカやタコなどの頭足類、そして一部の爬虫類と魚類が使っている。生物発光を使って体色を変えたり光を発したりすることで、姿を周囲に溶け込ませるのだ。

　光学迷彩で物体および人体を隠すシステムがさまざまに開発されている。とくに関心を寄せているのは、装備品や人員を視覚的検出から完璧に隠す方法を模索している国防機関だ。この方面の最初期の取り組みは、1940年にカナダの科学者エドマンド・バーが発見した“拡散照明カモフラージュ”と呼ばれる原理に基づいて、第二次世界大戦中に着手された。バーの着想は、夜間の海上で艦船の側面にほのかな光を当てて、背後の夜空と一致させるというもので、その目標は大西洋の戦いでドイツ海軍のUボートから艦船を見えなくすることだった。光は船体に取りつけられた支持材に設置した投射器から当てられ、明るさは光電池を使って自動制御される。研究開発は1941年にカナダ海軍のコルヴェット艦を使って始められた。イギリス海軍と合衆国海軍も同様の試験を1941年から1943年にかけて行ったが、こ

の装置が実際に製造されることはなかった。

　現在、バーの原理を基にした、より高度な技術を用いた開発計画が進行している。このシステムはカメラで背景を探知し、カモフラージュする物体や人物の側面に置いた特殊なコーティングを施したパネルに、刻々と変化する周囲の状況を再現するものだ。

　この手法の別ヴァージョンに、戦車などの軍用車両の側面をペルチェパネルと呼ばれるもので覆い、赤外線センサーから見えなくするものがある。ペルチェパネルは電流を流して急速に加熱することも冷却することも可能で、複数の赤外線カメラからリアルタイムで送られてくる情報を使って、周囲の温度と一致するようにできる。数百メートル離れた敵の赤外線画像装置にこの車両は映らなくなる。

　同じ技術を使えば"擬態"も可能になる。つまりカモフラージュしたい物体を、実際の姿とはちがう別の何かのような錯覚を起こさせるのだ。これを使えば戦車を自動車や岩に見せかけることができるだろう。その仕組みは、遮蔽システムのデータベースから見せかけたいものの赤外線データをペルチェパネルに送信する。するとパネルの一部は見せかけたいものの温度を偽装し、それ以外のパネルは周囲の温度を擬態するカモフラージュモードになる。

　完全に透明な物質など存在しないのかもしれない。ハリー・ポッターが身にまとっていたような透明マントは夢のまた夢なのかもしれない。しかしテクノロジーを巧妙に駆使すれば、このふたつの理想にかぎりなく近づくことができる。

33 超レア物

　金とダイヤモンドの価値が高いのは、どちらも美しいと同時に希少だからだ。しかしどちらも地球上で最も希少な物質ではまったくない。金に至ってはレアメタルですらない。最も希少な金属の称号に輝くのは、地殻中の平均濃度が10億分の1しかないレニウムだ。それほど希少なのだから、安定元素のなかで最も遅く発見されたというのも驚くにあたらない。レニウムは1925年に初めてサンプルが採取され、採取場所のライン川のケルト語名にちなんで名づけられた。世界総産出量は年間でたった40トンから50トン程度で、大半はジェットエンジンの部品用の超合金に使われている。

　レニウムとほぼ同じくらい希少なロジウムは、イギリスの化学者で物理学者のウィリアム・ウォラストンによって偶然発見された。1800年のクリスマスイヴ、ウォラストンと同じ化学者で裕福なスミソン・テナントは、スペイン領ヌエバ・グラナダ（現在のコロンビア）からジャマイカのキングストン経由で密輸された、400ポンド（181キログラム）の純度100パーセントに近い白金鉱石を受け取った。その価格は驚きの795ポンドだった——現在の貨幣価値に換算すると8万5000ポンドだ。しかしそれだけの価値のあるものだった。この白金鉱石を使って、ウォラ

ストンは自宅の研究室で可鍛性のある白金族を作る技術を開発した。ウォラストンはこの技術の詳細を死の直前まで20年近くも秘密にし、イギリスで唯一のプラチナ製造者として莫大な富を得た。

この白金鉱石を加工する過程で、ウォラストンとテナントはプラチナと化学的特性が似ている未知の金属をそれぞれふたつずつ発見した。ウォラストンは1802年にパラジウム（当時発見されたばかりの小惑星パラスにちなんで名づけた）を、1803年にロジウムを発見した。この希少金属を含んでいることが判明した塩が独特の赤色だったことから、ギリシア語でバラを意味する"Rhodon（ロドン）"にちなんで名づけられた。テナントは白金鉱石の水溶液からオスミウムとイリジウムを発見した。

毎年産出されるロジウムの大半は、自動車の触媒式排出ガス浄化装置や化学工業の触媒に使われている。とにかく光り輝く金属で、おまけに超希少なので宝飾品にうってつけなのだが、それができるのは裕福な人に限られる。本書を執筆している時点での金の1オンス当たりの価格は1819ドルだが、ロジウムは1万1500ドルもする。

希少性はものの価格を決める大きな要因だ。宝石のなかでトップクラスの希少性を誇るのがピンクダイヤモンドだ。そのひとつの〈ピンク・スター〉と呼ばれるものは、2017年の香港サザビーズでのオークションで、宝石としては過去最高額の7100万ドルで落札された。重量比で見ると、ブルーダイヤモンドもピンクダイヤモンド以上の価格で取引されることもある。もちろん最高品質の宝石の価値が高いのは、欠点がなくて魅力的だからというところにもある。

ダイヤモンドやエメラルドやアメジストよりもはるかに産出

量が少ないのに、そうした宝石のような派手さがないせいであまり知られていない鉱石も存在する。その代表例がペイン石だ。1950年代に発見された当初、形状がクロム不純物を含むコランダム（酸化アルミニウム）と同じだったので、ペイン石はルビーの一種だと考えられていた。ところがホウ素、カルシウム、ジルコニウム、アルミニウム、そして酸素を含有する複雑な化学組成を有することがわかった。赤褐色なのはクロムとバナジウムを微量ながら含んでいるからだ。ペイン石が希少なのは、ホウ素とジルコニウムは自然状態ではめったに結合しないためだ。ミャンマーのごく限られた地域でしか見つかっておらず、2004年の時点でカットされて宝石に加工された結晶はたったふたつしかない。しかし近年になって同じ地域で、数千個分のサンプルが作れるほどの原石が新たに見つかった。

　地球では6000種あまりの鉱石が確認されているが、そのなかで確固たる最激レアの座を得ているものがもうひとつ存在する。ビスマスとアンチモンと酸素の化合物であるチョートゥー石は、これまでたったひとつしか見つかっていない。この名前はヤンゴン大学の地質学者だったチョー・トゥー博士にちなんだものだ。この鉱石が発見されたミャンマー中央部のモゴック近郊ではペイン石も見つかっていて、多くのルビーやサファイア、そして多種多様な半貴石を産出している。このたったひとつのサンプルは現在はカットされ、わずか1.6カラット（0.3グラム）になり、ロサンゼルス自然史博物館に所蔵されている。

　ここまで述べてきた超レアな物質よりもさらに数が少ないものが存在する。しかもその物質は不安定で、形成されるとほぼ同時にばらばらになってしまう。それはアスタチンという元素で、フッ素・塩素・臭素・ヨウ素と同じくハロゲン族元素だが、この元

素だけはどんな形態になっても放射性だ。実際、その名前はギリシア語で"不安定な"を意味するastatosに由来する。

アスタチンはより質量の多い放射性元素の崩壊生成物として地球の自然界に存在する。85という原子番号が示すとおり、アスタチンの原子核には85個の陽子がある。元素が同じなら原子核内の陽子数はどれも同じだが、その元素の同位体は陽子数は同じだが中性子の数が異なる。アスタチンの最も安定している同位体であるアスタチン210ですら、その半減期は8時間強しかない。地球の地殻内にあるアスタチンを一気に全部かき集めても0.5グラムに満たないし、おまけにその半分は数時間のうちに放射性崩壊して別の元素に変わってしまう。さらに言えば、その0.5グラム足らずを頑張って集めたところで、アスタチン自体が放つ放射線の熱で瞬く間に蒸発してしまう[※]。

アスタチンが地球上で最も希少な元素である理由は、まさしくこの不安定さにある。これとは逆に、地球上で確認された最も希少な"出来事"は安定性が半端なく高い元素の放射性崩壊だ。2章で触れたが、イタリアの地中深くで行われた暗黒物質を探す珍しい実験では、半減期が180垓年のキセノン124の原子核分裂がしばしば確認されている。半減期とは、特定のタイプの原子核の半分が崩壊するまでにかかる平均時間のことだ。放射性崩壊は純然たるランダムなプロセスなので、ほかよりもずっと早く崩壊する原子もあればずっと遅く崩壊する原子もある。キセノン124は、測定済みの不安定同位体のなかで最も長い半減期を有する。

宇宙全体で見ると、わたしたちがいるちっぽけな岩の球では希少で価値が高いとされているものが、結局はそんなに珍しいものではないことがわかる。みずがめ座の方向の約900光年の

ところに、110億年前に誕生した地球サイズの天体がある。天文学者たちは、この天体を白色矮星と認識している。前にも触れたが、白色矮星とは核反応が止まって光も熱も放たなくなった、いわば恒星の燃えかすだ。しかしこの白色矮星は異例の存在だ。とんでもなく老齢なのでとにかく冷たくてぼんやりとした光しか発さず、もう視認することは不可能だ。それでもその存在を確認できるのは、その伴星のおかげだ。伴星のほうも同じく珍しいパルサーなのだが、このパルサーが安定して放つ電波パルスに影響を及ぼしているからだ。

　白色矮星は視認できないが、その重力でパルサーからの信号を周期的に遅らせていることで存在が明らかになった。研究者たちはこの白色矮星までの距離とその質量および年齢を、時間をかけて割り出した。質量は太陽よりわずかに大きく、惑星サイズの球状に圧縮された炭素だけで構成されている。存在が確認されている白色矮星のなかで温度が最低レヴェルで、炭素が結晶化するに足る2800℃しかない。ありていに言えば、この機能停止した恒星は、太陽の質量と地球の大きさを併せ持つ、全体がダイヤモンドでできた恒星のなれの果てだ。

テクノロジー
TECHNOLOGY

100京FLOPS

34 最速のコンピューター

わたしは幸運な男だ。何しろ偉大なるスーパーコンピューター設計者のシーモア・クレイと出会い、それどころか同じ会社で働いていたのだから。1975年に発表された〈Cray-1（クレイ・ワン）〉は、最も成果を挙げ、広く有名になった初期のスーパーコンピューターだ。しかし現在最先端のスーパーコンピューター、さらに言えばスマートフォンと比べてどうなのだろうか？

科学技術の各分野における進歩の速さでは、コンピューターが群を抜いている。平均的な人間の一生のうちに、コンピューターはとんでもないレヴェルにまで達した。〈コロッサス〉と呼ばれる、第二次世界大戦末期に開発された最初期の電子計算機は、連合軍に大きく利する兵器となった。1944年に作られたコロッサスは、ドイツ国防軍最高司令部とヨーロッパ占領地のあいだのやり取りに用いられていた最高機密の暗号通信を解読するためだけに設計され、バッキンガムシャーのブレッチリー・パークにあったイギリス軍暗号解読本部に設置された。その重量は1トンを超え、数十人体制で運用していた。戦争が終結するまでのあいだに、イギリス各地に10基のコロッサスが配置された。[1]

コロッサスへの情報入力には紙テープが用いられ、毎秒約5000文字のペースで供給された。2400本の真空管を使った世

界初のデジタル式電子計算機だったが、暗号解読というたった
ひとつの作業しかできなかった。世界初の"プログラム可能な汎
用電子計算機"〈ENIAC（エニアック）〉も、やはり軍事利用を念
頭に置いて設計された。1945年にペンシルヴェニア大学で完
成したENIACは、おもに合衆国陸軍弾道研究所の砲撃射表を計
算するために設計された。

　ENIACは途轍もなく大きかった。その存在を知ると、マスコ
ミ各社はENIACを"巨大な脳"と呼び、それがSF的なコンピュー
ターの典型的なイメージとして1950年代に定着した。大きさと
力の両方で巨大な、人間の頭の回転速度と知能を超える存在と
見なされたのだ。実際、ENIACはペンシルヴェニア大学ムーア
電気工学スクールの間口15メートル、奥行き9メートルの地下
室の大部分を占めるほどだった。構造としては、幅と奥行きが共
に60センチ高さ2.4メートルのU字形のパネル40枚が、三方の壁
に沿って並んでいた。1万7000本の真空管と7万個の抵抗器と1
万個のコンデンサーを備え、1秒当たりの命令実行数（IPS）は最
大で5000、その過程で174キロワットの熱を発生させた。

　現在の貨幣価値に換算して600万ドルを投入して合衆国政府
が完成させたENIACだったが、その時点で本来の使用目的だっ
た戦争は終わっていた。実際のところ、最初に課せられた実用
的な任務は水爆開発計画のための計算作業だった。1947年に
はメリーランド州にある陸軍のアバディーン性能試験場に移さ
れ、そこで1955年まで継続的に稼働されていた。合衆国陸軍は
1950年代にさらに2基の"巨大な脳"を作り、どちらも計算速度で
はENIACを凌駕していた。先に1951年にマサチューセッツ工科
大学で完成した〈Whirlwind I（ホワールウィンド・ワン）〉のIPS
は最大で2万だった。その6年後に登場し、冷戦期の防空指揮統

制システムを担った〈AN/FSQ-7 (Q7)〉は計算速度のハードル
を7万5000IPSに上げた。

　この頃になると、とくに科学とビジネスの分野でコンピュー
ターの用途が次々と考え出されるようになった。1960年代に
入るなり、かさばるうえにやたらと電力を消費し、おまけに焼損
しやすい真空管ではなく、半導体素子のトランジスターをベー
スにした新世代コンピューターの時代の幕が上がった。1960
年、IBMはトランジスター型コンピューター〈7090〉シリーズの
販売を開始した。価格は現在の2000万ドルに相当した。今も昔
も変わらないことだが、最先端のコンピューターを最初に導入
するのはもっぱら研究機関だ。7090の場合はロスアラモス国
立研究所だった。その最高計算速度は229KIPS (22万9000IPS)
だったが、同じ年にローレンス・リヴァモア国立研究所に導入
されたレミントンランド社製のUNIVACがそれをわずかに上
まわった。1961年に発表された〈IBM7030〉、別名"Stretch(スト
レッチ)"の最高計算速度は1.2MIPS (120万IPS)に達した。当初
設定していた速度を大幅に下まわったものの、それでも1MIPS
の壁を最初に破ったコンピューターとなった。

　コントロール・データ・コーポレーション社の主任設計者シー
モア・クレイが指揮を執って開発したCDC6600は世界で初めて
成功したスーパーコンピューターと評され、1964年から1969
年にかけて全競合他社を圧倒した。CDC6600は15MIPSの計
算速度を誇っていたが、後継機である、やはりクレイが設計し
たCDC7600に比べると見劣りする。CDC7600の計算速度は
36MFLOPSだ。MFLOPSとは"浮動小数点演算を1秒間に100万
回行える"という意味で、科学データ処理の分野でよく使われる
単位だ。

そのCDC7600も、CDC社を辞めてクレイ・リサーチ社を起こしたクレイが3番目に設計した大型スーパーコンピューターで、1976年に最初にロスアラモス国立研究所に導入された〈Cray-1（クレイ・ワン）〉に抜かれてしまった。Cray-1の速さにはいくつかの理由があった。処理速度の速い集積回路（IC）を使ったこと、そしてベクトル処理と呼ばれる新たなアーキテクチャーを利用したことだ。さらにはコンパクトな設計なので、信号がコンピューター内のさまざまな場所を移動する距離が最小限に抑えられている。昔のSF小説に登場する"巨大な脳"とは程遠く、リヴィングルームの隅に収まるほど小さく、C字形の中央キャビネットを囲む電源部分の上に座面が配され、実際に家具のように見えた。

　Cray-1は当時としては堂々たるスペックを誇っていた。最高計算速度は160MFLOPS、記憶容量は最大303メガバイト、メモリ（RAM）の容量は8メガバイトだった。基本価格は800万ドルほどで、現在の貨幣価値に換算すると3600万ドルだ。これは小さな会社にとっては大層な額で、わたしがクレイ・リサーチ社に入ったばかりの頃は、Cray-1が1基売れるたびに祝賀パーティーが催されていた。

　ところがそんなCray-1も、現在の基準から見れば滑稽なほど低能力に見える。スマートフォンの最高機種、たとえば1300ドル程度で買えるiPhone 13 Pro Maxと比較してみよう。その計算速度は732GFLOPS（1秒間に7320億回の浮動小数点演算を行う）、記憶容量は1テラバイト（1兆バイト）、RAMのメモリ容量は6ギガバイト（60億バイト）だ。つまり計算速度はCray-1の4800倍、記憶容量は3300倍、RAMのメモリ容量は750倍だということだ。それでいて価格は比べものにならないほど安いの

だ！

　ということは、iPhoneはスーパーコンピューターなのだろうか？　1970年代と1980年代の基準からすればそのとおりだ。しかしその名が示すとおり、スーパーコンピューターとはその時代で"スーパークラスの計算速度"を誇るコンピューターのことであり、現在のスーパーコンピューターの性能は現在最先端のスマートフォンなど、とてもではないが足元にもおよばない。現時点でのスーパーコンピューターのナンバーワンは、テネシー州のオークリッジ国立研究所にある〈Frontier（フロンティア）〉だ。Frontierは世界初の"エクサスケール"コンピューターだ。エクサスケールコンピューターとは10^{18}、つまり100京FLOPS（1exaFLOPS）以上の性能を誇るスーパーコンピューターのことだ。Frontierは6億ドルをかけて建設され、2022年に日本の〈富岳〉を王座から引きずり下ろした。

オークリッジ国立研究所にある HPE Cray EX スーパーコンピューター、
またの名を〈Frontier〉は、現時点での世界最高性能のスーパーコンピューターだ

過去数十年の世界最速のスーパーコンピューターと同様に、Frontierでも複数の高速プロセッサーとメモリユニットが調和して動作する。その結果"コンピューター・クラスター"が生まれた。コンピューター・クラスターとは実質的に密に連動するコンピューターの集合体であり、それがひとつにまとまって"超並列"と表現されるアーキテクチャーを有するコンピューターシステムとなる。こうした複数のハードウェアユニットが連結するシステムだけがあっても効率的に問題に取り組むことはできない。ソフトウェアも大幅に進歩させなければならないのだ。こうしたハードとソフトの両面の開発が進んだおかげで、Frontierのようなスーパーコンピューターは、たとえば気候シミュレーションなどの複雑なタスクをさまざまな個別の計算に分解し、そして同時にすべて実行できるようになった。

　Frontierも安閑としていられない。さらに高性能なスーパーコンピューターが開発中で、導入が進められているものもある。最初に追い抜くのはシカゴ郊外にあるアルゴンヌ国立研究所の〈Aurora〉だろう。2022年後半の時点で200基のキャビネットに9000の計算ノードを有するAuroraは、約2exaFLOPSの達成を目指していた。その用途としては低炭素技術の研究、蓄電池やより効率的な太陽電池に使用する新素材の開発支援、そして高エネルギー素粒子物理学や宇宙論や創薬のシミュレーションが挙げられる。

　アジアに眼を向けると、スーパーコンピューターのパイオニアである中国と日本がナンバーワンの座を猛追している。2020年代後半から2030年代にかけて、数十から数百exaFLOPSの能力を持つスーパーコンピューターが出現するだろう。計算能力は指数関数的な伸びを示していて、2036年頃にはzettaFLOP

（10^{21}もしくは10垓FLOP）のマシンが登場すると予想される。その先となると、2050年代初頭にはyottaFLOP（10^{24}もしくは1秄FLOP）の壁を突き破るかもしれない。yottaFLOPのスーパーコンピューターはexaFLOPSの域に留まるマシンの100万倍も速い。Frontierだったら半年かかるシミュレーションを、たった15秒でこなしてしまう。

スーパーコンピューターとは別に、量子コンピューターの開発も着手されている。これまでのコンピューターとは異なり、量子コンピューターは量子力学の奇妙な法則を使って動く。通常のコンピューターは"ビット"、つまり二進数で動作するが、それに対して量子コンピューターは"量子もつれ"と呼ばれる奇妙な現象で結びついた量子ビットで動作する。そうすることで、複数の答えが存在する可能性がある計算をする場合、量子コンピューターは実行中に自身のコピーを作って効率的に分割し、すべての答えを同時に調べることができる。

いずれ量子コンピューターは、桁数が桁外れに多い素因数（暗号の重要課題だ）の発見であるとか、2点間の最適経路を見つけるといった用途では、従来型をはるかに上まわる性能を発揮するようになるだろう。量子コンピューター開発の目標のひとつは"量子超越性"、つまり従来型のコンピューターでは実行不可能な、もしくは完了までとんでもない時間がかかるタスクを実行可能だと実証することだ。たとえば2020年、中国科学技術大学の量子コンピューター〈九章〉は、従来型では6億年かかるとされる物理学の問題を20秒で解いた。

コンピューターの進歩が教えてくれたものがあるとすれば、それは予測不能なことを予測することだろう。1970年当時、このときに存在したすべてのコンピューターを合わせた以上の処

理能力のあるデバイスを、これから半世紀かそこらのうちに誰もが持ち運ぶようになると、一体誰が予測できただろうか？

従来型であれ量子型であれ、未来のスーパーコンピューターは想像不可能なレヴェルの可能性を秘めていて、没入型テクノロジーや人工知能といった驚異の新技術によってさらに強化されるだろう。こうした進化は、地球温暖化を食い止め、その他の喫緊の脅威に打ち勝つための一助となるかもしれない。その一方で、これまで以上に高性能かつ高知能なコンピューターは、いとも簡単に、そして驚くべきスピードで、人類の存続を脅かす存在にもなり得る。

35 天まで届け

　最も高い古代建造物は"世界の七不思議"のなかで最も古く、なおかつほぼ無傷のまま現存する唯一の建物だ。砂漠の上に屹立するギザの大ピラミッドの高さは146.5メートルで、紀元前2600年頃に建造されて以来、3800年にわたって比類なき高さを保ちつづけた。その記録がようやく破られたのは、高さ160メートルのリンカン大聖堂が建てられた1311年のことだった。

　リンカン大聖堂の尖塔は1549年に倒れてしまい、16世紀から19世紀にかけてドイツやフランスで次々に建てられた教会が世界一高い建物となったが、かつてのリンカンの尖塔をしのぐものはなかった。この最高記録を破ったのは1884に建立されたワシントン・モニュメントだ。このオベリスクのような形状の威風堂々たる建造物は高さ169メートルで、記念碑としては世界最高を維持しつづけているが、建造物全般としてはたった5年でパリのエッフェル塔にその座を明け渡した。

　フランス革命100周年を祝う1889年のパリ万国博覧会の目玉として建造されたエッフェル塔は、ギュスターヴ・エッフェルの会社が設計した、錬鉄を格子状に組み上げた塔だ。建設中に高さ200メートルを超えた最初の建造物となったのちもどんどん高くなり、300メートルも超え、ついには330メートルに達した。

この世界で最も高い鉄塔を誰しもが歓迎したわけではなかった。そのデザインが発表されると、これは"黒くて巨大な工場の煙突"だと非難する声明が起草され、パリ在住の300人の著名な芸術家と知識人たちが署名した。

　元々の計画では、博覧会が終わると取り壊されることになっていた。しかし建設費の大半を負担していたエッフェルは、資金回収できるように20年間存続させる合意を取りつけた。この鉄塔で稼ぐには物議を醸す観光名所ではなく有用性のある建造物であることを示さなければならないと考えたエッフェルは、頂上にアンテナを設置し、初期の無線通信実験に資金提供した。すると長距離無線交信の送受信、とくに軍用面において大きな効果を発揮することがわかり、1909年までだったエッフェルの営業権は更新・延長された。

　エッフェルは塔の4階と最上階に天文学と気象学と生理学の研究室を作った。1909年には基部に設置された風洞で膨大な回数の空力試験が行われ、ライト兄弟の飛行機もポルシェの自動車もここでテストされた。

　厳重な安全対策が徹底されていたおかげで建設中はひとりの死者も出さなかったエッフェル塔だが、完成後は数人が命を落としている。1912年、ウィーン生まれのパリの仕立て屋フランツ・ライヒェルトが、パイロットが低空で飛行機から脱出する際に使用することを想定して自作したバネ式パラシュートスーツを装着し、1階から飛び降りた。パリ警視庁にはマネキンを使うと説明して実験の許可を取っていた。しかし運命の日、ライヒェルトはパラシュートスーツを自ら着て現場に登場した。彼は見事滑空して無事に着地できると確信していた。ところが残念ながら、パラシュートは一部しか開かず、ほとんどあっという間に

体に巻きついてしまった。ライヒェルトは石さながらに落下し、57メートル下の2月の凍える地面に激突し、浅いくぼみを作った。

　ライヒェルトの死の14年後、フランス陸軍の飛行士レオン・コロー中尉がエッフェル塔のアーチ状の基部を飛行機でくぐり抜けることができるかどうか賭けをした。コローの機は見事くぐり抜けたが、旋回時に無線アンテナにぶつかり、火の玉になってシャン・ド・マルス公園に墜落した。コローは墜落の衝撃には耐えたが、操縦席を包んだ炎で生きたまま焼かれて死んだ。

　ニューヨーク市でクライスラー・ビルディングが完成した1930年、エッフェル塔は世界一高い建物という王座から降りた。しかしこのニューヨークの摩天楼の在位期間も長くはなかった。明くる年、アールデコ様式の巨大なエンパイア・ステート・ビルディングが屋上高381メートル、アンテナ最頂部で443メートルという新たな高みを極めた。

　現在ニューヨーク市で最も高い建物は、9.11同時多発テロで破壊されたワールド・トレードセンターの跡地に建てられたワン・ワールド・トレードセンターだ。"フリーダムタワー"とも呼ばれるこのビルの尖塔を含む高さは1776フィート（541メートル）だ。このフィート高はアメリカ独立宣言が署名された年にちなんだものであり、屋上高も土地占有面積も倒壊した先代のビルと同じにしてある。

　2014年に完成したワン・ワールド・トレードセンターは合衆国および西半球全体で最も高い建造物だ。しかし東半球にはそれを超えるものがいくつか存在する。そのなかで最も高いのはアラブ首長国連邦のドバイにあるブルジュ・ハリファで、その高さはワン・ワールド・トレードセンターを大きく上まわり、尖塔

部の高さは828メートルもある。エッフェル塔の3倍、エンパイア・ステート・ビルディングの倍近い高さだ。

　160階建てのブルジュ・ハリファの頂点は雲を突き抜け、95キロメートル先まで見渡せる。140階まで上がれる一般用エレヴェーターは秒速10メートルで上昇し、地上階から124階にある展望室までたった1分で到着する。

　ブルジュ・ハリファ以外に、800メートルはおろか700メートルを超える建造物はまだない。600メートルまで下がると何とかふたつある——中国の上海中心（上海タワー）とサウジアラビアのメッカ・ロイヤル・クロックタワーだ。後者は超高層複合施設のホテル棟で、付近にあるイスラム教の聖地〈メッカの大モスク〉を訪れる観光客や巡礼者の収容を目的として建てられた。

　ブルジュ・ハリファを超える現在進行中のプロジェクトは、サウジアラビアのジッダ・タワーのみだ。完成すれば世界で初めて高さ1キロメートルを超える超々高層ビルとなり、文句なしの世界一となる。2016年に3分の1ほど完成した時点で労働問題が原因で建設は中断されたが、2023年に再開された。

　途轍もなく高いビルや建造物を建てるという夢物語のような計画は枚挙にいとまがない。世界最大規模の人口を抱え、その都市圏内に3700万人以上が暮らす東京でもいくつか提案されている。2015年に発表されたスカイマイルタワーは、東京湾を埋め立てて造った群島に高さ1700メートルのビルを建てるという計画だ。それをしのぐ野心的な計画が20年前に発表されていた——ギザの大ピラミッドの14倍の高さの建造物に75万人が暮らすという、清水メガシティピラミッドだ。これに負けないのが、1990年に発表された大成建設のX-Seed4000だ。こちらは富士山を模した形状の、富士山より224メートル高い4000メート

ルの超巨大かつ超々高層な建造物だ。高さが数キロメートルに及ぶともなれば、建物内外の気圧の変化と天候変動から居住者を護らなければならない。X-Seed4000の場合、太陽光発電を利用して建物内の適切な環境を一定に保つという提案がされている。

1992年に提唱された東京バベルタワーの高さは驚きの10キロメートルで、地上最高地点の座をエヴェレスト山頂から奪うものだ。建設には1世紀以上の歳月と22兆ドルの費用を要し、完成の暁にはおよそ3000万人が暮らすことになる。日本の首都における3つの遠大な計画は、どれも〈アーコロジー（完全環境都市）〉と呼ばれるものの例だ。この言葉はイタリア生まれのアメリカの建築家パオロ・ソレリが1960年代に考案した、建造物（アーキテクチャー）と生態系（エコロジー）を組み合わせた造語だ。アーコロジーは新たな大規模プロジェクトの多くで取り入れられているコンセプトで、環境への影響を最小限に抑えつつ、さまざまな居住区画および商業施設を作るというものだ。

高層構造物とは地上から上に向かって伸びる人工物のことであり、建造物とはかぎらない。誰でもわかる理由から高くする必要があるテレビとラジオ用の電波塔は、世界各地で長きにわたって最も高い構造物だった。ノースダコタ州ブランシャードにある高さ629メートルのKVLY-TV塔は、1963年に完成した当時はここより高い電波塔は世界に存在しなかった。11年後に680メートルのワルシャワラジオ塔が抜いたが、1991年に倒壊した。この王座返り咲きからブルジュ・ハリファが完成した2010年まで、ノースダコタ州は世界で最も高い構造物が建っている地でありつづけた。

構造物と"呼べる"もののなかで、現在建っている、あるいは

これまで構想されたことのあるものをはるかに凌駕することが可能な人工物がひとつだけある。それは宇宙エレヴェーターだ——宇宙エレヴェーターとは、地表に物理的に固定された人工物を使って宇宙空間に荷物を搬送するシステムだ。ロシアの物理学者でロケット研究者のコンスタンチン・ツィオルコフスキーが1895年に着想して以来、宇宙エレヴェーターはさまざまなSF物に登場し、人間を含めたさまざまな物体を地球の衛星軌道まで上げる実用的な手段として研究されてきた。その最新版は宇宙テザーと呼ばれるが、これもまた1960年にソ連の工学者ユーリイ・アルツターノフが考案したものだ。

　地上から垂直に伸びて漆黒の真空空間に届く、長さ3万5800メートルのケーブルを想像してみてほしい。この高度まで打ち上げられた人工衛星は地球の自転周期とまったく同じ周期で軌道上を周回するので、空の同じ地点からぶら下がっているように見える。この対地同期軌道にある物体と地表をケーブルで接続すれば、両端とも動かないので地上と宇宙を結ぶ移動手段として使用可能だ。しかしこれほどまでに長い宇宙ケーブルの製造には、技術面での問題が山ほどある。その最たるものは、ケーブルにかかる張力は極めて大きくなり、それに耐え得る強度と使用に不可欠な軽量性を併せ持つ素材がないことだ。それでも将来的にはカーボンナノチューブやダイヤモンドナノスレッドといった画期的な新素材が宇宙テザーの実用化につながり、その時点で人工構造物の高さの記録は完膚なきまでに打ち破られるだろう。

36 魅惑の機械

　1900年、ギリシアのアンティキティラ島の沖合で、海綿採り[スポンジ]
の潜水夫たちが古代ローマの沈没船を見つけた。この船から回
収された遺物のなかに、腐食した装置があった。それは2000年
以上前に作られたものにもかかわらず、構造にしても複雑に組
み合わさった各部品にしても時代を驚くほど先取りしたもの
で、現在では世界最古の計算機だと広く信じられている。
〈アンティキティラ島の機械〉の名で知られるこの装置は、縦34
センチメートル、18センチメートル、厚さ9センチメートルの
木製の枠に青銅製の連動歯車が各種収められていて、最も大き
な歯車の直径は13センチメートルで、元々は223個の歯がつい
ていた。X線分析した結果、合計37個の歯車が連動しているこ
とが判明し、おそらく太陽と月の動きを計算し、月が空を動く速
度の変化（地球から近いと早く、遠いと遅くなる）をシミュレー
トするものだと推測された[1]。

　この装置は紀元前3世紀から前1世紀にかけてギリシアの科
学者たちが作ったものにまちがいないが、同様の複雑な仕掛け
の装置が西ヨーロッパで再び登場したのは14世紀になってか
らのことだった。イングランドではウォリングフォードのリ
チャードが、そしてイタリアではジョヴァンニ・ディ・ドンディ

が天文時計を製作し、当時の各方面の科学技術の新境地を拓いた。ドンディが作ったものは〈アストラリウム〉と呼ばれ、時計とカレンダー、そしてプラネタリウムの機能を兼ね備えた時計だった。107個の歯車とピニオンが完璧に調和して動く〈アストラリウム〉は正確な時間と日付を刻むだけでなく、太陽と月、さらには当時存在が確認されていた5個の惑星、すなわち水星と金星と火星と木星と土星の動きも計算することができた。

　大昔に作られた精巧な機械はほかにもあるが、それほど実用的なものではない。古代ギリシアのロードス島は機械作りの中心地として名を馳せていて、とくに遊び心のある自動人形（オートマタ）で有名だった。紀元前5世紀の詩人ピンダロスはこう記している。「ありとあらゆる通り沿いに並んでいる人形は、石でありながら呼吸をしたり、大理石の足を動かしたりと、まるで生きているみたいだ」

　オートマタは時代とともに進化してより精巧になり、本物そっくりになった。12世紀のアラブ人博学者で発明家のイスマイル・アル＝ジャザリーは、驚くほど高度な機械仕掛けを製作していたことから"ロボット工学の父"と呼ばれることもある。1206年に著した『巧妙な機械装置にかんする知識の書』で、アル＝ジャザリーは見事にプログラムどおりに動く人間型オートマタについて述べている。そのなかで最も驚異的な仕掛けは、酒宴の客たちのための余興として、湖に浮かべたボートに乗せた4体の機械楽師たちだ。疲れることを知らない楽師たちは、幾十とおりもの表情や動作を見せつつ際限なく楽器を奏でつづけた。打楽器は初期のドラムマシンを思わせるもので、事前にプログラムしたさまざまなリズムやパターンをペグや小さなレヴァーで打ち鳴らす。

独創的で複雑な装置の着想だけが先走り、その製作に必要な工学技術が追いついていないという例もまま見られる。イギリスの数学者チャールズ・バベッジが発明した初期の機械式コンピューターもそのひとつだ。19世紀初頭、バベッジは星座表やさまざまな数学表がまちがいだらけなことに気づいた。すべて手計算で作成されたもので、したがってミスは避けられないからだった。そこでバベッジは、面倒な計算作業をより正確に、より早く、そして疲れ知らずに行う機械を作ろうと思い立った。1822年、バベッジはイギリス政府から助成金を得て、〈階差機関〉と名づけた無数の歯車とロッドを連結させた自動計算機の製作に着手した。ところが着手したはいいものの、完成することはなかった。実際に動く試作機の製作に果敢に取り組んだものの、肝心要の計算誤差は当時の工学技術の限界を超えるものだった。

　バベッジはさらに野心的な自動計算器の製作に眼を向けた。そのプロジェクトに、政府は1万7000ポンドの助成金を出し、バベッジも6000ポンドの私財を投じた。階差機関の基本機構を応用すれば、ジャガード織機で使われるようなパンチカードを介してプログラムが可能な汎用計算機を作ることができる。バベッジはそう考えていた。このはるかに高性能で、真の意味で世界初のコンピューターとなるはずの自動計算機は〈解析機関〉と名づけられた。しかしこれもまた実現することはなかった。「バベッジはあまりにも思慮が足らなかった」王立天文学会の当時の事務総長はそう述べた。「それでなくともその前の計画に嫌気がさしていた政府関係者たちに、新たな機械について検討するようごり押ししたのだから」首相のロバート・ピールもあまり乗り気ではなかった。「この件については、事前にいささか考慮が

必要だ。x^2+x+41のグラフを書く木製人間の製作に多額の国費を投入しようものなら、倹（つま）しい田舎暮らしを送る羽目になる」首相はこう漏らしている。

　結局、政府は支援を打ち切り、バベッジは失望し、苦境に立たされた。それでもその着想は後世まで残り、コンピューターの先駆けとして現在も生きている。完成することのなかった自動計算機の一部が、ロンドンの科学博物館で展示されている。1991年、バベッジの設計図を基に製作した階差機関が完成し、完璧に機能した[2]。

　最初の本格的なコンピューターは、理論面と実践面それぞれの研究から1930年代に誕生した。マサチューセッツ州ケンブリッジにあるマサチューセッツ工科大学のヴァネヴァー・ブッシュは、〈微分解析機〉と呼ばれる最初の近代的なアナログ式コンピューターを開発した。微分解析機は可動軸と歯車で長い加算と乗算を処理し、円盤上で回転するナイフのように鋭いエッジの車輪が、科学と工学における多くの問題を解く基本的なプロセスである積分を担った。微分解析機が騒々しい音をたてながら計算にいそしむ様子は、『地球最後の日』（1951年）と『世紀の謎　空飛ぶ円盤地球を襲撃す』（1956年）という人気SF映画で描かれている。

　同じ頃、同じくケンブリッジにあるハーヴァード大学では、ハワード・エイケンがブッシュとは異なるアプローチ、つまりアナログ（数量）式ではなくデジタル（数値）式の計算機の開発に取り組んでいた。エイケンの計算機開発は1937年から始まり、機械式のMark Iから完全に電子化されたMark IVへと進化させていった。第二次世界大戦末期、それまで計算機能を担っていた歯車などの機械的部品は真空管に取って代わられ、人類史上最も

驚異的な発明であるコンピューターの時代の幕が上がった。

　が、真空管は信頼性がとんでもなく低く、しょっちゅう焼損していた。1940年代から1950年代にかけての初期の電子コンピューターでは何千本もの真空管が協調して作動しなければならず、焼け切れたものを交換する作業が果てしなく続いた。1948年に半導体素子のトランジスターが発明されると電子コンピューターのサイズは劇的に小さくなり、コンピューターによる演算と、それにますます依存するようになっていく世界に革命をもたらした。

　さまざまなものをどんどん小さくする技術は、SFの世界では1世紀以上にわたって何度も取り上げられてきた魅惑のテーマだ。放射線や、テレビドラマ『巨人の惑星』のように時空の謎の乱れによって人間が偶然縮小してしまうというストーリーもある。飛躍的に進歩した科学技術を使って人間を縮小させるという設定もある。1966年の映画『ミクロの決死圏』では、潜水艇とその乗組員たちが微生物レヴェルに縮小されて患者の体内に送り込まれ、脳内の血栓を除去する。

　元々の状態を保ったまま原子レヴェルにまで縮小させる技術など存在しない。しかしより小さな、新たな部品を使うことで、小型化を飛躍的に進歩させることが可能になった。この小型化はトランジスターから始まり、続いて集積回路(IC)が登場した。1枚のシリコンチップ上に微細なトランジスターを配置することが可能になったことにより誕生したICはコンピューターのサイズを小さくし、性能をさらに向上させた。現代最先端の半導体チップは、親指の爪程度の面積に何十億個ものトランジスターが配置されている。現時点の最多記録はセレブラス社の〈ウェハスケールエンジン〉で、2兆6000億個のトランジス

ターがデータの処理や保存に使用できる個別のスウィッチと
なっている。

　現代テクノロジーの最先端に分子マシンがある。その名が示
すとおり、分子マシンとは単純な作業をこなすよう調整された
分子単体もしくは集合体のことだ。たんぱく質の合成を補助す
るリボソームや、別の分子を移動させるキネシンなど、分子マ
シンは自然界にも存在する。人工分子マシン（AMMs）はまだ開
発の初期段階にあるが、それでもさまざまな分子モーターやス
ウィッチ、理論ゲートの可能性が実証されている。『ミクロの決
死圏』に登場する微生物サイズの潜水艇は見果てぬ夢なのかも
しれないが、体内を巡って必要な部位にピンポイントで薬物を
投与したり、がん細胞を発見して破壊したりする〈ナノボット〉
は実用化の一歩手前まで来ている。

MACH6.7

37　最速

　現時点で人類最速の座についているのはジャマイカの短距離走者ウサイン・ボルトだ。2009年、ボルトは9.58秒という100メートル走の世界記録を樹立した。その平均速度は時速37.7キロメートル、60メートルから80メートルにかけては時速44.7キロメートルに達した。たしかに大記録なのだが、ダチョウと競争したら、さしものボルトも置き去りにされてしまうだろう。二足歩行動物のなかで最速を誇るダチョウの最高速度は時速70キロメートルで、さらに驚くべきことに、時速約60キロメートルというペースを30分にわたって維持することができる。

　しかしスピードという点では二足歩行より四足歩行のほうが優れている。陸上最速の動物はチーター以外にいない。身軽な体格と細く長い四肢、そして長い尾のおかげで、駆け出すと一気に時速100キロメートルに近い高速度に達する。インパラやスプリングボックといった獲物のほうが若干足は速いが、チーターには瞬発的な加速力と高い機動性という武器がある。

　水中では、最高速度時速110キロメートルで泳ぐ流線形のバショウカジキに勝るものはいない。しかし地球最速の動物からすればチーターもバショウカジキも歩行者に見える。さまざまな最速の座はすべて鳥類が独占している。水平飛翔、もしくは羽

ばたき飛翔部門では時速150 〜 170キロメートルの範囲でハリオアマツバメとチゴハヤブサ、そしてオオグンカンドリといった数種の鳥が王座を争っている。オオグンカンドリについては、翼面積と体重の比率が鳥類最大なところにも助けられている。急降下も勘案すれば、最速の座は1種に絞られる——ハヤブサだ。地上に獲物を見つけると、ハヤブサは驚異の時速389キロメートルで急降下する。

　人類の歴史の大半において、最速の移動手段は馬だった。しかし馬は足が速いとはいえあまり長くは走れず、走りすぎるとオーバーヒートしてしまう。解決策は一定の間隔で馬を乗り替えることだ。この馬のリレーの歴史は4000年近く昔にさかのぼり、古代世界のバビロニアやペルシア、中国、モンゴル、エジプトで用いられていた。近代で最も有名な例はアメリカ西部の〈ポニー・エクスプレス〉だ。大陸横断鉄道が開通する以前、ポニー・エクスプレスは大西洋岸と太平洋岸のあいだで最も早く郵便物を届ける手段を担っていた。

　馬車での北米大陸横断は25日かそれ以上かかった。南米大陸最南端のホーン岬を経由する海路（パナマ運河はまだ開通していなかった）より3週間早かったが、それでもかなり遅いものだった。ポニー・エクスプレスの場合、ミズーリ州までは鉄道を使用し、そこから16キロメートル間隔で置かれた中継所で馬を替えつつ昼夜を分かたず西に向かって走り、そしてカリフォルニア州に到達する。小さな郵便袋を10日かけて東海岸から西海岸まで運び、その運賃は1通あたり数ドル程度だった。ポニー・エクスプレスは1860年4月に運用が始まったが、わずか18カ月後の1861年10月、東西両岸を結ぶ電信線が利用可能になった数日後に閉鎖された。

移動速度が初めて馬を超えた乗り物は初期の列車だ。旅客列車時代の幕開けを飾ったリヴァプール・アンド・マンチェスター鉄道の最高速度は時速48キロメートルだった。しかし1850年のイギリスでは、蒸気機関車は客車を牽引しながら時速125キロメートルを出せた。これで人間は地上と水上で最速で移動できるようになった。1938年、より馬力のある流線形のマラード号が時速203キロメートルという蒸気機関車の世界最高速度に到達した。この記録はいまだに破られていない。

　最初の自動車の速度は馬車よりも遅く、しかもイギリスでは1865年に施行された赤旗法の規制を受けていた。この法律では、田舎道では時速4マイル（約6.5キロメートル）、市街地では時速2マイル（約3.2キロメートル）以上の走行は違法とされ、さらにはすべての自走式車両は前方60ヤード（約55メートル）の地点に赤い旗を持って歩いて先導する人員を配置することが求められた。"スピード違反"には10ポンドという高額の罰金が科せられた。赤旗法は1896年に撤廃され、制限速度は時速14マイル（約22.5キロメートル）に緩和された。

　人間が乗る乗り物の最速の座は長らく列車が保持していたが、1903年にフランスのゴブロン゠ブリリエが時速132キロメートルを記録し、初めて自動車がこの栄誉に輝いた。1906年、アメリカの蒸気自動車スタンレー・ロケットが時速200キロメートルに到達した初めての乗り物となり、世界最速の蒸気駆動の陸上車両の座を2009年まで守りつづけた。

　1920年代初頭、人類はさらに速い移動手段を得た——時速300キロメートル以上で空を飛ぶ航空機だ。陸海の移動手段が最速の航空機を追い抜くことはもうないだろう。1923年、航空機の最高速度は時速400キロメートルを突破した。第二次世

界大戦の勃発当初、2機種のドイツ空軍機が時速700キロメートルを超える速度を出した。そのうちのひとつのハインケルHe100は開発当初は世界最速の戦闘機だった。しかし理由は不明だが、生産が開始されることはなかった。原型機と試作機が19機だけ製作されたが、大戦中にすべて失われてしまった。もう一方のメッサーシュミットMe209は世界最速の単発プロペラ試作機で、プロパガンダの道具として使われた。

　大戦中、メッサーシュミット社が製作した3機種が最初に時速1000キロメートルで飛行した。そのうちのふたつはMe163コメートの2タイプだ。コメートは史上唯一のロケットエンジン戦闘機で、水平飛行で初めて時速1000キロメートルの壁を突破した有人航空機でもある。世界で初めて実戦配備されたジェットエンジン搭載機のMe262も同様の最高速度を記録したが、急降下時に限られた。

　大戦が終結すると、音速を超える速度を——"音の壁"を突破する速さを——最初に出す競争がすぐさま始まった。イギリスでは、ターボジェットエンジンを搭載したマイルズM.52を使って目標達成の取り組みが始まった。イギリス空軍省と合衆国間の協定に基づき、イギリスの高速機の開発研究と設計の詳細は合衆国に共有された。ベル・エアクラフト社はM.52の設計図を与えられ、それを叩き台にしてベルX-1の開発に着手した。したがってX-1の最終型にはM.52との類似点が多数見られた。

　1947年10月14日、合衆国空軍のチャールズ・"チャック"・イェーガー大尉はロケットエンジン搭載機ベルX-1を駆り、時速1299キロメートル、もしくは音速を6パーセント超えるマッハ1.06を達成した。翌月、イェーガーは時速1434キロメートル（マッハ1.17）で飛行し、自らが打ち立てた大記録を破った。こ

の当時、対気速度の限界を押し広げる熾烈な争いが合衆国各軍で繰り広げられていた。1953年11月20日、カリフォルニア州にあるエドワーズ空軍基地に拠点を置く合衆国航空諮問委員会（NACA）高速飛行ステーションのテストパイロット、スコット・クロスフィールドが操縦する、ターボジェットエンジンとロケットエンジンを搭載した海軍のD-558-Ⅱスカイロケットが時速2078キロメートルに達した。音速の2倍強、スカイロケットの設計速度を25パーセント上まわる記録だった。

　完敗を喫したイェーガーと同僚テストパイロットでエンジニアのジャック・リドレーは空軍による対気速度の王座奪還を決意し、〈NACAを泣いて悔しがらせる作戦〉に乗り出した。1953年12月12日、イェーガーはベルX-1Aで空に飛び立った。X-1Aは形状こそX-1に似ているが、ターボ駆動の燃料ポンプと新型の風防を装備し、胴体も長くなり燃料積載量も増した。イェーガーは高度8万フィート（約24.4キロメートル）まで上昇したところで加速し、マッハ2.44という世界最速記録を打ち立てた。しかしその直後、災難に見舞われた。機体がコントロールを失って上下左右に激しく旋回し、イェーガーにかかる重力加速度は8Gという危険領域に達し、ヘルメットを激しくぶつけてプラスティック製キャノピーにひびが入った。X-1Aはきりもみ状態で5万1000フィート急降下した。51秒後に2万5000フィートまで下がったところで空気の密度が高くなり、イェーガーは機体のコントロールを取り戻して無事着陸を果たした。イェーガーとリドレーは海軍の記録を破っただけではなかった。この世界最速記録の達成は、クロスフィールドが"世界最速の男"に指名されるはずだった有人動力飛行50周年式典を台無しにするタイミングでなされたのだ。

1950年代以降、陸上と水上と空中の世界最高速記録は達成されるたびにことごとく打ち破られてきたが、意外なことに21世紀に入ってからは新記録はひとつも樹立されていない。陸上での世界最速記録は、1997年にイギリス空軍の元戦闘機パイロットで退役中佐のアンディ・グリーンがジェットエンジン駆動のスラストSSCを運転して達成した時速1223.7キロメートルだ。同時にグリーンは、地上から離れずに音の壁を突破した唯一の人間になった。3つの最高速記録のなかで最も危険なのは水上だ。1930年以降、記録更新に挑戦した13人のうち7人が命を落とした。現在の最高速記録は、オーストラリアのモーターボートレーサーのケン・ウォービーが1978年に打ち立てた時速511キロメートルだ。ウォービーはシドニーにある自宅の裏庭で自作したジェットエンジン駆動の木製スピードボート〈スピリット・オブ・オーストラリア〉を、ニューサウスウェールズ州を流れるタマット川にあるブラワリング貯水池に持ち込んで新記録に挑んだ。

　空中の最高速記録は何を使って達成されるかで異なってくる。有人ジェットエンジン機のチャンピオンは、1976年に時速3550キロメートル（マッハ3.2）を成し遂げたロッキードSR-71ブラックバードだ。有人ロケットエンジン機の場合は、アメリカ航空宇宙局（NASA）のノースアメリカンX-15に乗るウィリアム・"ピート"・ナイトが1967年に高度10万2100フィート（3万1120メートル）で叩き出した時速7274キロメートル（マッハ6.7）だ。これ以上速く飛べる有人動力航空機は存在しない。それを超える速度を出せる有人移動手段はロケットで宇宙に打ち上げられたものか、無動力で大気圏に再突入するものだ。1981年11月4日、ジョー・エングルが操縦するスペースシャトル〈コロ

ンビア〉は、シャトルミッションSTS-2における大気圏再突入時に手動操縦による大気圏飛行の最速記録を樹立した。

自然界

THE NATURAL WORLD

THE NATURAL WORLD

2×10^{30}

38 多勢と無勢

　国連のデータを基にした世界の人口がリアルタイムでわかる
サイト〈Worldometer〉によれば、この章を書いている時点での
世界人口は80億人強だ。1950年は25億人、さらにさかのぼって
1920年は19億人だった。つまり、世界人口が現在の4分の1以下
だった時代に生まれた人たちがまだ生きているということだ。

　世界で最も人口が多い国のツートップは中国とインドで、両
国とも14億人ほどが暮らしている。推算では、人類史において
これまで1100億人以上が亡くなったとされており、したがって
これまで生まれてきた全人類のおよそ7パーセントが現在生存
しているということになる。

　紀元前1万年の世界人口は100万人程度だった。それが紀元1
世紀には2億人にまで膨れ上がり、そのうち100万人は当時の世
界最大の都市だったローマに暮らしていた。先史時代の世界人
口の推算は難しい。大規模集落の遺跡もなく、人口調査の結果ど
ころかいかなる文書記録もないからだ。いきおい人骨や化石や
DNA解析に頼るしかない。

　生物全般に眼を移そう。ある種の特定の時点での総個体数と
繁殖個体数のあいだには大きなちがいがある。もうひとつの重
要な要因は平均寿命で、先史時代の人間は今よりずっと短命

だった。400万年前から20万年前にかけての時代、アフリカの熱帯草原のみに生息していたわたしたち、およびヒト科の祖先たちの平均寿命は20年程度だった。つまりほぼすべてのヒト科の動物は、100年ごとに5回ほど完全に入れ替わっていたということだ。人類の未来がかかっていたこの長い年月のあいだ、わたしたちの祖先は10万人からわずか1万人のあいだで増減を繰り返していた。現在の保護状況の基準に照らし合わせると、ご先祖さまたちは絶滅の危機が増大している"絶滅危惧II類"か、もしくは近い将来に絶滅する危険性が高い"絶滅危惧IB類"に分類されるだろう。

　地球に生息している大型哺乳類のなかで、わたしたちヒトは個体数においては最大級だ。霊長類では文句なしのトップだ。このなかの最大のライヴァルはカニクイザルだが、驚くなかれ、このサルとヒトのかかわりには長い歴史がある。雑食性のカニクイザルは東南アジア各地に合わせて250万匹が生息していると思われる。ヒト以外の霊長類の例に漏れず、カニクイザルも生息地の喪失に見舞われている。ところがこのサルたちは機を見るに敏という性質と高い適応能力を有していて、餌づけされることもあれば人間の食べ物を奪うこともある。なので農家からは殊更に嫌われている。現在生息している霊長類のなかで野生の個体数がカニクイザルを超える種はほかにおらず、多くの場合は数千から数百といったところだ。

　現在、ヒトよりも個体数が多いと思われる哺乳類は2種のみで、どちらもわたしたちから多大な恩恵を受けている——ドブネズミとイエハツカネズミだ。もちろんどちらのネズミも害獣と見なされている。しかしマクロな視点に立てば、地球環境に悪影響を及ぼしてきた種は、ホモ・サピエンス以外はなかなか思い

つけないではないか！

　これもあたりまえの話だが、家畜やペットとして人間に飼い慣らされている哺乳類も無数に存在する。ウシは15億頭ほど存在し、その大多数はこの動物を神聖視しているインドと、ブラジルおよびアメリカ合衆国にいる。イヌは4億7000万匹、飼いネコは3億7000万匹程度だ。

　野生種の鳥類で最も個体数が多いのはサハラ以南のアフリカ原産のコウヨウチョウだと見られる。このスズメほどの大きさの小鳥は巨大なコロニーを作る。1本の木に、丹念に編まれた巣が何百、さらには何千個も吊るされることがある。ひとつのコロニーの総面積は十数平方キロメートルに及ぶこともあり、総個体数は数千万羽にのぼる。種としての総個体数は15億羽とされている。

　しかし脊椎動物全般に視野を広げると、総個体数が多いのは陸棲ではなく水棲生物だ。たとえば魚類だと、推定で全世界の海に約3兆5000億匹が生息していると思われる。確認されている魚種は5600ほどで、海水魚と淡水魚にほぼ均等に分かれている。そして最多個体数を誇る魚種の名前は、たぶんみなさんは耳にしたことがないだろう。ワニトカゲギス目ヨコエソ科のブリストル・マウスは小魚程度の大きさで、世界中の水深500メートル以上の深海に生息している。

　総じて、小さなものの数は大きなものより多いが、これは生物でも同じだ。脊椎のあるなしでみると、ない生物のほうがはるかに多い。存在が確認されている250万種の生物のうち、40パーセントにあたる100万種ほどが昆虫だ。しかし研究者たちは、存在が科学的に証明されていない昆虫はまだ無数に存在し、全体で1000万〜3000万種いるのではないかと考えている。

甲虫だけでおよそ40万種存在する。野生のチンパンジーと比べてみると、1頭につき1種以上の甲虫がいることになる。実際、甲虫こと鞘翅目は存在する動物種の約6分の1を占めている。アリは1万4000程度と種の数こそ少ないが、個体数で見れば昆虫の世界を支配していて、その総数は全世界合計で10兆匹とも10京匹とも言われる。すべてのアリを合わせた重量は全人類の総体重を上まわる可能性は大いにある。

　誰でも知っていることだが、地球には顕微鏡を使わなければ見ることができない微小生物が大量に存在する。最も小さく、最も原始的で、最も数が多いのは原核生物と呼ばれる細菌と古細菌だ。大腸に生息している細菌の数は、なんと驚きの40兆匹前後だ。ちなみに人間の体重の1〜3パーセントは微生物が占める。別の言い方をすれば、たとえば体重が70キログラムの人間なら、1〜2キログラム分の微生物を体内に抱えていることになる。地球上の細菌の総数は2×10^{30}、つまり200穣匹だ。その生物量を上まわるものは植物しかいない。小惑星の衝突などの天変地異や人間の愚行で地球上のすべての高等生物がほぼ絶滅してしまったとしても、細菌やクマムシやゴキブリといった耐性の強い生物は生き残るだろう。

　ヒトやネズミといった適応力のある種は今のところ繁栄を続けているが、絶滅の危機に瀕している種は多い。たとえばジャワサイは世界で75頭しか存在せず、そのすべてがユネスコの世界自然遺産のウジュンクロン国立公園にのみ生息している。モンゴルのゴビ砂漠にのみ生息するヒグマの亜種のゴビヒグマは個体数がどんどん減少し、とうとう51頭だけになってしまった。ヴェトナムとラオスのごく限られた森林地域にのみ存在し、1993年に発見されたばかりのウシ亜科のサオラは、野生のもの

で20頭ほどしかいない。サオラの飼育繁殖は幾度となく試みられてきたが、そのたびに数週間から数カ月のうちにすべて死んでしまった。

　動物および植物の絶滅種はますます増えている。エチオピアミズネズミの1927年しかり、キタスマトラサイの1960年しかり、ヨウスコウカワイルカの2002年しかり、最後の目撃例が比較的最近である種は多い。過去10年のうちに絶滅した種は数百を数え、そのペースは加速している。これまで地球は5度の大量絶滅の憂き目に遭っている。わたしたちは6度目の、そしてヒトを原因とする最初の大量絶滅のとば口に立っているに過ぎない。

　それでも希望はある。種によっては復活させることができるかもしれない。これはクローン技術や選抜育種といったバイオテクノロジーを駆使する、"絶滅種の再生"と呼ばれるプロセスだ。が、これは果たして妙案なのかという懸念もある。たとえば、絶滅した種を蘇らせると、現存種とその生態系に悪影響を及ぼすのではないだろうか。生物多様性の壊滅的な喪失を回避するには、ホモ・サピエンスとこの種が生息する生物圏の関係を根本的に変えるしか道はない。

39 地球の奥底へ

　ジュール・ヴェルヌのSF冒険小説『地底旅行』で、風変わりなドイツ人鉱物学者オットー・リーデンブロックと甥のアクセル、そしてアイスランド人ガイドのハンスは、アイスランドのスネッフェルス火山の火口から地下深く潜っていく。かなり下ったところで、彼らは大海原と恐竜時代から生きつづけている生物たちに遭遇する。この記述は当たらずとも遠からずだ。地球の超々深度に膨大な量の水が貯えられていることが判明したのだ。陽の光を一度も見ることもない奇妙な生物も発見されている。そして地球の内部の奥深くまで"潜り込む"手段も見いだされた。

　人類の夜明け以来、天然の洞窟は隠れ家や住居として利用され、古代には神話と風説の源だった。ギリシアのペロポネソス半島にあるアレポトリパ洞窟は、ハーデースが治める地下の冥府につながっていると信じられていた洞窟のひとつだ。地下には死者の魂が暮らす世界があるという迷信は廃れてしまったのかもしれないが、地中の奥底の状況は、物理的な意味でたしかに地獄を思わせる。

　洞窟探検は何千年もの昔から行われてきたが、洞窟そのものの科学的研究、つまり洞穴学の歴史は200年に満たない。19世

紀前半、スロヴェニア南西部にあるポストイナ周辺での洞窟探検を通じて、カルスト地形——石灰岩をはじめとした水溶性岩石が雨水に浸食されてできた地形——についての知識が飛躍的に進展した。トリエステ近郊にあるアビッソ・ディ・トレビチャーノ（トレビチャーノの深淵）は1840年に入り口から深さ320メートルまで探検され、以後60年にわたって世界で最も深い洞窟とされていた。

　現時点での最も深い洞窟は、ジョージアのアブハジア地方にある深度2212メートルのヴェロヴキナ洞窟だ。この洞窟の入り口は西コーカサスにあるガグラ山地の標高2285メートルにあり、1968年にソ連の洞窟探検家たちが発見した。現在確認されている世界最深クラスの4つの洞窟は、すべてこの地域にある。

　カルスト地形は地球の地表の4分の1を覆っていて、その多くは弱酸性の雨水が岩盤を浸食してできた"水路"だらけだ。カルストでは何万もの洞窟が発見を待っていると思われ、そのなかにはヴェロヴキナよりも深いものが十中八九ある。カルストの浸食洞窟の深さは、石灰岩の圧力が強くなって地下水の浸透が止まるところで決まるのかもしれない。

　そんな制限など、人の手で掘られた洞窟はものともしない。ヴェロヴキナを超える深度まで掘られた鉱山の坑道は20本存在する。その上位は南アフリカの6つの金鉱が占め、トップに立っているのはハウテン州にあるムポネン金鉱山だ。この鉱山の深度4キロメートルの最深部——エンパイア・ステート・ビルディングの10倍だ——への旅は、いくつかの段階を経て1時間以上かかる。終点の岩壁の温度は66℃と火傷しそうなほど熱いが、塩分を含んだシャーベット状の氷（氷スラリー）が送り込まれているので、坑道内の温度はなんとか30℃に保たれている。

岩の熱と圧縮圧があまりにも大きすぎる壁となり、この大深度では生命活動を営むことはできないと思えるかもしれない。ところが2008年にムポネン金鉱山の最深部付近の地下水から、*Desulforudis audaxviator*という細菌のサンプルが採取された。この名前は『地底旅行』でリーデンブロック博士が見つけた古書にあった暗号を解読したラテン語文〈Descende, audax viator, et terrestre centrum attinges（勇気ある旅人よ、下りよ。さすれば地球の中心に到達せん）〉にちなんだものだ。

　地下以外の低い場所はどうだろうか？　陸地で最も低い地点は海面下433メートルにある死海沿岸だ。しかし南極の分厚い氷の層の下にある陸地の大半は死海をあっさりと抜き去る。デンマン氷河の下にある岩盤は海面下3500メートル、つまりムポネン金鉱山の最深部に多少足らないところから始まる。地球の表面で最も低い場所はマリアナ海溝にある水面下1万1034メートルのチャレンジャー海淵でまちがいない。この深淵中の深淵に危険を覚悟で挑み、到達した冒険者は27人しかいない。その一番手はジャック・ピカールと合衆国海軍のドン・ウォルシュ大尉で、1960年に深海潜水艇〈トリエステ〉に搭乗して成し遂げた。映画監督のジェイムズ・キャメロンは2012年に〈ディープシー・チャレンジャー〉で、投資家で冒険家のヴィクター・ヴェスコヴォは2019年にパトリック・レイヒ、ジョナサン・ストルウらとともに〈DSVリミティング・ファクター〉で到達した。

　そうなると、チャレンジャー海淵は地球の中心に最も近いところまで人間が達した場所だと思えるかもしれない。しかしそれは地球は完全な球形ではないという事実を無視している。実際に最も近いのは北極海のグリーンランド沿岸に位置するリトケ海淵で、地球の中心まで6351.7キロメートルのところにあり、

チャレンジャー海淵より14.7キロメートル近い。

　幸い、生身の人間がそんなに深いところに直接潜っていかなくとも、地球の内部構造はさらに詳しく調べることができる。たとえば、地震や爆発で生じる衝撃波である地震波は地球内を突き抜けて地表を横断し、地質学版X線のような働きをする。地震波を使って調べた結果、地球内部は階層構造になっていて、最も外側は硬い岩石質の地殻、その内側にさらに厚く、上部と下部からなる半固体のマントルがあり、さらにその内側にある核も外核と内核に分かれていることがわかった。

　地殻の厚さにはばらつきがあり、大陸の下は30キロメートルから50キロメートル、海底下で5キロメートルから10キロメートルだ。地殻とマントルのあいだにはモホロビッチ不連続面（モホ面）と呼ばれる明確な遷移帯が存在する。地殻とマントル最上部を合わせた部分であるリソスフェア（岩石圏）の大半は硬い岩石だが、構造プレートとの境界ではマントル物質はより流動的になる。だから大陸同士が動いたり横に滑ったりするのだ。

　科学者たちはマントル物質のしっかりとしたサンプル、とくにモホ面の外側と内側の岩石を是非とも入手したいと願っている。しかしその願望を成し遂げるには地殻を貫通しなければならない。そこまでの深さに達している穴は、洞窟にしても坑道にしても存在しない。マントルからサンプルを採取するには、地殻とマントルの境界を越えるまで穴をまっすぐ掘るしかない。

　マントルまで掘削する最初の試みは、1960年代にアメリカの科学者たちが進めたモホール計画だった。ソ連も同様の計画を検討していると噂されていたため、当然のことながらマスコミはモホール計画を地上版宇宙開発競争のアメリカ側の努力だといち早く報道した。計画は、石油掘削船〈CUSS I〉をメキシコ

の太平洋岸沖にあるグアダルーペ島付近に航行させるところから始まった。〈CUSS I〉は4基の大型船外モーターを搭載しており、最新の音響技術を使って係留地点の位置決めをし、ジョイスティックで船外モーターを操って正確な掘削地点に船を固定することができた。

　先に述べたとおり、海洋地殻は大陸地殻の数分の1の厚さなので、海底を掘削することは理にかなっていた。その一方で、強い海流に常にさらされている状況で長いパイプを海底まで下ろし、そのなかにドリルの先端を送り込む方法を考えつかなければ、地殻の掘削を開始することはできなかった。岩石と泥からなる円筒形のコア試料を、どうやって無傷のまま大深度から引き上げるのかという問題もあった。

　モホール計画の科学者たちは慎重な手を選んだ——最初に地殻を少しだけ掘り、うまくいくかどうか確認することにしたのだ。試掘は5回行われ、最も深いものは水深3600メートルの海床を183メートル掘削した。得られたコア試料は価値が高いことが証明された。回収された堆積物と岩石の性質が、事前に行われた地震波調査の結果と一致したのだ。掘削の第一段階は大成功だと科学界も石油業界も大喜びした。が、その後は災難に見舞われた。第二段階で取るべき手法について、計画にかかわるさまざまな学術団体のあいだで意見が割れたのだ。費用に対する批判の声が上がり、おまけに毎度お馴染みの政治論争も巻き起こった。最終的に連邦議会はさらなる資金提供を否決し、モホール計画はとどめを刺された。それでも中止される前にマントルまで掘削する方法があることは示すことができた。

　1970年、ソ連もノルウェーと接するコラ半島で地殻を貫通する試み〈コラ半島超深度掘削坑〉に着手した。開始から約20年

後、深度1万2282メートルまで掘削した。これは現時点で地球で最も深い人工の穴だが、海洋地殻よりも厚い、35キロメートルと推定される大陸地殻の3分の1程度しか掘り下げていない。掘削装置が故障し、180℃という想定外の高温の岩石がプラスティックのような振る舞いを示し、それ以上の掘削がほぼ不可能になってしまった。

地殻を突き破り、マントルのまっさらなサンプルを採取する試みは現在も続けられている。それで得られる結果は途轍もなく大きな価値がある——何しろマントルは地球の質量の68パーセント、体積となると驚きの85パーセントを占めているのだから。地殻の岩石といったさまざまな物質の混入で変質していないマントルの組成を分析することができれば、太陽系の創生期に地球に融合した原料物質の詳細がわかってくるだろう。

2002年から2011年にかけて、東太平洋のある地点で4つの穴が掘削され、モホ面の直上にある冷えたマグマと考えられる、もろい細粒の岩石層に到達した。しかしこの最後の層は粘着性が強く、ドリルで貫通することは叶わなかった。2013年、その近くのヘス海淵での掘削調査でも、地殻最深部の頑強な岩石層に同じように阻まれた。直近の例では、日本の地球深部探査船〈ちきゅう〉が海床下3250メートルの深さまで掘削した。

リーデンブロック探検隊の足跡は、まだ最後までたどれていない。しかしヴェルヌの物語と同様に、地球の奥底に隠されている秘密のいくつかは火山が解き明かしてくれる。火山の奥にあるマグマ溜まりにはマントル物質と地殻の岩石が混ざり合ったものがあり、それが噴火するたびに地表にもたらされる。おそらく今後10年ほどのあいだに混じりけのないマントルのサンプルの採取は成功し、分析されることになるだろう。

40 歴史問題

　現生人類は30万年ほど前にアフリカで誕生した——この年月は宇宙の年齢の0.002パーセントほど、つまりその歴史からしたらついさっきのことだ。最古の集落が形成されたのは紀元前1万年、最古の文明にいたってはほんの紀元前4000年のことだ。世界中どこにいても瞬時にコミュニケーションが取ることができ、ワールド・ワイド・ウェブが発達した現在から見れば、6000年以上昔の文書記録が存在しないということはなかなか考えづらい。

　文字と複雑な話し言葉を発明する以前、わたしたちの祖先はさまざまなものを作り、かなり巧みな技術を駆使して音楽や絵画なども数多く創造していた。2008年、ドイツ南部シェルクリンゲンにあるホーレ・フェルス洞窟で、マンモスの象牙から作った人形が発見された。〈ホーレ・フェルスのヴィーナス〉と名づけられたこの人形は4万年から3万5000年前に作られ、女性の体つきを極端に誇張しているところから、豊穣のシンボルだったと思われる。人間の姿を描写したものとしては、これが最古の遺物だ。これに近い年代のものでは、やはり象牙を彫って作られた〈ホーレンシュタイン・シュターデルのライオンマン〉があり、こちらは全体的に擬人化されているが、当時のヨーロッパに生息

していたホラアナライオンの頭部を持っている。

　人間は集落を形成する以前から音楽を嗜んでいた。やはりドイツ南部のギーセンクレステルレ洞窟から、少なくとも4万2000年前に鳥の骨や象牙で作られたフルートが発見されている。穴の位置から、はっきりとしたメロディを奏でることができたことがわかり、宗教的儀式や純粋な娯楽に用いられていた可能性がある。スロヴェニアのディヴジェ・バベ洞窟で発見された〈ネアンデルタール人のフルート〉はさらに古く、ホラアナグマの骨で作られた5万年前のものだ。4つの穴で現代の音楽で使われている全音調とぴったり一致する音を奏でることができたのは注目に値する。

　絵画もまた数万年前に開花した。南アフリカの西ケープ州にあるブロンボス洞窟で、赤い絵の具のようなものを入れていた痕跡のあるアワビの貝殻が2枚見つかった。その近くで、旧石器時代の祖先たちが絵の具作りに使っていたと思われるオーカー（顔料となる黄土）、骨、木炭、そして石器のハンマーと石臼も発見された。現在確認されている最古の絵画は、インドネシアの人里離れた谷にあるリアン・テドング洞窟の壁面に濃い赤のオーカーで描かれた、実物大のイノシシの絵だ。しかし壁面に付着していた炭酸カルシウム堆積物を分析したところ、4万5500年前という正確な年代を割り出すことができた。つまりこの絵は少なくともこの頃に描かれたもので、さらにもっと古いものなのかもしれない。

　ヒト科の動物が作った最も古いものは石器で、切る、刻む、削るなどの作業に用いられていた。そのなかでも最古の石器は、ケニアのトゥルカナ湖西岸で発見されたロメクウィ石器だ。この石器を作ったのは、ヒト科ヒト属が出現する以前の約330万年

前のアフリカのサヴァンナに生息していた種だ。

　地球が誕生してからの45億年あまりの全歴史を1年で表現すると、原初のヒト科の祖先が現在の類人猿たちから分岐したのは14時間30分前のことだ。解剖学的見地から見た現生人類が出現したのは30分前だ。長い長い地球の歴史、さらにはその3倍も長い歴史を有する宇宙のなかでは、わたしたちは新参者だ。

　地球上で確認されている最も古い鉱物は、西オーストラリア州にあるジャック・ヒルズ鉄鉱山の堆積岩から見つかったジルコン結晶だ[*2]。この結晶は原初の地球の溶解状態の表面が冷えて固まってから間もない44億年前に形成された。これより古いものも発見されているが、それは地球以外のどこかからやって来たものだ。

　最近のことだが、スコットランドにあるダンディー・サイエンスセンターで展示会を開いているときに、わたしはグロスターシャー州にあるウィンチカムという町のとある方の訪問を受けた。2021年2月28の夜、このコッツウォルズのはずれにある閑静な田舎町は、世界中とまではいかないまでもイギリス中の注目の的になった。ウィンチカムの周辺で隕石の落下が目撃されたのだ。隕石は粉々に砕け、破片のひとつがロブ・ウィルコック氏の家の私道に落下し、小さなクレーターをこしらえた。わたしを訪ねてきたのはウィルコック家の隣人で、現在は隕石の3つの破片を所蔵している町の博物館のヴォランティアスタッフだった。隕石落下の目撃例は極めてまれで、ウィンチカムの隕石は炭素質コンドライトという珍しいものだということが判明した。分析した結果、炭素質コンドライトは46億年前、太陽系星雲で惑星が形成されている頃に、原初の太陽の周りを周回していた原始の星間物質から形成されたものだとわかった。

太陽以外の恒星や惑星のなかには太陽系が誕生する以前から存在するものが多数ある。宇宙が誕生したばかりの頃、そこに存在するものはふたつの最も軽い元素、つまり水素とヘリウムでほぼできていた。したがって、この時期に形成されて現在も存在する天体は、すべて"金属欠乏星"であるはずだ。確認のためにまた言っておくが、天文学では水素とヘリウムより重い元素はすべて"金属"（もしくは重元素）と呼ばれる。したがって一般的な意味においては金属とは定義されない炭素や酸素も金属とされる。

　てんびん座の方向に190光年ほど離れたところにあるHD 140283は、"メトシェラ星"として広く知られている。メトシェラとは旧約聖書に登場する、969歳まで生きたとされる超長寿の人物だ。2013年の研究で、この天体の年齢は145億年±8億年の可能性があることが示された。問題は、宇宙そのものは138億年ほど前に誕生したと考えられているところだ。宇宙より古い天体などあるはずがないではないか？　最新の恒星モデリングの理論的研究により、メトシェラ星の年齢は137億年に下方修正された。とんでもなく長寿の星であることに変わりはないが、これで少なくとも天文物理学者たちを悩ませる存在ではなくなった。[3]

　HD 140283などの超金属欠乏星は第二世代の恒星だと考えられている。水素とヘリウムのみで構成された宇宙最初の恒星たちは、おそらくサイズも質量も非常に大きく、短い生涯を駆け抜けたのちに超新星になって爆発したのだろう。こうした原初の恒星の破片には、自壊して爆発する以前に内部で形成された、水素とヘリウムよりも重い元素が微量ながらも含まれていたと思われる。メトシェラ星のような第二世代の恒星に少量の"金

属"が確認されているのはそのためだ。2021年12月に打ち上げられたジェイムズ・ウェッブ宇宙望遠鏡に寄せられる期待のひとつは、宇宙の夜明け後に最初に生まれた恒星が放つ光を垣間見ることだ。

　年齢という点で見れば、宇宙の始まりであるビッグバンよりも古いものは存在しない。原初の大爆発の1秒から2秒のあいだの宇宙の温度は想像もつかないほど高く、放出された放射線のエネルギー量にしても同様だった。しかしこの火の球の残骸は、138億年という長きにわたって膨張していくうちに冷えていった。別の見方をすれば、創造の瞬間から現在までのあいだに時空が引き伸ばされ、ビッグバンで放たれた放射線の波長も途轍もなく長くなったということになる。

　現在、天空のあらゆる方向からやって来る宇宙創世の輝きはスペクトルのマイクロ波領域に遷移し、絶対零度からわずかに2.7度高いところを示している。これは1960年代に発見された宇宙マイクロ波背景放射と呼ばれるもので、これまでわたしたち人類が遭遇したなかで、そしておそらく今後も遭遇すると思われるなかで最古の現象だ。

10⁻³⁵m

41 極小

　あなたがコビトジャコウネズミだとしたら、危険に満ちた生活を送ることになる。何しろ体長4センチメートルでトランプ1枚ほどの体重しかないのだから、格好の餌食だ。しかしこの世界最小クラスの哺乳類が抱える最大の問題はそこではない。代謝率が図抜けて高く、自分の体重の8倍もの量の餌を毎日食べなければならないところだ。冬眠したら、そのあいだに餓死してしまう。だから冬になると巧妙な手を使ってエネルギー消費量を抑える——脳を小さくするのだ。ひげから得る情報を処理する脳の感覚部位の神経単位を4分の1以上減らし、冬が終わって春が到来するとニューロンを再生させる。

　キューバ原産の世界最小の鳥、マメハチドリもせわしなく飛びまわる生涯を送る。1秒間に80回ほども羽ばたくのでハチにまちがわれることもしばしばで、オスの羽ばたき回数は求婚期になると1秒間に200回にもなる。体重は2グラムにも満たず、25セント硬貨ほどの大きさの巣にコーヒー豆大の卵を産む。

　脊椎動物のなかで最も小さいのは、ハエほどの大きさの*Paedophryne amauensis*というカエルだ。2009年にパプアニューギニアを探検中の科学者たちによって発見されたこの極小のカエルは、成体になっても体長は8ミリメートルに届かない。

最少の昆虫は一般的にコバチと呼ばれるものの仲間の *Dicopomorpha echmepterygis* という寄生バチで、その大きさは肉眼でぎりぎり確認できる程度だ。オスには眼も翅もなく体長は8分の1ミリメートルしかない。これ以上小さいものを見るには何かしらの人工補助器具が必要だ。

　歴史上、最初に拡大レンズを使ったのはイングランドの司祭で哲学者のロジャー・ベーコンだ。1268年の著書でベーコンは、ガラス球を使えば歪んではいるものの人間の視覚の限界にあるものが見えると述べた。レンズを組み合わせて倍率を上げるというアイディアは、ヴェローナのジローラモ・フラカストロが1535年に著した『*Homocentricorum sive de Stellis*』で言及している。

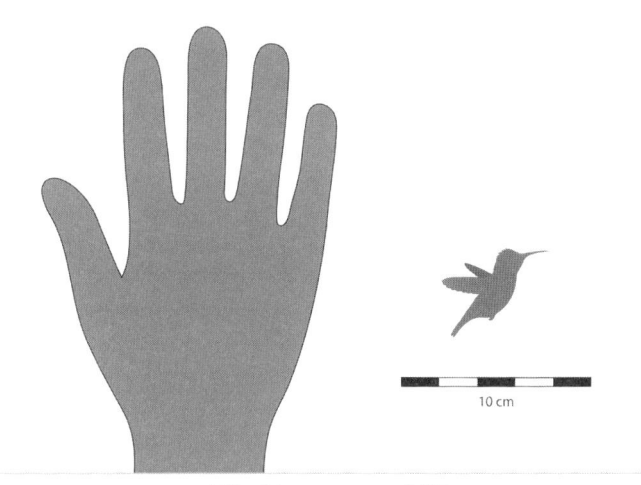

10 cm

人間の手とマメハチドリの比較図

そして16世紀末になると最初の複合顕微鏡が登場し、ミクロの世界を探索する道が拓かれた。ロバート・フックの『ミクログラフィア』(1665年)には、この最新の光学機器を通して見た昆虫の眼や植物の精巧な図版が掲載されている。フックが植物を詳細に観察して"細胞(cell)"を記述したことは有名だが、これは顕微鏡で見たものの様子がハチの巣の"巣室(cell)"に似ていたことからつけた造語だ。

フックの眼を瞠るような図版集が世に出てから10年ほどのち、ネーデルラント(現在のオランダ)の顕微鏡研究家アントニ・ファン・レーウェンフックが、イングランドの王立協会に宛てて大量に書いた手紙のなかの1通で、細菌と原生動物(植物でも動物でも細菌でも菌類でもない単細胞生物)を発見したとしたためた。レーウェンフックが自作した顕微鏡は解像度も明確さも高く、その時代の技術の何年も先を行くものだったので、彼の発見は当初は疑いの眼で見られ、否定された。

現在3万種以上の細菌が確認されており、そのなかの最小のもののサイズはわずか数百ナノメートル(10億分の1メートル)だ。ウイルスはさらに小さく、ものによっては20ナノメートルしかないが、ウイルスは生物とは見なされていない。

さらにサイズが小さくなり、電子顕微鏡だけが入り込める領域では、DNAやたんぱく質などの高分子、そしてさらに小さな分子を確認できる。世界最高性能の電子顕微鏡は、10分の1〜10分の5ナノメートル(0.1〜0.5ナノメートル)の大きさの原子を識別可能だ。

原子の中心には原子核があり、そこに原子のほぼすべての質量が陽子と中性子というかたちで存在する。原子は途轍もなく小さいが、原子核の直径はその1万分の1だ。原子核がラズベ

リー大だとしたら、原子はフットボールスタジアムほどになる。

　陽子は想像を絶する小ささで、わずか1.7フェムトメートルしかない。フェムトメートルは10^{-15}メートル、つまり1000兆分の1メートルだ。1964年以前、陽子と中性子は電子と同様の素粒子であり、つまりそれ以上小さく分割できないものだとされていた。現在では、それぞれにクォークという粒子が3個含まれていることがわかっている。

　素粒子の世界を最もよく説明する理論とされる〈標準モデル〉では、クォークや電子といった本当の意味での素粒子は空間の"点"に過ぎない。何の広がりもないものを実際に測定することなどできない。せいぜいできることと言えば、さまざまな素粒子を陽子にぶつけてその構成要素を詳しく調べることぐらいだ。ドイツのHERA衝突型加速器——史上最高性能の電子顕微鏡だったが、現在は解体されている——で行われた実験により、最大で陽子の大きさの2000分の1というクォークの直径の上限が新たに設定された。その陽子の大きさは水素原子の6万分の1、そして水素原子はDNAらせんの直径の40分の1、DNAらせんの直径は砂粒1個の100万分の1程度だ。

　標準モデルでは、クォークや電子などの素粒子は大きさのない点だとされる。が、標準モデルは完全なものではない。宇宙についての極めて重要な疑問を——どうして物質がこれほど多く、反物質がこれほど少ないのか？　暗黒物質（ダークマター）と暗黒エネルギー（ダークエネルギー）とは何なのか？——解き明かすものではないからだ。

　素粒子は極めて小さいがゼロではない。そしてより小さな自然の構成要素は存在する——そんな新たな事実を見せてくれる、新たな物理学の登場が待たれる。超対称性や弦理論といっ

た、標準モデルの先を行く理論では、クォークと電子の有限サイズを予見している。Rishonモデルと呼ばれる理論では、クォークはプレオンというさらに小さな単位3個で構成されているとされる。超弦理論では、物質の基本的な構成要素はゼロ次元の粒子ではなく振動する一次元の"ひも（弦）"だとされる。では、その"ひも"の長さはどれくらいなのだろうか？　存在するとしたら10^{-35}、つまり1000溝分の1メートルだという。原子を太陽系の大きさに拡大しても、"ひも"は樹木よりも小さい。

　超の上にさらに超を重ねる究極の超極小宇宙を説明する弦理論では、"ひも"は空間を移動し相互作用する。そしてヴァイオリンの弦のように振動する。大宇宙にいるわたしたちには、"ひも"は粒子のように見えるだろう。そして"ひも"の質量や電荷などの特性は振動状態で決まる。10^{-35}メートルという長さは、物理学的に意味を成す最短の長さだと仮定される。これはプランク長と呼ばれ、量子レヴェルで重力の影響が顕著になる距離を指す。実際のところ、"ひも"の振動状態のひとつは重力を運ぶ仮想粒子である"重力子"に対応している[2]。

　宇宙を最小のスケールで理解するには、最終的には重力を量子力学に持ち込まなければならないことがわかっている。そのためのアプローチのひとつが弦理論だが、候補はほかにも数多くある。素粒子物理学では、宇宙を最小単位でより深く理解するべく、標準モデルを超える新たなパラダイムを追求する実験と理論の両面の研究が続けられている。

42 敏感な器官

　人間の視力は20/20（メートル法では6/6）であれば正常とされる。これは視力1.0の人間が20フィート（6メートル）離れて見える文字を20フィートの距離から見えることを意味する。人間の視力の限界は、一般的に20/10程度と言われている。つまり視力1.0の人間が10フィート（3メートル）以内に近づかないと見えない文字が20フィートの位置から見えるという優れた視力だ。しかし動物界にはもっと眼のいい動物がいる。

　最も優れた眼を持つのはワシやタカといった猛禽類で、その視力は20/5から20/4だ。猛禽類はウサギやリスなどの小さな獲物を3キロメートル以上離れたところから見つけることが可能だ。この視力を人間に置き換えると、10階建てのビルの屋上から道路を見下ろして、そこを這っている1匹のアリを見つけることができるということだ。猛禽類の眼は別の点でも人間のものより優れている。ワシは光スペクトルの左端の外、つまり紫外線A（UVA）を見ることができる。この能力を使えば尿の跡を確認して、近くにいるかもしれないネズミを捕らえることができる。

　ワシの頭は人間よりずっと小さいが、そこに人間と同じサイズの眼球がはまっている。その眼球は眼窩に固定され、焦点はふ

たつある——ひとつは前方に、もうひとつは約45度横に合わせてあり、前方と横を同時に見ることができる。また、眼球は頭骨に対して斜めにはまっているので、周辺視野は人間よりかなり広い。

夜目が利く動物と言えばネコやフクロウを思い浮かべがちだ。人間の眼は1ルクス（1cdの光度の点光源を中心とする半径1メートルの球面の照度）程度の光がないと機能しない。飼いネコは0.125ルクス、フクロウならその10分の1以下の光でも大丈夫だ。しかし夜間視力という点では、哺乳類も鳥類も全種ひっくるめて圧倒する昆虫がいる。フンコロガシの眼は1万分の1ルクスの光のなかでも見ることができるし、クマバチの一種*Xylocopa tranquebarica*にいたってはわずか0.000063ルクスしか必要とせず、月のない夜でも飛翔して餌を探し、色さえ識別できる。

最も驚くべき視力を有するのは、最も人気のない昆虫で夜行性のゴキブリだ。フィンランドのオウル大学の研究者たちは、ゴキブリの夜間視力がどれほど優れているのか調べてみた結果、まさしく驚きの結果が出た。ゴキブリは個々の光子、つまり光の粒子を集めて一定期間保存し、脳のなかに長時間露出の写真とも呼ぶべきものを作り出すのだ。人間を含めたほぼすべての生物にとっては真っ暗闇でも、首尾一貫した画像に変える驚異の視力がある。

眼の複雑さという点ではシャコ目に勝る生物はいない。2個の複眼はそれぞれ独立して回転する眼柄（がんぺい）に取りつけられ、それぞれ3つの瞳孔で奥行きを測る。色を識別する錐体細胞は、人間の眼には赤と緑と青の3つしかないが、シャコの眼には12から16種類もある。紫外線も見ることが可能で、生物のなかで円偏光（あらゆる方向ではなく、一定の方向にのみ円を描くようにし

て振動する光)を感知できるのはシャコ目だけだ。

　1章では、どれほど低い音を聴き取ることができるのかを論じた。ではその反対側の音はどうだろうか？　人間の可聴域は20Hzから2万Hzだ。可聴域の下限と上限を超える音は、それぞれ可聴下音(超低周波音)と超高周波音と呼ばれる。超音波の領域では、聴き取れる音の高さと広さの点ではハチノスツヅリガがトップに立つ。少なくとも30万Hzの音を感知することができ、この図抜けた聴力が生存に必要不可欠なものとなっている。このガを餌とするコウモリは高周波を使って獲物を探す。そしてハチノスツヅリガのほうはコウモリの反響音を聴き取れるように進化し、生存競争で一歩先を行くようになった。このガはあらゆるコウモリが放つ高周波音を感知することができる。おまけにその聴力はかなり正確で、コウモリの反響定位(エコーロケーション)音とハチノスツヅリガが交尾の際に発する高周波音を聴き分けることができる。

　4章のテーマである小さな音については、人間が聴き取ることができる音の大きさの下限は0dBだ。イヌ科とネコ科の動物たちが敏感な聴力を有していることは想像に難くない。何メートルも離れたところにいる獲物が発する、−15dBというかなりかすかな音を感知することができるのだ。さらにはイヌ科もネコ科も耳を回転させて音を聴き取りやすくする。コウモリのなかにも、近くで動いている昆虫の足音を感知できるほど敏感な聴覚を持つ種もいくつか存在する。

　人間の五感で認識される世界は、もっぱら視覚と聴覚で成り立っている。人間の嗅覚は、ほかの多くの種と比べてかなり貧弱だ。周囲の環境を感知する際に嗅覚に頼らなくてはならないとしたら、わたしたちは迷子になってしまうだろう。嗅覚で真っ

先に思い浮かべるのはイヌだ。イヌはさまざまなにおいを嗅ぎ分け、識別する能力に長けている。人間の1万倍から10万倍も鋭い嗅覚は、行方不明者の捜索や空港での違法物質の探知で威力を発揮している。人間のよき仲間であるイヌの鼻が人間のそれを凌駕するのは驚くにあたらない。嗅覚受容体の数は、人間の600万個に対してイヌは3億個だ。そして嗅覚のみを処理する脳の部位である嗅球の大きさは約40倍だ。

　鼻の機能も人間とは異なる。人間は鼻から吸い込んだ空気を同じ気道を通してにおいを嗅ぎ、呼吸に使う。イヌの場合、鼻腔内のひだ状の組織がにおいの嗅ぎ取りと呼吸の機能を分離させる。耳から息を吐き出す場合、人間は吸い込んだときと同じ気道を使い、したがって入ってくるにおいを押し出してしまうことになる。これがイヌだと、呼吸を終えた空気は鼻の横の細長い開口部から放出される。そのとき空気は渦を巻いて吐き出され、鼻のなかに新たなにおいを取り込むことができる。つまりほぼ継続的ににおいを嗅ぐことができるということだ。

　ゾウが陸上動物のなかで最も優れた嗅覚を持つという事実は、あの長い鼻を考えればあたりまえのことだと思える。嗅覚能力を測るもうひとつの尺度は、においの検出のみにかかわる遺伝子の数だ。ゾウの嗅覚受容体の遺伝子数は2000個で、イヌの2倍、人間の5倍も多い。ゾウはケニアに暮らすふたつの民族の人間をにおいだけで識別することができる——槍でゾウを狩ることがあるマサイ族と、ゾウに危害を加えることはめったにないカンバ族を嗅ぎ分けるのだ。

　サメの嗅覚は伝説的なものになっているが、ほかの伝説と同様に誇張されがちだ。1.6キロメートル先の人間の血のにおいも、オリンピックサイズの競泳用プールに垂らした1滴の血の

においも嗅ぎ取ることはできない。いずれにせよ、『ジョーズ』に出てくる獰猛なサメとはちがい、現実のサメはとくに人間を獲物として狙っているわけではない。それでも鋭い嗅覚を持つ種もいることは事実だ。脳全体の4分の1近くがにおいの処理に使われているのだから当然と言えば当然だが。

嗅覚と味覚は密接な関係にある。自然界の"ソムリエ"のなかで群を抜いているのはナマズだ。平均的な人間は舌に5000個ほどの味蕾があるが、ナマズは17万5000個が、しかも全身にあると言われている。

触覚もまた生物が周囲の状況を把握する手段のひとつだ。この感覚に優れる動物としては、奇妙な見た目のホシバナモグラが挙げられる。その名のとおり鼻にある星の形をした部位は2万5000を超えるアイマー器官と呼ばれる触覚受容体に覆われていて、獲物の発見と識別に使われる。

人間に備わっている五感、つまり視覚、聴覚、嗅覚、味覚、そして触覚以外の感覚を備えている動物は数多く存在する。ヘビのなかには、眼の下にピット器官という赤外線受容器官を持っている種がいる。ピット器官は最大1メートル離れたところにいる動物が放つ熱を感知することができる。その熱の情報は脳内で視覚情報と結合され、周囲の明るさに関係なく獲物に狙いを定めることを可能にする。

カモノハシはさまざまな点でユニークな動物だが、そのなかでも奇抜なのは餌になる小型無脊椎動物が放つ電気的インパルスを探知するという能力だ。くちばしには、4万個近くの電気センサー細胞が縞状に並んでいる。水中を潜りながら電気探知機がついたくちばしを左右に振り、泥で濁って暗い川底でも獲物を見つけることができる。

地球の磁場の力を借りて移動する動物もいる。サケやウミガメといった多くの回遊性動物は磁覚を有し、それをコンパスのように使って何千キロメートルもの道のりを正確にたどることができる。こうした旅にとくに長けている鳥類はハトだ。くちばしのなかに磁鉄鉱（マグネタイト）を含む構造があり、これが空間定位と地理的位置の驚異の認識能力をもたらす。ミツバチも地球の磁気を利用して蜜のある花まで翔び、大気中の電磁波を感知して雷雨を避ける。

43 大噴火

　近年の火山噴火で最大級に凄まじかったのは、シアトルの南150キロメートルに位置するセント・ヘレンズ山の大噴火だ。1980年5月18日（日曜日）の午前8時32分、この火山でマグニチュード5.1の地震が発生し、北側斜線で大規模な山体崩壊が起こり、約3立方キロメートルの土砂が崩れ落ちた。その直後に山は噴火し、600平方キローメートルの森林が爆風でなぎ倒されるか噴火堆積物に埋もれるかした。高速道路は300キロメートルにわたって破壊され、57人の命が奪われた。

　しかし20世紀には、セント・ヘレンズ山の大噴火が小規模に思えてくる大噴火が2回起こっている。1991年のフィリピンのピナトゥボ山と1912年のアラスカ半島のノヴァルプタ山の大噴火で、噴出物の総量はそれぞれ10立方キロメートルと12立方キロメートルと推定される。ピナトゥボ山では100億トンの溶岩と共に2000万トンの亜硫酸ガスが噴出した。亜硫酸ガスが空気と反応して発生した硫酸塩と硫酸の"もや"は地球全体を覆い、その影響で地表に到達する日射量が約10パーセント減少し、世界全体で気温が0.5℃下がった。

　そんなピナトゥボ山とノヴァルプタ山の大噴火も、過去のモンスター級の大噴火からすれば雑魚だ。1883年にインドネシ

アのクラカタウ山が噴き飛んだときは少なくとも4万人が死亡し、20立方キロメートル分の岩石と灰と軽石が噴出し、噴火の爆音は3500キロメートル離れたオーストラリア南西部のパースまで届いた。自記気圧計の記録を見ると、噴火で生じた圧力波は地球を7周したのちにようやく途絶えたことがわかった。

3600年前に生じたさらに激しい火山噴火は、エーゲ海に浮かぶサントリーニ島を破壊した。紀元前1620年頃に大噴火を起こし、噴き上げた砂塵と灰で巨大な雲を形成し、惹き起こした津波がクレタ島を水浸しにした海底火山は、現在では中央の潟湖（ラグーン）だけがその名残をとどめている。歴史家たちは、この大噴火が世界の偉大な初期文明のひとつであるミノア文明の終焉を招いたと指摘している。少なくとも30立方キロメートルのマグマや火山弾などが噴出したこの噴火は、過去1万年のあいだに起きた火山噴火ランキングでは7位か8位に位置する。

火山噴火の規模を分類する尺度のひとつが火山爆発指数（VEI）だ。爆発性のない、溶岩がゴボゴボとする程度の穏やかな噴火は0、最大級の超火山の破局噴火は8とされる。

ここまで挙げた火山はどれも超火山ではない。シチリア島東岸にあるエトナ山の2002年から2003年にかけての噴火はVEIは3と判定され、噴出物が航空交通に大きな影響を与えた2010年のアイスランドのエイヤフィヤトラヨークトルの噴火はひとつ上の4だった。セント・ヘレンズ山の場合は5、ピナトゥボ山とクラカタウ山とノヴァルプタ山は6だった。

紀元前1620年頃に噴火したとされるサントリーニ島のVEIは7という堂々たるものだ。近代以降で7を記録した噴火は、インドネシアのスンバワ島にあるタンボラ山の1回しかない。タンボラ山は1812年から火山活動が始まり、1815年4月の、誰もが

放心状態になってしまうような大噴火で頂点に達した。噴出物の総量はおよそ160立方キロメートルで、有史以来最大の火山噴火だった。大気圏に放出された大量の塵と灰は地球全体の温度を数カ月にわたって下げ、翌1816年は"夏のない年"と言われた。

しかしサントリーニ島もタンボラ山も超火山ではない。超火山とは、少なくとも1000立方キロメートルの噴出物を伴なう噴火を起こした火山のみを指し、その破壊力は直径1キロメートルの小惑星が地球と衝突した場合に匹敵する。超火山のVEIは最大値の8だ。地質記録を調べると、こうした破局噴火は平均して10万年に1回の頻度で起こっていることがわかる。最後の破局噴火は7万4000年ほど前にスマトラ島で発生した。トバ破局噴火として知られる噴火を起こした火山は、現在は長さ100キロメートル、幅30キロメートルの世界最大のカルデラ湖であるトバ湖になっている。

超火山の基準からすれば堂々たるトバ山は、2500万年というタイムスパンで見てもほかに並ぶものはない。溶岩などの噴出物の総量は2800立方キロメートルで、これはエヴェレスト山の体積の2倍以上、セント・ヘレンズ山クラスの1万の火山が同時に噴火した場合と同じだ。トバ破局噴火はヨーロッパとアジアの大半でネアンデルタール人と現生人類が共存していた時代に発生し、その余波はわたしたちの祖先に計り知れない苦難をもたらし、一説では絶滅の淵にまで追い込まれたのかもしれないという。

一般に、トバ破局噴火は地球の平均気温を3℃から5℃下げたとされている。厚さが少なくとも15センチメートルの火山灰が南アジア全土を覆い、場所によってはさらに厚く、インド中央部

のある地点では6メートル、マレー半島の一部では9メートルに達した。地球規模の大量絶滅が生じ、当然ながら東南アジアの植物相も動物相も壊滅的な打撃を受けた。

　人類の人口は10万年前から5万年前にかけて激減したが、トバ破局噴火はそのさなかに起こった。ここから、噴火の甚大な影響のせいでホモ・サピエンスの世界人口は1万人もしくはそれ以下にまで減ってしまったとするトバ・カタストロフ理論が唱えられるようになった。植物の死滅と、火山灰などによる気候の寒冷化と乾燥化が原因で、わたしたちは移動の習慣の停止を余儀なくされ、希少な食糧源を手に入れる新たな手段を模索せざるを得なくなったと思われる。しかし結局のところ、わたしたちヒトにとってトバの大災厄はプラスに働いた。ヒトはより頑強になり、コミュニケーションと協力作業に必要な知能と隠れた才能により頼るようになった。

　トバ以前の破局噴火は、生物全体が比較的短時間のうちに死に絶えてしまった大量絶滅にかかわっている。動物種の90パーセントを地球上から消し去った2億5000万年前のペルム紀末大量絶滅には、シベリア・トラップと呼ばれるものを生み出した大規模火山活動が関連していたと考えられている。シベリア・トラップとは噴火で噴出した数百万立方キロメートルにも及ぶ溶岩で形成された火成岩の広大な地域で、現在のシベリアの大部分を覆っている。この火山活動は100万年ほどにわたって続き、何回か起こった噴火はすべてトバの破局噴火に匹敵するものだったと思われる。地球の生態系に衝撃的な影響を与え、陸棲生物が復活するまで3000万年かかった。

　シベリア・トラップは巨大火成岩岩石区（LIP）と呼ばれるもののひとつで、地球のマントルにあるマグマの巨大な塊が地表

に噴き出たことによって惹き起こされた、溶岩の大規模噴出の結果だ。こうした破局的な溶岩噴出は6800万年前から6000万年前にかけても発生し、インドの大部分を覆うデカン・トラップが形成された。噴火のピークは、恐竜などの多くの動物の化石記録が消えた白亜紀と古第三紀間の大量絶滅が起こる直前の6600万年前とされている。一般には、恐竜の絶滅は小惑星の衝突によるものとされているが、デカン・トラップをもたらした噴火も原因のひとつなのかもしれない。

破局噴火は今後もまちがいなく発生する。過去に噴火した超火山のなかにも再び噴火する力を秘めているものがある。そのひとつは、風光明媚な人気の観光地の中心に位置している。

アイダホ州とモンタナ州とワイオミング州にまたがるイエローストーン国立公園の約半分を占めるイエローストーン・カルデラの規模は72キロメートル×55キロメートルで、過去に何度も噴火を起こしてきた。その大半は普通の規模の噴火だったが、破局噴火クラスも数回あった。そうした破局噴火のなかで最も新しいものは64万年前に起こり、北米大陸の多くの種の大型哺乳類を絶滅させたと考えられる。噴出した有毒ガスで窒息したり、大陸全体を覆った火山灰の雲のせいで植物が枯れて餓死したりしたのだ。破局噴火は130万年前にも210万年前にも発生している。地質学的な調査の結果、イエローストーンでの破局噴火の間隔は平均して60万年ほどで、したがって次の噴火はいつ起こってもおかしくないことが判明した。

これはアメリカにとって喜ばしいニュースではない。厚さ1メートル（噴火口に近ければそれ以上になるだろう）の火山灰に覆われ、事実上人間の住まいとして適さない国になってしまうのだ。とくに大きな打撃を受けるのは、全米の食糧生産と工業生

産の大部分を担う中西部だ。しかし影響は北米だけにとどまらない。トバ破局噴火と同じく、大災厄の数日後、数カ月後、そして数年後に、地球規模の寒冷化、植物と動物、そして人間の大量死が起こるだろう。

　大人気の国立公園の地下で新たな火山活動があるというニュースに、当然ながらアメリカ国民は少々不安を募らせている。小規模な地震ならイエローストーンでは珍しくなく、オールド・フェイスフル・ガイザーは定期的に熱水を噴出させているし、ぼこぼこと煮えたぎる硫黄泉と泥の釜などの地熱活動なら公園のいたるところで見られる。こうした観光客を愉しませている自然の演し物は、その地下で着実に育まれている巨大な力が見せる穏やかな顔にしか過ぎない。

　絵に描いたように美しい景観のイエローストーンの地下6キロメートルから16キロメートルのところに巨大なマグマ溜まりがあり、さらに地下のマントルから湧き上がってくる溶岩が、徐々にではあるが確実に満ちつつある。マグマ溜りの規模は長さ50キロメートル、幅30キロメートル、高さ10キロメートルと推定され、少なくとも660キロメートルの地下から60度の角度で地表に上昇してくるマントルプルーム（上昇流）でマグマが供給されている。封じ込められているガスはマグマ内部の圧力を着実に高めている。公園を訪れる人々を魅了する地熱活動が"ガス抜き"の役割を果たしてはいるものの、それだけでは充分ではない。マグマ溜まりの圧力はどこかの時点で限界に達し、上にある岩盤を引き裂き、ガスを含んだマグマを広範囲にわたって爆発的に噴出させる。その運命の日、1000立方キロメートルを超えるマグマがほとばしり、北米大陸はおろか、より広い世界に混乱をもたらすかもしれない。

しかしいいニュースもある。イエローストーン・カルデラは、地球上で最も細心の注意を払って監視されている火山地帯のひとつだ。合衆国地質調査所（USGS）とユタ大学と国立公園局の科学者たちは、最近になって「予見し得る将来に、イエローストーンでふたたび"破局噴火"が発生する兆候は見られない」と発表した。

イエローストーン国立公園にある熱水泉、グランド・プリスマティック・スプリング

43600歳

44 メトシェラ・シンドローム

"自分こそは世界最長寿だ"と称する人間は掃いて捨てるほどいる。しかし公式記録に基づく世界最高齢の人間は、1997年に122歳で亡くなったジャンヌ・カルマンというフランス人女性だ。平均寿命が人間より長い哺乳類は少ない。その数少ない例外のひとつが北極海を棲み処とするホッキョククジラだ。

2007年、アラスカ北部の北極海沿岸に暮らすイヌピアット族の捕鯨漁師たちがボム・ランス（鉄砲で銛のようなものを発射し、クジラの体内で爆発させる漁具）で体重50トンのホッキョククジラを仕留めた。クジラを解体すると、かなり古いボム・ランスの弾頭が出てきた。弾頭は1879年から1885年にかけて製造されたものだとわかり、したがってこのクジラの年齢は120歳から130歳だと推定された。この発見に刺激された科学者たちはホッキョククジラの年齢測定に着手し、211歳という個体を発見した。

これは大型のクジラのなかには老化や、がんのような死に至る病気から身を護る特別なメカニズムを進化させた種がいることを示唆するものだ。ホッキョククジラの長寿の秘密を解き明かすべく、2015年、米英の研究者たちはこのクジラのゲノムを――各細胞に存在するDNA命令のすべてを――マッピングし

た。大型クジラ目のゲノム配列が解析されたのはこれが初めてだった。ホッキョククジラのゲノム配列はウシやネズミやヒトなどのクジラ以外の哺乳類のものと比較された。

結果、ホッキョククジラの長寿の説明に役立つ突然変異遺伝子がふたつみつかった。そのひとつは破損したDNAの修復に優れている。もうひとつは、DNAの修復とがんに対する抵抗性の向上の両方にかかわっている。またホッキョククジラは冷たく凍える海に暮らしていることから代謝率が低い。これらすべての要因を総合して、このクジラの最大寿命は268歳前後だと推定された。

極寒の北極海には、ニシオンデンザメというさらに長寿の海洋生物が生息している。このサメがとんでもなく長生きだということは、1930年代からすでに推測されていた。そこで当時のデンマークの水産生物学者が、このゆっくりと泳ぐ大型深海魚数百匹に標識をつけて調べ、成長速度が極めて遅いことを発見した——1年で1センチメートルほどしか大きくならないのだ。7メートルという体長の個体が確認されていたことから、寿命は何世紀にも及ぶのはまちがいないとされた。

近年になって、コペンハーゲン大学の海洋生物学者ヨン・シュテッフェンゼンがニシオンデンザメの寿命をより正確に突き止める研究に着手した。シュテッフェンゼンは北大西洋で捕獲されたサンプルの脊椎骨を調べたが、低温域に定住しているせいで年齢を示す環紋はなかった。そこでフィンランドのオーフス大学の放射性炭素年代測定の専門家ヤン・ハイネマイヤーに相談した。ハイネマイヤーは、ニシオンデンザメの眼の水晶体に年齢を読み解くカギがあるかもしれないと助言した。

それから数年をかけ、シュテッフェンゼンと大学院生のユリ

ウス・ニールセンは死んだニシオンデンザメの水晶体を採取した。その大半はトロール船の網にかかり混獲されたものだった。そして水晶体内にある核の炭素14の濃度を調べた。この炭素の放射性同位体は1950年代に行われた水爆実験の副産物のひとつで、1960年代には海洋生態系に取り込まれていた。動物の体内には出生時から化学的に変化しない部分があり、ニシオンデンザメの場合は水晶体の核がそれにあたる。そして1950年代から60年代にかけて生まれたニシオンデンザメの水晶体の核には炭素14が多く含まれているはずだった。シュテッフェンゼンらは、調査したサンプルのうち2匹が1960年代以降、1匹が1963年頃に生まれたものだと突き止めた。

このようにして確定した正確な年齢と、生まれたばかりの個体の体長は42センチメートルだという事実から、ニシオンデンザメの年齢と体長の相関関係を示す成長曲線を示すことができた。調査した28匹のサンプルのうち、最大のものは体長5メートルのメスだった。成長曲線と照合して推算した年齢は驚くべきものだった——392歳±120歳だったのだ。最も少ない推定年齢ですら、脊椎動物の最高齢記録をあっさりと抜き去るものだ。さらに言えば、仔を体内に宿しているニシオンデンザメの大半は（このサメは卵を体内で孵化させる）4メートル近い体長なので、少なくとも150歳になるまでは仔を産まないことがわかった[2]。

無脊椎生物も含めると、ニシオンデンザメより長寿の海洋生物がいる——アイスランドガイの〈ミン〉だ。アイスランドガイのような二枚貝の年齢測定に放射性炭素年代測定は必要ない。殻の内側にある成長線を数えればいいだけだ。2006年にアイスランド沖の海底をさらって採取されたアイスランドガイのあ

るサンプルには、驚くほど多くの成長線があった。最初に調べた際は405本を数え、この貝が生まれたときに中国を支配していた王朝にちなんで〈ミン（明）〉と名づけられた。あとで詳細に調べた結果、成長線の本数は507本に訂正され、ミンの生年は1499年だと判明した――レオナルド・ダ・ヴィンチが『モナ・リザ』の制作に着手する4年前だ。が、二枚貝の年齢を測定するには殻をこじ開けなければならない。したがってミンは殺されて初めて、地球で確認されているなかで最高齢の動物だとわかった。これは科学に込められた皮肉のひとつだ。

　陸上に眼を向けると、陸棲動物の最高齢は〈ジョナサン〉という名前のアルダブラゾウガメだ。セーシェルで生まれたジョナサンは現在の我が家であるセントヘレナ島に1882年に連れてこられたが、その時点で完全に成熟していた。それはつまり少なくとも50歳だったということだ。生年を1732年だと仮定すると、現在（2023年時点）は191歳だ。しかしかなり正確に年齢を特定できる別のカメを追い抜くにはまだまだ時間がかかる。〈アドワイチャ（サンスクリット語で“唯一無二”）〉は、英領インドの基礎を築いたロバート・クライヴに、1857年のプラッシーの戦いに勝利した褒美として授けられた4匹のゾウガメのうちの1匹だった。それから20年ほどのち、アドワイチャはコルカタのアリポール動物園に移され、そこで暮らしつづけて2006年に255歳で天に召された。

　個々の生物の長寿の限界をどうしても知りたいのなら、ここはもう植物に眼を向けるしかない。樹木のなかには、種によっては何百年どころか何千年も生きつづけているものがある。スリランカ北部のアヌラーダプラにあるマハメウナ庭園の敷地内に、紀元前288年に植えられたインドボダイジュがある。人間が

植えた樹木としては最長寿の2310歳だ。カリフォルニア州中央部にあるセコイア国立公園に生えているセコイアの巨木〈プレジデント〉の樹齢はおよそ3200年だ。やはりカリフォルニア州のシエラネヴァダ山脈にあるホワイトマウンテンのとあるイガゴヨウマツの年輪を数えると、樹齢が4854年だということが判明した。つまりこのメトシェラの老木は、ギザの大ピラミッドが建てられた時点ですでに3世紀生きていたということになる。

　もしかしたら、長寿の限界は5000年程度なのかもしれない。しかし個々の生物としてはそうでも、地球に存在する生物の別形態にとってはそれどころではない。植物のなかにはクローン性コロニーと呼ばれるものを形成する種があり、その各個体はすべて遺伝的に見て同一だ。このコロニーを単一の生命体と見なすと、その寿命はとんでもないものになる。地中海のイビサ島沿岸のポシドニアという海草のコロニーは、少なくとも1万2000年前から存在していると考えられている。タスマニアのキングス・ロマティアという低木のコロニーの年齢は、少なく見積もっても4万3600歳だ。

　微生物まで視野を広げると寿命はさらに延びる。岩石や鉱物の内部にある小さな孔に生息し、周囲にある化学物質のみを食べて生きている岩石内微生物のなかには、ホモ・サピエンスが誕生する以前から生きつづけているものがいる。2013年、何百万年も前に形成されたと思われる海床の下に、世代時間が1万年の岩石内微生物の痕跡が発見された。しかしこの微生物すら凌駕するものが存在する。それは信じがたいほどの長期間にわたって完全な休眠状態、もしくは仮死状態にあったのちに代謝活動を再開させる生物だ。樹脂の化石である琥珀のなかに4000万年にわたって封じ込められていた胞子を、研究者たちが復活

させた。メキシコの塩類鉱床から発見された胞子にいたっては2億5000万年ぶりに息を吹き返した。メキシコの胞子は恐竜が生きていた時代以前のペルム紀から存在していたことになり、地球最古の生命体として知られている。

　最後にはここに行き着く——不老不死の生物は存在するかもしれない。つまり老化しない、もしくは若返りが可能な生き物だ。淡水に小さな棲む刺胞動物で、管状の胴体と触手、そして粘着性のある足を持つヒドラのなかのある種は、どうやら死にもしないし歳も取らないみたいだ。損傷したり、あるいは真っ二つにされたりしても再生する。1998年、アリゾナ大学の生物学者ダニエル・マルティネスは、ヒドラは生物学的に見て不死で、したがって"非老化"生命体の存在を証明するものだと最初に主張した。マルティネス博士の研究結果は議論を呼んだが、その後の研究により、少なくとも論理的には永遠に生きつづけることができる種は存在するという説は支持されるようになった。

10000年

45 とにかくしぶとい

　人類史上初めて月面に降り立ったアポロ11号の宇宙飛行士たちは、地球に帰還して歓声を浴びたのちに3週間にわたって隔離された——月面から、知らず知らずのうちに致死性の病原体を持ち帰ってしまった場合に備えてのことだった。月に生命体がいるなどとは誰も本気で考えていなかったが、人間に耐性がまったくない未知の細菌を宇宙人が散布しているかもしれないというリスクはあまりに大きかった。宇宙のどこかの過酷な環境に適応した生命体なんかいないと、誰が断言できる？

　アポロ計画の時代よりこのかた、科学者たちは"極限環境微生物"と呼ばれる存在、つまり想像を絶する過酷な環境下で生息する生物について多くを学んできた。地球の生命体は、ありとあらゆる生態系内のニッチに、そしてものによってはまったくと言っていいほど思いもつかないような場所にまで広く生息していることがわかった。

　馴染みのある動物のなかにも、とんでもない環境を生き抜くものがいる。ラクダは気温49℃の炎天下で水を飲まずに1週間かそれ以上移動することができる。コウテイペンギンのオスは、−40℃まで下がることもしょっちゅうの南極で、ふた月にわたって1日中立ちっ放しで、両足でバランスを取りながら卵を

温めつづける。コウテイペンギンたちは大量に集まって円形になって身を寄せ合い、円の外側で極寒にさらされる個体たちは順繰りに内側に移動し、全個体が"温まる"ことができるようにする。アメリカアカガエルは別の手を使って寒さをしのぐ。体を凍らせて、春の雪解けが来るまで仮死状態でいるのだ。体内に蓄積したブドウ糖が不凍液の役割を果たし、凍結による細胞の縮小と死滅を防いでいる。

　この数十年のあいだに、科学者たちは生命を維持できないとそれまで考えられていた環境に膨大な種類の"極限環境微生物"が生息していることを明らかにしてきた。好熱性細菌は高温を好み、超好熱菌にいたっては大抵の生物ならものの数秒で茹で上がってしまうような高温下でも平気で成長し、増殖する。1997年、大西洋海底の"ブラックスモーカー"こと熱水噴出孔を調査していた研究チームは、113℃の海水のなかに生息するPyrolobus fumarii（煙突の炎の耳たぶ）という細菌を発見した。

　その最高温度の記録は、最近になってMethanopyrus kandleriによって破られた。Methanopyrus kandleriもPyrolobus fumariiも、細菌に似た単細胞生物だがまったく別の進化経路をたどった、古細菌と呼ばれる生物の一種だ。古細菌の多くは極限環境下での生息に適応してきた。細胞壁は細菌のそれとは構造が異なるので過酷な環境でも安定していて、ほかの生物なら瞬殺されてしまうような場所でも、内部の化学反応によって正常に機能する。Methanopyrus kandleriは最高で122℃まで耐え、98℃で最もよく増殖し、90℃以下では"凍結"もしくは凝固し、成長は止まる[1]。

　正反対の極端な環境、つまり骨まで凍えそうな場所で成長し繁殖するのが好冷生物だ。この種の生物は極地の氷原や氷河、雪原や永久凍土層を棲み処にする。そのなかの一種の夜行性の昆

虫でガロアムシ目のアイスクローラー（氷の上を這うもの）は、ゴキブリのような頭部に長い触覚を生やし胴体は短く、氷点下ぎりぎりの温度で繁殖し10℃で死ぬ。ナンキョクユスリカはユスリカなのに翅はなく、凍結だけでなく塩分と強い紫外線にさらされても耐えることができる。ナンキョクユスリカは、複数の異なる極端な環境下で繁殖する生命体である多極限環境生物であり、昆虫のなかで最も小さいゲノムを有するのは、こうした環境に適応するためだと考えられている。

　好冷生物のなかには藻類や細菌や地衣類、菌類もいる。-24℃で光合成をする藻類もいれば、−39℃以下の土壌で微生物の活動が観察されている。

　空気も水もなく光も届かない地中深くの岩盤内では生命活動など一切見られないように思える。鉱物粒子のあいだにある小さな孔や亀裂のなかで、時には何キロメートルもの地下で、岩石内微生物は何とか辛うじて生きている。ごく少量の化学物質だけで成長と代謝を維持するものもいれば、100年に1回程度しか細胞分裂をしないものもいる。2013年には、海底で何百万年も生きつづけ、1万年に1回しか繁殖しない岩石内微生物の存在が報告された。

　地熱活動が見られる地域では、地中から湧き出る強酸性の地下水から極限環境微生物が発見されている場所もある。イエローストーン国立公園のノリス・ガイザー・ベイシンやマッドヴォルケーノ（泥火山）やサルファー・カルドロン（硫黄の大釜）といった悪夢の環境には好熱好酸性古細菌が豊富にいる。こうした硫黄泉の温度は90℃になることもあり、酸度は鉛酸に近い。しかし地獄の池もかくやというこの水のなかには、スルフォロブス属やその名もずばり*Acidianus infernus*（酸性地獄）という好

熱好酸性古細菌がいる。このしぶといことこの上ない生物は研究者たちの注目の的だ。単に珍しいからというだけではない。食品、繊維、製紙の各産業や科学調査、そして医療診断に使用する耐熱性酵素(生物学的触媒)の供給源になるからだ。

　地球で最もしぶとい生命体のひとつがクマムシだ。クマムシは奇妙な見た目の8本肢の微小動物で、体長は最大で0.5ミリメートルと、何とか肉眼で見ることができる程度だ。砂漠から氷河、さらには氷をいただくヒマラヤの高峰に至るまで、まさしく地球上のどこにでもいる。生きていけない場所はごくわずかで、ことさらに過酷な状況になると、乾眠と呼ばれる、干からびて死んだような状態になって生き延びる能力を持っている。数十年を超えて乾眠することもあり、水に触れると活動を再開させる。

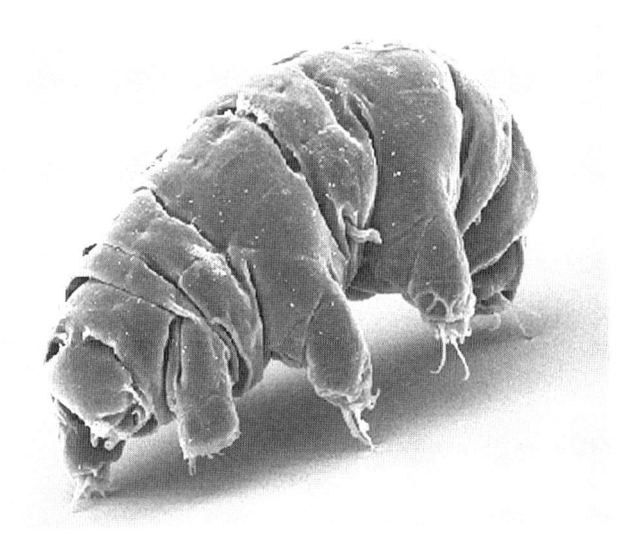

地球で最もしぶとい生命体のひとつ、クマムシ

クマムシは月にもいるかもしれない——とは言っても月で生まれ育ったものではない。不時着したイスラエルの月探査機から放出された、地球生まれのクマムシだ。2019年に打ち上げられた〈ベレシート〉は世界初の民間資本による月着陸船で、その目的は地球上の全生物が絶滅した場合に備えたバックアップを月面に置くことだった。その積載物は英語版ウィキペディアなどの3000万ページ分のデータを収めたDVDサイズのアーカイヴ、ヒトのDNAサンプル、そして数千匹の乾眠中のクマムシだった。微小なクマムシたちはベレシートが着陸に失敗しても死ぬことはなかったかもしれないが、月には水はないので、復活して月に最初の地球生物のコロニーを作る可能性はない。

　が、宇宙には生物学的観点においてずっと有望な場所がある。そして地球で多種多様な極限環境微生物が発見されたことにより、生命体は宇宙全体ではかなり一般的に存在しているかもしれないという説の勢いが増している。かつては現在よりも温暖で水もあった火星には、過去に生命が存在していた可能性がある。であれば、何十億年にもわたって環境が悪化していくなかで適応していった可能性もあり、ひょっとしたら地中の奥底といった保護された場所で今でも生きつづけているかもしれない。

　太陽系もしくはその外の宇宙で生命が存在する可能性を把握するべく、科学者たちはそうした環境に似た場所、つまり異星と似た場所を地球で探している。そのひとつがカリブ海のトリニダード島にあるピッチ湖だ。この面積約44万平方メートルの湖の実体は、その名のとおり黒々として粘り気のある天然アスファルトで、世界中の道路と滑走路の舗装材として掘削されている。ロンドンのバッキンガム宮殿の前の道路にもニューヨー

クのラ・ガーディア空港の滑走路にも、ここのアスファルトが使われている。想像もつかないような生物を探すにはいまいちな場所だが、ここをわたしの友人でもある宇宙生物学者のディルク・シュルツェ＝マクッフが調査した。するとピッチ湖のねばねばする天然アスファルトのなかに存在する小さな水の塊に微生物のコロニーを発見した。実際のところ、アスファルトのなかにあるこうした小さな水の"泡"は、独立した生態系としては地球で最小だ。

ピッチ湖は、土星の巨大衛星タイタンの表面に最もよく似ている場所なのかもしれない。タイタンには炭化水素で溢れる湖も川も、さらには小さな海もある。そしてアスファルトは炭化水素の一種だ。小惑星の衝突で地中深くに存在する水が噴き出てきて、表面の炭化水素と混ざることもある。つまり、その可能性は低いと思えるだろうが、アスファルトをたたえたピッチ湖のように、土星の衛星にも生命が存在する環境があるかもしれないということだ。

極限環境微生物のなかには、空気がなく放射線にさらされる真空の宇宙空間ですら生きることができるものがいる。2015年、国際宇宙ステーション（ISS）に付随する日本の実験棟〈きぼう〉の外壁に、細菌を入れた容器がロボットアームで取りつけられた。容器内の細菌の命運は、大気圏上部に常時襲いかかってくる高エネルギーの紫外線、X線、γ線に握られていた。容器は3年後に回収されて地球に持ち帰られた。2020年、日本の科学者たちは研究結果を発表した。

この実験に使われた細菌のひとつ*Deinococcus radiodurans*は、DNAを修復する特殊なたんぱく質の遺伝記号があるため、放射線への耐性があることがすでに知られていた。実験では外層の

細胞は死んでしまったが、その"死骸"がシールドになり、内側の細胞を修復不可能なDNAのダメージから護っていたことが判明した。自己犠牲の保護層と元々備わっていた遺伝的防御機構の合わせ技で、細菌の大部分は四方八方から降り注ぐ強烈な放射線のなかを3年にわたって生き抜いたのだ。

　宇宙で生き抜く能力が*Deinococcus radiodurans*にあるという事実は、小惑星の衝突によって惑星の表面から吹き飛ばされた破片に付着していた微生物が、そのまま数年かそれ以上の長きにわたって宇宙空間を飛びつづけた末に別の惑星にたどり着く可能性があること示唆している。こんな疑問が湧き起こってくる——何十億年もの昔に、微細な生命体が太陽系第三惑星の地球から火星に運ばれた、つまりわたしたちの遠い祖先の一部が第四惑星に播種された、ということはないだろうか？　あるいはその逆に、生命は太陽系がまだ若かった頃に火星で誕生し、それから地球に行き着いた、つまりわたしたちは火星生命体の子孫なのではないだろうか？

おわりに

　わたしたちは奇妙なもの、風変わりなもの、そして極端なものに心惹かれる。常識の枠を超えた冒険、それまでの限界を超える探究に興味をそそられる。それらがわたしたちを平凡な日常から飛び出させてくれるからだ。人間による挑戦や自然界における新記録は樹立されるたびにトップニュースになる。新天地を求め、長年にわたって立ちはだかってきた壁を打ち破ろうとするのは人間の性だ。

　が、以前のものをひとつでも上まわりたいという衝動は、単に記録が破られるところを見たいという願望から生じているわけではない。それ以上のものがある。壁を突破してほしいという願いの裏には、かなり多くの場合において具体的な理由が存在する。わたしたちは新たな手段を模索する。より速く、より経済的に移動する手段を。環境への影響が少ない、より多くのエネルギーを産み出す手段を。より軽く、より強く、絶縁性や伝導性により優れた素材を発見する手段を。物理学と天文学では、わたしたちは知りたがる。最初に生まれたものは何なのか。物質とエネルギーの究極の構成要素は何なのか。最も極端な状況下で自然はどのような振る舞いを見せるのか。わたしたちヒトは、絶滅するまで可能性の限界を、つまり極端の科学を探究しつづける種なのだ。

図版クレジット

Page 11: Octobass of Montreal Symphony Orchestra Courtesy of Wikimedia Commons: https://commons.wikimedia.org/wiki/File:Octobasse_Orchestre_Symphonique_de_Montr%C3%A9al_Eric_Chappell_1.jpg

Page 18: The University of Queensland's pitch drop experiment Courtesy of Amada44, Wikimedia Commons: https://commons.wikimedia.org/wiki/File:University_of_Queensland_Pitch_drop_experiment-white_bg.jpg

Page 33: Microsoft's anechoic chamber Courtesy of Ana Romero López, Wikimedia Commons: https://commons.wikimedia.org/wiki/File:Cámara_anecoica..jpg

Page 52: Inside the Joint European Torus Courtesy of EUROfusion, Wikimedia Commons: https://commons.wikimedia.org/wiki/File:JET_vessel_internal_view_mascot.jpg

Page 56: Spheres on Gravity Probe B Courtesy of NASA, Wikimedia commons: https://commons.wikimedia.org/wiki/File:Einstein_gyro_gravity_probe_b.jpg

Page 73: Silica aerogel Courtesy of NASA/JPL-Caltech: https://solarsystem.nasa.gov/stardust/images/technology/aerogelhand.jpg

Page 80: Whispering Gallery of St Paul's Cathedral Courtesy of Femtoquake, Wikimedia Commons: https://commons.wikimedia.org/wiki/File:St_Paul%27s_Cathedral_Whispering_Gallery.jpg

Page88: Sonic Wind 1 rocket sled and John StappImage courtesy of US Air Combat Command: https://media.defense.gov/2014/Dec/08/2000982306/-1/-1/0/141208-F-CP123-003.JPG

Page 107: Laniakea Courtesy of Andrew Z. Colvin, Wikimedia Commons: https://commons.wikimedia.org/wiki/File:07-Laniakea_(LofE07240).png

Page 124: Parker Solar Probe Courtesy of NASA/Johns Hopkins APL/Steve Gribben: https://solarsystem.nasa.gov/missions/parker-solar-probe/indepth/

Page 137: Greek black-figure pottery Courtesy of Carole Radatto, Wikimedia Commons: https://commons.wikimedia.org/wiki/File:Athenian_black-figure_pottery_amphora,_5-6th_century_BC,_Theseus_slaying_the_Minotaur,_the_Cretan_monster,_Ashmolean_Museum_%2814338652154%29.jpg

Page 148: Enceladus Courtesy of NASA/JPL/Space Science Institute: https://www.jpl.nasa.gov/edu/images/enceladus.jpg

Page 162: Porcupinefish Courtesy of Mikkel Elbech, Wikimedia Commons: https://commons.wikimedia.org/wiki/File:Diodon_nicthemerus.jpg

Page 176: 17.5-ton truck supported by DELO glueCourtesy of DELO: https://www.delo-adhesives.com/fileadmin/news/_testdateien/news/cross-industrial_information/gwr_image_4.jpg

Page 180: Titan arum Courtesy of Sailing moose, Wikimedia Commons: https://commons.wikimedia.org/wiki/File:Amorphophallus_titanum_(corpse_flower)_-_2.jpg

Page 191: Giant soap bubble Courtesy of Kazbeki, Wikimedia Commons: https://commons.wikimedia.org/wiki/File:Giant.bubble.jpg

Page 202: Peacock flounder Courtesy of Brocken Inaglory, Wikimedia Commons: https://commons.wikimedia.org/wiki/File:Peacock_Flounder_Bothus_mancus_in_Kona.jpg

Page 216: Frontier supercomputer Courtesy of Oak Ridge National Laboratory: https://www.ornl.gov/sites/default/files/202208/52281122090_6200529f58_o.jpg

Page 257: Bee hummingbird Courtesy of SlvrHwk, Wikimedia Commons: https://commons.wikimedia.org/wiki/File:Mellisuga_helenae_Size_Comparison.svg

Page 273: Yellowstone Courtesy of James St. John, Wikimedia Commons: https://commons.wikimedia.org/wiki/File:Grand_Prismatic_Spring_2013.jpg

Page 283: Tardigrade Courtesy of Schokraie E, Warnken U, Hotz-Wagenblatt A, Grohme MA, Hengherr S, etal., Wikimedia Commons: https://commons.wikimedia.org/wiki/File:SEM_image_of_Milnesium_tardigradum_in_active_state_-_journal.pone.0045682.g001-2.png

参考文献および関連動画

1 最も低い音

1 'Greatest vocal range, male', Guinness World Records website.http://www.guinnessworldrecords.com/world-records/3000/greatestvocal-range-male

2 'The Montreal Symphony Orchestra's new octabass has arrived', RobertRowat, CBC, June 16, 2016. https://www.cbcmusic.ca/posts/11590/montreal-symphony-orchestranew-octobass

3 'Infrasound linked to spooky effects', NBC News, September 2003. https://www.nbcnews.com/id/wbna3077192

4 'Disappearing Homing Pigeon Mystery Solved', Kathryn Knight,Journal of Experimental Biology 216 (4), February 15, 2013.

5 'Can Animals Predict Disaster?', PBS, June 5, 2008.https://www.pbs.org/wnet/nature/can-animals-predict-disasterintroduction-2/134/

6 'Interpreting the "Song" of a Distant Black hole', NASA.https://www.nasa.gov/centers/goddard/universe/black_hole_sound.html

2 超ゆっくり

1 'A New Way to Laser-Cool Molecules', Nicholas R. Hutzler, Physics 13 (89), June 3, 2020.https://physics.aps.org/articles/v13/89

2 'Observing the Rarest Decay Process in Nature', Purdue University. https://science.purdue.edu/xenon1t/?p=1287

3 'The universe's biggest gear reduction! GOOGOL to 1', Daniel de Bruin. https://www.youtube.com/watch?v=nFslB0AcVmM

3 ギラギラ

1 'Scientists face down "Godzilla", the most luminous star known',Nature 610 (7930): 10, October 6, 2022.

2 'Found: The Most Powerful Supernova Ever Seen', Lee Billings, ScientificAmerican, January 14, 2016. https://www.scientificamerican.com/article/found-the-most-powerfulsupernova-ever-seen/

3 '1 billion suns: World's brightest laser

sparks new behavior in light', Scott Schrage, University of Nebraska. https://news.unl.edu/newsrooms/today/article/1-billion-suns-worldsbrightest-laser-sparks-new-behavior-in-light/

4 静かに！

1 4'33", John Cage, Performance at the Barbican by the BBC SymphonyOrchestra. https://www.youtube.com/watch?v=yoAbXwr3qkg

2 'Experience the Quietest Place on Earth', Margaret Cirino, Regina G. Barber and Gabriel Spitzer, NPR, August 26, 2022. https://www.npr.org/2022/08/25/1119484767/experience-the-quietestplace-on-earth

3 'Confirmed: In Space No One Can Hear You Scream', Tim Pilgrim, Brunel University. https://www.brunel.ac.uk/news-and-events/news/articles/Confirmed-Inspace-no-one-can-hear-you-scream

4 'NASA's Perseverance Rover Captures the Sounds of Mars', NASA JetPropulsion Laboratory. https://www.youtube.com/watch?v=GHenFGnixzU

5 'Where Sound Goes to Die', Microsoft. https://news.microsoft.com/stories/building87/audio-lab.php

5 限界を超えろ
（アップ・トゥ・イレブン）

1 'The Audiological Health of Horn Players', Wayne J. Wilson, Ian O'Brienand Andrew P. Bradley,
Journal of Occupational and EnvironmentalHygiene, 10:11 (590–596), 2013.

2 'Large European Acoustic Facility', European Space Agency. https://www.esa.int/Enabling_Support/Space_Engineering_Technology/Test_centre/Large_European_Acoustic_Facility_LEAF

3 'ZWRRWWWBRZR: That's the sound of the prop-driven XF-84H, and it brought grown men to their knees', Stephan Wilkinson, Air &Space, Smithsonian Institution. http://www.airspacemag.com/howthings-work/zwrrwwwbrzr-4846149

4 'How Krakatoa made the biggest bang', The Independent, May 3, 2006. https://www.independent.co.uk/news/science/how-krakatoamade-thebiggest-bang-5336165.html

5 'What's the loudest a sound can be?', BBC Science Focus, December29, 2020. https://www.sciencefocus.com/science/whats-the-loudest-asound-canbe/

6 絶対零度への挑戦

1 'Record low surface air temperature at Vostok Station, Antarctica', British Antarctic Survey, December 27, 2009. https://www.bas.ac.uk/data/our-data/publication/record-low-surface-airtemperature-at-vostok-station-antarctica/

2 'Shadowy moon crater coldest spot yet measured', CBC News, September 18, 2009. https://www.cbc.ca/news/science/shadowy-moon-crater-cold-

292

est-spotyet-measured-1.851001

3 'The Boomerang Nebula: The Coldest Region of the Universe?',Raghvendra Sahai and Lars-Åke Nyman, Harvard University, October1997. https://ui.adsabs.harvard.edu/abs/1997ApJ...487L.155S/abstract

4 'CUORE has the coldest heart in the known universe', CERN Courier,November 27, 2014.https://cerncourier.com/a/cuore-has-the-coldest-heart-in-the-knownuniverse/

5 'NASA's Cold Atom Lab Takes One Giant Leap for Quantum Science',NASA, June 13, 2020.https://www.nasa.gov/feature/jpl/nasas-cold-atom-lab-takes-one-giantleap-for-quantum-science

6 'New record set for lowest temperature – 38 picokelvins', Phys.org,October 13, 2021.https://phys.org/news/2021-10-coldest-temperature38-picokelvins.html

7　ホットな話題

1 'Planet WASP-12b is on a death spiral, say scientists', PrincetonUniversity.https://www.princeton.edu/news/2020/01/07/planet-wasp-12b-deathspiral-say-scientists

2 'Astronomers Discover a Giant Planet Hotter Than Most Stars',Scientific American, June 5, 2017.https://www.scientificamerican.com/article/feeling-hot-hot-hotastronomers-discover-a-giant-planet-hotter-than-most-stars/

3 'The Most Extreme Stars in the Universe', Jake Parks, Astronomy,September 23, 2020.https://astronomy.com/magazine/news/2020/09/the-most-extreme-starsin-the-universe

4 'Another world record for China's EAST tokamak', Nuclear Engineering International, April 18, 2023.https://www.neimagazine.com/news/newsanother-world-record-forchinas-east-tokamak-10768385

5 'Lawrence Livermore National Laboratory achieves fusion ignition',Lawrence Livermore National Laboratory, December 14, 2022. https://www.llnl.gov/news/lawrence-livermore-national-laboratoryachieves-fusion-ignition

6 'European researchers achieve fusion energy record', EUROfusionNews, February 9, 2022.https://euro-fusion.org/eurofusion-news/european-researchers-achievefusion-energy-record/

7 'Two CU Physics Professors Part of Team That Created World's HottestTemperature Matter in Atom Smasher', CU Boulder Today, Universityof Colorado, February 16, 2010.https://www.colorado.edu/today/2010/02/16/ two-cu-physics-professorspart-team-created-worlds-hottest-temperature-matter-atom

8 'CERN physicists break record for hottest manmade material', Phys.org, August 16, 2012.https://phys.org/news/2012-08-cern-physicists-hottest-manmadematerial.html

8　完全なる球体

1 'Roundest objects in the world creat-

ed', Devin Powell, New Scientist, July 1, 2008.https://www.newscientist.com/article/dn14229-roundest-objects-in-the-world-created/

2 'A Pocket of Near-Perfection', NASA Science, April 26, 2004.https://science.nasa.gov/science-news/science-at-nasa/2004/26apr_gpbtech

3 'The Sun's almost perfectly round shape baffles scientists', Astronomy,August 17, 2012.https://www.astronomy.com/news/2012/08/the-suns-almost-perfectly-round-shape-baffles-scientists

4 'Kepler 11145123 Is Most Spherical Natural Object Ever Seen,Astronomers Say', Sci News, November 18, 2016.https://www.sci.news/astronomy/kepler-11145123-most-sphericalnatural-object-04378.html

5 'Supernova Leaves Behind Mysterious Object', Space Daily, July 14,2006. https://www.spacedaily.com/reports/Supernova_Leaves_Behind_Mysterious_Object_999.html

9 スーパーなスーパーボール

1 'Why Physicists Love Super Balls', Joel Shurkin, Inside Science, May22, 2015.https://www.insidescience.org/news/why-physicistslove-super-balls

2 'Record-breaking Steel Could Be Used for Body Armor, Shields forSatellites', University of California, San Diego, April 5, 2016.https://jacobsschool.ucsd.edu/news/release/1915

10 最強の磁石

1 'How strong are neodymeium magnets?', Mario Gudec, YouTube video.https://www.youtube.com/watch?v=TUuI58qwEvI

2 'Floating Frogs', Science, April 14, 1997.https://www.science.org/content/article/floating-frogs

3 'Fermilab achieves 14.5-tesla field for accelerator magnet, setting new world record', Fermilab, July 13, 2020.https://news.fnal.gov/2020/07/fermilab-achieves-14-5-tesla-field-foraccelerator-magnet-setting-new-world-record/

4 'With mini magnet, National MagLab creates world-record magneticfield', National High Magnetic Field Laboratory, June 12, 2019.https://nationalmaglab.org/news-events/news/lbc-project-world-recordmagnetic-field/

5 'China Sets World Record in Steady High Magnetic Field Research',Chinese Academy of Sciences, August 15, 2022.https://english.cas.cn/newsroom/cas_media/202208/t20220815_311479.shtml

11 断つ

1 'Space Shuttle Thermal Tile Demonstration', Roscket Tasartir, YouTubevideo.https://www.youtube.com/watch?v=Pp9Yax8UNoM

294

12 いつまでも残る音

1 'Music project launches at iconic Cupar silo', Michael Alexander, The-Courier, May 20, 2016.https://www.thecourier.co.uk/fp/entertainment/music/173694/musicproject-launches-iconic-cupar-silo/
2 'Testing the World's Longest Echo', Tom Scott, Facebook video.https://www.facebook.com/watch/?v=1418903461877118
3 'The Acoustics of the Auditorium of the Royal Albert Hall Beforeand After Redevelopment', R. A. Metkemeijer, Adviesbureau Peutz& Associés B.V.https://peutz.nl/sites/peutz.nl/files/publicaties/Peutz_Publicatie_RM_IOA_05-2002.pdf
4 'Whispering Galleries', Acoustical Surfaces, Inc., February 24, 2020. https://www.acousticalsurfaces.com/blog/acoustics-education/whispering-galleries

13 恐怖のマシン

1 'Physics of the Flip Flap Rollercoaster', Math! Science! History!,January 19, 2020.https://mathsciencehistory.com/2020/01/19/physics-of-the-flip-flaprollercoaster/
2 'High G Research on the Johnsville Centrifuge', SoutheasternPennsylvania Cold War Historical Society, YouTube video.https://www.youtube.com/watch?v=bTFu1v_sxKI
3 'The Rocket Sled Trials of Colonel John Stapp', The History Guy,YouTube video.https://www.youtube.

com/watch?v=JHGJ_y4aJII

14 巨大惑星

1 'HR 8799 Super-Jupiters' Days Measured for the First Time', W. M.Keck Observatory, July 29, 2021. https://www.keckobservatory.org/kpic/
2 'Smallest-ever Star Seen by Scientists', University of Cambridge, July12, 2017.https://www.cam.ac.uk/research/news/smallest-ever-star-discoveredby-astronomers
3 'First ever image of a multi-planet system around a Sun-like star',European Southern Observatory, July 22, 2020.https://www.eso.org/public/images/eso2011b/

15 恒星界の スーパースター

1 'The Largest Star (Stephenson 2-18)', SEA, February 11, 2021.https://www.youtube.com/watch?v=W9ME-WBlkeM
2 'Sharpest Image Ever of Universe's Most Massive Known Star',NOIR-Lab, National Science Foundation, August 18, 2022.https://noirlab.edu/public/news/noirlab2220/

16 宇宙最大

1 'Laniakea: Our Home Supercluster',

Sky & Telescope, September 3, 2014.https://skyandtelescope.org/astronomy-news/laniakea-homesupercluster-09032014/

2 'New galaxy supercluster spotted', Nature India, July 14, 2017.https://www.nature.com/articles/nindia.2017.83

3 'What Is the Biggest Thing in the Universe?', Science ABC, July 8, 2022.https://www.scienceabc.com/nature/universe/what-is-the-biggest-thingin-the-universe.html

17　はるかなる旅路

1 'The Most Distant Milky Way Stars', Sky & Telescope, July 9, 2014. https://skyandtelescope.org/astronomy-news/the-most-distant-milky-way-stars-070920142/

2 'A Planetary Detection in Andromeda?', Paul Gilster, Centauri Dreams,June 11, 2009.https://www.centauri-dreams.org/2009/06/11/a-planetary-detection-inandromeda/

3 'Meet Earendel: Hubble telescope's most distant star discovery gets aTolkien-inspired name', Space.com, April 1, 2022.https://www.space.com/hubble-most-distant-star-tolkien-name-earendil

4 'JWST's Newfound Galaxies Are the Oldest Ever Seen', ScientificAmerican, April 13, 2023.https://www.scientificamerican.com/article/jwsts-newfound-galaxiesare-the-oldest-ever-seen/

18　ドッカーン！

1 'Russia releases secret footage of 1961 Tsar Bomba hydrogen blast',Reuters, August 28, 2020, YouTube video.https://www.youtube.com/watch?v=YtCTzbh4mNQ

2 'Ophiuchus Galaxy Cluster', NASA, February 27, 2020.https://www.nasa.gov/mission_pages/chandra/images/ophiuchusgalaxy-cluster.html

19　宇宙を駆ける

1 'NASA Probe, Fastest Object Built by Humans, Passes Sun at Record-Breaking 364,621 mph', Newsweek, November 22, 2021.https://www.newsweek.com/nasa-parker-solar-probe-fastest-objectbuilt-humans-passes-sun-record-breaking-364621-mph-1651815

2 'We Just Found the Fastest Star in the Milky Way, Travelling at 8% theSpeed of Light', ScienceAlert, August 13, 2020.https://www.sciencealert.com/the-fastest-star-in-the-galaxyzooms-ashigh-as-8-percent-of-the-speed-of-light

20　超濃密

1 'Osmium weighs in', Gregory Girolami, Nature Chemistry, October23, 2012.https://www.nature.com/articles/nchem.1479

296

2 'Unobtanium, Neutronium and Metallic Hydrogen', University of Warwick, October 30, 2020.https://warwick.ac.uk/fac/sci/physics/research/astro/people/stanway/sciencefiction/cosmicstories/unobtanium_neutronium_and/

3 'A quark star may have just been discovered', Advanced Science News,November 4, 2022.https://www.advancedsciencenews.com/a-quark-star-may-have-justbeen-discovered/

21　暗黒

1 'Fifty shades of black', Physics World, November 5, 2015.https://physicsworld.com/a/fifty-shades-of-black/

2 'About Vantablack', Surrey NanoSystems.https://www.surreynanosystems.com/about/vantablack

3 'The "blackest" black: How a color controversy sparked a years-longart feud', CNN, August 20, 2021. https://edition.cnn.com/style/article/blackest-black-ink-culture-hustle/index.html

4 'Black Beast: Vantablack light-absorbing paint meets BMW', BMW. https://www.bmw.com/en/design/the-bmw-X6-vantablack-car.html

5 'MIT engineers develop "blackest black" material to date', MIT News,September 12, 2019.https://news.mit.edu/2019/blackest-black-material-cnt-0913

22　反射

1 'The Leviathan's Legacy: the story of the Birr Castle telescope', BBCSky at Night magazine, March 16, 2017. https://www.skyatnightmagazine.com/space-science/the-leviathanslegacy/

2 'NASA's James Webb Space Telescope: Optics', Space Telescope ScienceInstitute.https://www.stsci.edu/files/live/sites/www/files/home/jwst/about/history/flyers/_documents/JWST-Optics.pdf

23　つるつる滑る

1 'Molecular Insight into the Slipperiness of Ice', Mischa Bonn, Daniel-Bonn, et al., Journal of Physical Chemistry Letters 2018, 9, 11, 2838–2842, May 9, 2018.https://pubs.acs.org/doi/full/10.1021/acs.jpclett.8b01188#

2 'Hagfishes: how much slime can a slime eel make?', Emily Osterloff,-Natural History Museum.https://www.nhm.ac.uk/discover/how-much-slime-can-a-hagfish-make.html

3 'Pitcher Plant Inspires Super Slippery Surface', Chemical & Engineering News, September 21, 2011.https://cen.acs.org/articles/89/web/2011/09/Pitcher-Plant-Inspires-Super-Slippery.html

297

24　ドロドロ

1 'The Great Boston Molasses Flood: why the strange disaster matters today', Sarah Betencourt, The Guardian, January 13, 2019.https://www.theguardian.com/us-news/2019/jan/13/the-great-bostonmolasses-flood-why-it-matters-modern-regulation
2 'How does glass change over time?', Lori Baker, MIT School ofEngineering, December 14, 2010. https://engineering.mit.edu/engage/ask-an-engineer/how-does- glass-change-over-time

25　最凶の毒

1 'Agatha Christie to the Rescue', Karen de Witt, Washington Post, June24, 1977.https://www.washingtonpost.com/archive/lifestyle/1977/06/24/agathachristie-to-the-rescue/d1c53130-0885-4f2e-a1f1-0143db81244e/
2 'The pitohui bird contains deadly batrachotoxin', Joe Schwarcz, McGill University, April 26, 2018.https://www.mcgill.ca/oss/article/did-you-know/pitohui-bird-containsdeadly-batrachotoxin

26　甘い甘い話

1 'The Pursuit of Sweet', Jessie Hicks, Science History Institute, May 2,2010.https://www.sciencehistory.org/distillations/the-pursuit-of-sweet

27　ネバネバ

1 'How Neanderthals made the very first glue', University of Leiden, August 11, 2017.https://www.universiteitleiden.nl/en/news/2017/08/first-glue-neanderthals
2 'How do gecko lizards unstick themselves as they move across a surface?', Kellar Autumn, Scientific American, September 29, 2003. https://www.scientificamerican.com/article/how-do-gecko-lizards-unst/
3 'Harry Coover, Super Glue's Inventor, Dies at 94', Elizabeth A. Harris, The New York Times, March 7, 2011.https://www.nytimes.com/2011/03/28/business/28coover.html

28　くっせ～～

1 'The World's Favorite Scent Is Vanilla, According to Science', Elizabeth Gamillo, Smithsonian, April 6, 2022. https://www.smithsonianmag.com/smart-news/vanilla-is-earths-mostpreferred-smell-regardless-of-cultural-background-180979870/
2 'Titan arum', Royal Botanic Gardens Kew.https://www.kew.org/plants/titan-arum
3 'Smelliest cheese honour', Patrick Barkham, The Guardian, November

26, 2004. https://www.theguardian.
com/uk/2004/nov/26/research.high-
ereducation

4 'Things I Won't Work With: Thioace-
tone', Science, June 11, 2009.
https://www.science.org/content/
blog-post/things-i-won-t-workthio-
acetone

29 ほぼゼロ

1 'Watch a "ballooning" spider take
flight', Science Magazine, April 2,
2018, YouTube video.https://www.
youtube.com/watch?v=JrS0igctMi0

2 'May 1931: Publication of the Cre-
ation of the First Aerogel', Ameri-
can Physical Society, May 2021, 30
(5). https://www.aps.org/publica-
tions/apsnews/202105/history.cfm

30 大きく美しく、そして
奇妙なもの――それは泡

1 'June 28, 1984 Bubble Master Eiffel
Plasterer on David Letterman', You-
Tube video. https://www.youtube.
com/watch?v=OynShAgexOM

2 'Chemical analysis of gaseous bubble
inclusions in amber: The composi-
tion of ancient air?', Robert A. Ber-
ner and Gary P. Landis, American
Journal of Science 287 (757–762),
October 1987. https://www.ldeo.co-
lumbia.edu/~dmcgee/Carbon/Read-
ings_files/Berner_Landis_87.pdf

31 最強の酸

1 'Why don't our digestive acids cor-
rode our stomach linings?', William
K. Purves, Scientific American, Oc-
tober 20, 2003. https://www.scien-
tificamerican.com/article/why-dont-
our-digestive-ac/

2 'Fluorosulphuric acid', American
Chemical Society, May 2, 2016.
https://www.acs.org/molecule-of-
the-week/archive/f/fluorosulfu-
ric-acid.html

3 'The Strongest Acid in the World:
Fluoroantimonic acid', Chemical-
force, YouTube video. https://www.
youtube.com/watch?v=UWBNcMy-
fiGQ

32 最高の透明度

1 'What determines whether a substance
is transparent?', S. M. Thomas, Sci-
entific American, October 21,
1999. https://www.scientificameri-
can.com/article/what-deter-
mines-whether-a/

33 超レア物

1 'Scientists uncover the fundamental
property of astatine, the rarest atom
on Earth', University of York, May
15, 2013. https://www.york.ac.uk/
news-and-events/news/2013/re-
search/astatine/

34 最速のコンピューター

1 'Colossus, the world's first electronic computer', The National Museum of Computing. https://www.tnmoc.org/colossus
2 'Frontier supercomputer debuts as world's fastest, breaking exascale barrier', Oak Ridge National Laboratory, May 30, 2022. https://www.ornl.gov/news/frontier-supercomputer-debuts-worldsfastest-breaking-exascale-barrier

35 天まで届け

1 'Skyscrapers: The race to the top', Jonathan Glancy, BBC, January 5, 2015. https://www.bbc.com/culture/article/20141216-skyscrapers-the-race-tothe-top
2 'A space elevator is possible with today's technology, researchers say', MIT Technology Review, Sepember 12, 2019.https://www.technologyreview.com/2019/09/12/102622/a-space-elevatoris-possible-with-todays-technology-researchers-say-wejust-need-todangle/

36 魅惑の機械

1 'A Model of the Cosmos in the ancient Greek Antikythera Mechanism', T. Freeth, D. Higgon, A. Dacanalis et al., Scientific Reports 11 (5821), March 12, 2021.https://www.nature.com/articles/s41598-021-84310-w
2 'The Babbage Difference Engine #2 at CHM', Computer History Museum, July 23, 2012.https://www.youtube.com/watch?v=be1EM3gQkAY

37 最速

1 'Messerschmitt Me 163B-1a Komet', Royal Air Force Museum. https://www.rafmuseum.org.uk/research/collections/messerschmitt-me-163b-1a-komet/
2 'How the Bell X-1 Ushered In the Supersonic Age', Jeff Macgregor, Smithsonian, October 2022. https://www.smithsonianmag.com/smithsonian-institution/bell-x1-supersonic-flight-180980765/

38 多勢と無勢

1 'Along with Humans, Who Else Is in the 7 Billion Club?', Bill Chappell, NPR, November 3, 2011. https://www.npr.org/sections/thetwo-way/2011/11/03/141946751/alongwith-humans-who-else-is-inthe-7-billion-club

39 地球の奥底へ

1 'The daring journey inside the world's deepest cave', BBC, September 23, 2019.https://www.bbc.com/reel/video/p07p40y7/the-daring-journey-inside-theworld-s-deepest-cave

2 'Project Mohole, 1958–1966', National Academy of Sciences. http://www.nasonline.org/about-nas/history/archives/milestones-in-NAShistory/project-mohole.html

3 'The deepest hole we have ever dug', Mark Piesing, BBC, May 6, 2019. https://www.bbc.com/future/article/20190503-the-deepest-hole-we-haveever-dug

40 歴史問題

1 'Hear the world's oldest instrument, the 50,000 year old Neanderthal-flute', Sofia Rizzi, Classic FM, October 1, 2021.https://www.classicfm.com/discover-music/instruments/flute/worldsoldest-instrument-neanderthal-flute/

2 'Oldest piece of Earth discovered', Nadia Whitehead, Science, February 24, 2014. https://www.science.org/content/article/oldest-piece-earth-discovered

3 'Hubble Finds Birth Certificate of Oldest Known Star', NASA, March 7, 2013. https://www.nasa.gov/mission_pages/hubble/science/hd140283.html

41 極小

1 'Etruscan Shrew', Thai National Parks. https://www.thainational-parks.com/species/etruscan-shrew

2 'What's the smallest thing in the Universe?', Jonathan Butterworth, TED-Ed, November 15, 2018.
https://www.youtube.com/watch?v=ehHoOYqAT_U

42 敏感な器官

1 'Just How Good Is Eagle Vision?', BBC Earth, March 24, 2023, YouTube video.https://www.youtube.com/watch?v=A6H2ZdrKmzc

2 'Wax Moth Has Most Sensitive Ears in Insect World', Helen Fields,-Science, May 7, 2013. https://www.science.org/content/article/science-shot-wax-moth-hasmost-sensitive-ears-insect-world

3 'Magnetoreception in birds', Roswitha Wiltschko and Wolfgang Wiltschko, Journal of the Royal Society, September 4, 2019. https://royalsocietypublishing.org/doi/10.1098/rsif.2019.0295

43 大噴火

1 'Volcanic eruption at Thera (Santorini)', Canadian Museum of History. https://www.historymuseum.ca/cmc/exhibitions/civil/greece/gr1040e.html

2 'Volcanic Explosivity Index', National Parks Service. https://www.nps.gov/subjects/volcanoes/volcanic-explosivity-index.htm

3 'Why the Yellowstone Supervolcano Could Be Huge', Smithsonian Channel, June 5, 2015, YouTube video. https://www.youtube.com/watch?v=lMLo0E66O8A

301

44 メトシェラ・シンドローム

1 'Netted whale hit by a lance a century ago', Erin Conroy, NBC News, June 12, 2007. https://www.nbcnews.com/id/wbna19195624

2 'Greenland Sharks Live Hundreds of Years', Margaret Davis, Science Times, August 27, 2021. https://www.sciencetimes.com/articles/33111/20210827/greenland-sharks-teach-humans-live-long.htm

3 'Scientists discover world's oldest clam, killing it in the process',Elizabeth Barber, Christian Science Monitor, November 5, 2013. https://www.csmonitor.com/Science/2013/1115

4 'Methuselah, a Bristlecone Pine, Is Thought to Be the Oldest Living Organism on Earth', Robert Hudson Westover, U.S. Department of Agriculture, April 21, 2011.https://www.usda.gov/media/blog/2011/04/21/methuselah-bristleconepine-thought-be-oldest-living-organism-earth

45 とにかくしぶとい

1 'In Ocean's Depths, Heat-Loving "Extremophile" Evolves a Strange Molecular Trick', Yale University, April 30, 2009. https://news.yale.edu/2009/04/30/ocean-s-depths-heat-lovingextremophile-evolves-strange-molecular-trick

2 'Tardigrades: Nature's Great Survivors', Michael Marshall, TheGuardian, March 20, 2021.https://www.theguardian.com/science/2021/mar/20/tardigrades-naturesgreat-survivors

3 'Microbes found in natural asphalt lake', Lin Edwards, Phys.org, April21, 2010.https://phys.org/news/2010-04-microbes-natural-asphalt-lake.html

著者　デイヴィッド・ダーリング David Darling

1953年生まれ。マンチェスター大学で天文学博士号を取得。サイエンスライター、天文学者として活躍し、科学、天文学、数学に関する50冊以上の本を上梓している。著書の「Equations of Eternity」は『ニューヨーク・タイムズ』のブック・オブ・ザ・イヤーに選ばれ、「Deep Time」はアーサー・C・クラークに称賛された。邦訳書に、量子力学と量子コンピュータの最先端を追求する『テレポーテーション 瞬間移動の夢』（2006年、光文社）、天才数学少年アグニージョ・バナジーとの対話集『天才少年が解き明かす奇妙な数学!』（2019年、創元社）がある。

訳者　黒木章人（くろきふみひと）

翻訳家。主な訳書に『もっと知りたいクリスマス』『「老いない」動物がヒトの未来を変える』『［フォトグラフィー］メガネの歴史』（原書房）、『イングリッシュマン』『シリア・サンクション』（早川書房）、『クレディブル・ダガー』（扶桑社）、『アウトロー・オーシャン』（白水社）、『STATUS AND CULTURE』（筑摩書房）など多数。

「この世でいちばん」を科学する
惑星から音、温度、臭い、生物まで

2024年9月2日　第1刷

著 者 .... デイヴィッド・ダーリング
訳 者 .... 黒木章人
ブックデザイン ...... 永井亜矢子（陽々舎）
発行者 .... 成瀬雅人
発行所 .... 株式会社原書房

〒160-0022 東京都新宿区新宿1-25-13
電話・代表　03(3354)0685
http://www.harashobo.co.jp/
振替・00150-6-151594

印 刷 .... 新灯印刷株式会社
製 本 .... 東京美術紙工協業組合